山歌

刘致福 著

GUANGXI NORMAL UNIVERSITY PRESS
广西师范大学出版社
·桂林·

山歌

SHANGE

图书在版编目（CIP）数据

山歌 / 刘致福著. --桂林：广西师范大学出版社，
2022.10

　ISBN 978-7-5598-5170-3

　Ⅰ. ①山… Ⅱ. ①刘… Ⅲ. ①短篇小说－小说集－
中国－当代 Ⅳ. ①I247.7

　中国版本图书馆 CIP 数据核字（2022）第 117499 号

广西师范大学出版社出版发行

　广西桂林市五里店路 9 号　　邮政编码：541004

　网址：http://www.bbtpress.com

出版人：黄轩庄

全国新华书店经销

珠海市豪迈实业有限公司印刷

　珠海市香洲区洲山路 63 号豪迈大厦　邮政编码：519000

开本：880 mm × 1 230 mm　1/32

印张：13.25　　字数：230 千

2022 年 10 月第 1 版　　2022 年 10 月第 1 次印刷

印数：0 001~5 000 册　　定价：59.00 元

如发现印装质量问题，影响阅读，请与出版社发行部门联系调换。

序

张炜

　　如果没有灼热的难以触碰的情感藏在心之一角，一个写作者是难以启步往前的。随着文字的展开和蔓延，故事会变得多起来，题材也会大大丰富起来。但是内在的热力总是从一个源头不曾间断地散发出来，以至于成为他讲述的主要推动力。这是生命的热情，或叫热能。每个人最初的那片记忆是不同的，这是心灵世界的不同。所以在精神的园地上总有不同的生长，有迥然有别的个人经验，这才使我们的阅读有了兴趣和意义。

　　我们正在读的这部小说集就是一个极好的案例。它呈现出多种生活画面，从农村原野写到政府机关，又从僻地乡间写到大都市，故事的主人公有知识分子和乡民、军人；从时间脉络上看，也拖曳得很长，甚至从当今延展到了抗战时期。这些文字色彩斑斓，摇曳多姿，汁液饱蓄，绝不干涩。这是一个听闻广博的有阅历的人，在告诉我们一些陌生而又熟悉的事情，转达他个人的兴味和见识。

不过我们掩卷而思，会有一种奇异的感受滋生出来。那是一直萦回其中的声音：女性的稚弱之声。虽然这些篇什远非全部讲述女子的幽怨，也不是缠绵的儿女之情，但是却有一种柔弱或纤细的异性心绪，牵住了通篇的神经。这好像一部散散的长篇一样，整个看是一个大故事，通融在一种大氛围和大气氛之中，令人沉浸，有些着迷。

那些值得珍惜的田野女子、青春和往昔，最终是无法告别的。能够分开的只是自然地理的距离，而不是心情和忆想。写这样的情愫，温习这一类感受，对作者来说，成为写作的意义和基础。事实上，在一部分未曾丢失良能的创作者那里，情感与故土之根真的是这样强韧和绵长。就是这些使我们感动，因为这是生命中共鸣力和共振力最强的部分。

我们从中读到了太多的心爱与思念，还有死亡和不幸。这二者都是不可遗忘难以遗漏的，是生活的真实。可见美与美的殒亡，对作者形成了很大的刺激。唯美唯情主义的倾向，在所有的艺术家那里都是存在的。这样的特征，会让他们敏感而丰赡，永不贫瘠。我们常常听到一种叹息之声，隐于全书。作者正努力使自己冷静下来，以便完整地讲出一个个并非吉祥和圆满的"实在"，在他人或世俗的嘈杂中偶有停顿，然后伸出食指，指点一些关节，为听者解开一个个扣结。他采用的方法看似传统，实则已经被网络时代的急切所打扰，需要一再地绕开种种厌烦和急躁的眼色，一遍遍从头开始。

一种徐缓有致的节奏、一种非常个人化的口吻，就在温情的诉说中渐渐形成。单就某一篇来看，故事也许不够曲折和婉转，但也十分别致；合起来看，它们则是足够复杂斑驳的。大致像一个个片段，连缀成为一场漫长的追忆。切入快，推进缓，收束利落。细节如同生活本身一样黏稠、流畅和自然。这其中除了很少的一部分，并没有刻意经营的痕迹，没有后现代的飘忽，尽管时代留下的荒诞性还是存在的。这里的许多文字凄美苍凉，如《寻找惠兰》；还有一点诡异，如《油画》；另一类则有点惨烈悲伤，如《蜜月旅行》；更多的还是时代的、人生的哀痛，如《落英缤纷》和《大水》。

他笔下的女性形象的确给人很深刻的印象。她们一般没有时下流行的夸张表情，却是逼真可信的人、现实中的人。她们像水一样明澈、柔顺，洗涤着滋润着，却从不被人珍视。有人默默怜惜着她们，她们则身不由己地过着辛苦的日子。这是一种宿命。爱情就是分离和远远的注视，就是对往昔的回望，就是和青春一样不可追还的岁月。小说对这样的情与境不做直接的图解式描述，而是自然而然地化进形象的深处，变成一股磁力在文字中吸引阅读。女性的目光和煦温暖，普照着这个世界，所以这个世界才让人流连。

作者的文笔主要投放于乡村生活，再由此伸延到其他方面。从时间上看以当下为主，但又多有回闪。这样的时空交织便有了浑然立体的呈现。他的散文风格，使之具备松适平淡的叙事特征。他的直率性，又使故事有了别样的说服力。在多有惊悚和机心的网络言说之期，他朴素的文笔功夫就显得愈加可贵。

他是在不事声张的状态下，将多情的个人关照推送过来。他所探究和分析的人性与生活的角落，其实是感人至深的。

他的表达风格总体上属于简约派。他的散文和小说常常形成互文关系。他的观念和视角不仅没有常见的那种概念化，也没有一个时期腌制出来的文艺流行腔。

他是在深爱中节俭、谨慎地使用文字的优秀著作家。

2021 年 7 月 29 日

目 录

油画

那天，几位朋友聚会。是个星期天的午后。喝过了酒从机关旁边的小酒店出来，路过机关大院门口，朋友 B 说，到你办公室去坐坐，喝喝茶。是二十几年的老朋友了，虽然一个城里住着，由于种种原因，平时却很少交往和联系。他说到家里去吧。朋友 B 说，你错了，到家里有什么意思，成天在家里窝着你还没有窝够？老婆孩子的，哪有我们在一起痛快，想说什么就说什么，和二十年前一样。

到了楼上坐下，门关上，几个人谈起来果然十分随便，嘻嘻哈哈，真是无话不谈。

不知怎么谈起了特异功能。前一段特别流行的传说，似乎都知道不少。什么耳朵可以认字，眼睛可以透视，比 X 光、B 超还灵云云。

朋友 B 顿了顿，嘻嘻笑了两声，然后一本正经地提出一种假设：研制一种基因，注入男人体内，让男人们都长一双具有特异功能的眼睛，那世界该是一种什么样子？

几位朋友眼睛都瞪大了，为朋友 B 的假设骇住了。想想那世界该是一种什么样子。他也想了很久，是一种什么样子？男人都去犯罪，或者犯罪率大大降低？

无法想象，这荒诞透顶的假设！

谈笑一通之后，朋友们纷纷告辞。

送走朋友，他又回到办公室。难得这样放松，他想独自再待一会儿。

习惯地拉开抽屉，拿出市长昨天交他修改的讲话稿。一看到稿子他就坐不住，拿起笔就开始修改。干起来十分顺手，天黑下来的时候便已改完一部分。他舒了一口气，点上一支烟，靠在椅背上，又想起刚才朋友们一起谈论的玩笑。

那张脸可能就是在这个时候悄悄爬上那幅画的。

他似乎听到一点响动，像有人走进来，唰唰唰地，很轻。门却关着，他想可能是风声。便不去理它，仍旧悠然自得地吐着烟圈儿，眼睛漫不经心地盯住对面墙上挂的一幅大油画。

这是一幅很漂亮的油画，是秘书为他从省美术学院油画系一位有名的司马教授那里讨来的。一溜儿半浑半清的水湾，里边浮着一只鹅，抑或是只天鹅。主景是岸上的一片林子，正是秋末时节，枫杨树的林子，清凉而幽深，满地是厚厚的红的、黄的落叶，似乎刚有野兽饮过水从上边走过。天是蓝的，有几朵白云，让人感到林子没有尽头，让人生出钻进去游一游的欲望。他喜爱油画，尽管他不懂，却能自己体会一种意思出来，他喜欢油画那种酣畅、凝重的韵味。

看着看着，他的眼睛不觉瞪大了——那林子的西南角上似乎多了一块巴掌大小的东西，像一张脸。

他揉揉眼睛，确实有一张人脸的轮廓，不是十分鲜明。他便打开灯，那轮廓渐渐大了，而且越来越清晰，确定无疑的是一张脸，隐在两棵枫杨树之间。

他不敢看了，骇出一身汗。站起来向外走。想是自己酒喝多了生出幻觉。他推开门，走到走廊尽头，窗子没有关，凉风吹得他一阵哆嗦。楼层很高，向前平视可以看到大半个城市。天宇蓝蓝地覆盖在城市上空，整个城市灯火灿烂，宛若繁星闪烁。楼下是一条贯通东西的大马路，马路上是熙熙攘攘的人流和车辆。俯首往下看，他竟有一种超然的快感。

往回走的时候，他感到清醒了许多。想想刚才的幻觉，不觉哑然笑了。推门往里走，重新坐下，他竟有些不敢看那画儿了。但他还是抬起了头。眼睛一搭上那幅画，险些闭过气去。那张面孔更清晰地出现在那两棵树之间。更怪的是那张脸竟是他的办公室斜对过一个刚刚借调来的女秘书的脸！那是一张很漂亮的瓜子脸，颀长的下颌上有一颗绿豆粒大小的痣，那双大而湿润的眼睛从两棵树的缝隙往下看，目光古怪，从他的头顶贴着头皮射过去，让他感到不是看他又像是看他。他感到一阵面红耳热，心脏"咚咚"地跳个不停。

他不敢再看那画了。将黑的傍晚，整座大楼黑森森的，只他一个人坐在房间里，面对着一幅古怪的油画和不知什么时候跳上去的一副熟悉的脸孔。他从骨子里感到一种神秘的古怪气氛，这种气氛让他感到害怕，像一个人被抛到了荒郊野外。他想他应该赶紧离开这个让人发癔症的小房间。他慌忙起身向外走，慌乱中碰翻了椅子，他也没有顾上扶起来。

回家以后妻子还坐在饭桌旁等他。孩子们都在隔壁做功课。妻子见他回来赶忙接过他的帽子和大衣。他说了声"我吃过了，你自己吃吧"便往卧室走。妻子跟进来，他躺到床上："我喝多了，头痛……"

妻子叹了口气，把泡好的茶给他端过来，放在床头柜上："快喝点茶吧……"

他起身喝了口茶，对站在一旁小心服侍的妻子挥了挥手："你吃饭去吧，我躺躺就好了。"

他真的感到头痛。太阳穴一蹦一蹦。一闭眼那画儿、那面孔便在眼前闪动。他感到自己堕入了一个无底的黑洞，怎么挣扎都无济于事。他睁开眼，瞅着灰白的天花板告诉自己那是幻觉，怎么会有那样的事？小时候听老人讲年画上飞下仙女的故事听得津津有味，长大了才知道那是糊弄小孩子和傻瓜蛋的把戏，这与那故事又有什么两样？

不是幻觉就是梦。可为什么偏偏是那个女秘书？日有所思，夜有所梦？那样一位漂亮、摩登的女郎谁都会喜欢，但平心而论，他并没有过多地注意她，更不用说费什么心思。她归副秘书长调度，又是刚来没几天。有时没人的时候坦白地讲他也愿多看她几眼，那也只是看看，并无什么非分之想。倒是那女的见了他时，水汪汪的一双眼便盯住他看，他知道那里边有尊敬、羡慕，又少不了巴结和奉迎，并不曾想过别的。

真的是梦？他清清楚楚记得是醒着的，醒着。即使是梦，也是个怪梦。

第二天，当他再一次推开门的时候，他竟有了一种近似下赌前的心境。鼓了好大劲才抬头看那幅画。他几乎绝望了，那个女秘书还在似笑非笑地看着他，看得他一阵晕眩。想退回来，想到市长要的稿子，便硬撑着走到写字台前。难道真的撞鬼了？可那娘儿们明明活着。他眼盯着文稿，心却怎么也静不下来。

他抓起电话，叫秘书进来。

秘书立在他的桌边问他什么事。

什么事，他竟不知怎么回答。不敢看秘书，也不敢看那画儿。"哦，算了，我自己来吧。"他努力地掩饰自己的尴尬。

秘书不解地看了他一眼："那我回去啦!"转身就要往外走。

他赶忙叫住："等等，"他吸一口烟，努力使口气随便些，"你，看看那画儿……"

"画儿?"

秘书看看他，看看那画儿。

"嗯，画儿，你看看。"

秘书迷惑不解地看那画儿，看了好一会儿，似乎明白了他的意思，说："这画儿是司马教授病后的第一幅画儿，是有些萧索，与他当时的心境有关。"

他摇摇头："你看那画儿，嗯，有没有什么变化?"

秘书更加不解地看他。

"哦，"他赶紧解释说，"你看和你拿来时没什么两样?"

秘书重又看那画儿，笑了："没什么两样，你放心，这种画儿晾好后可以几百年不褪颜色。"

"哦……"他装作糊涂地点点头。

那张脸还在看他，似乎带了一种嘲弄的神气。他干脆问："没多什么东西，比如人头什么的?"

秘书看着那画儿，嘿嘿笑了："没有，人头? 哈哈，怎么会呢……"

秘书走了，那张脸还对着他。他干脆也盯住她看。他想起昨天中午朋友们谈的特异功能的话题。是我有什么特异功能，或者她长了一双什么眼睛总在监视我？他又想起近来人们越传越神的气功，据说几千里外就可以发功，可以相互感应。这娘儿们也许是个奇人。

气功据说很神，科学一时还难以解释。

这么想着，他忽然灵机一动，不如把她叫来，看看会是什么结果。他抬头看一眼那画儿，心想这办法不错。

那女秘书进来了，规规矩矩地坐在他的对面。那双眼睛还是那么水灵，只是有些慌乱。也怪，女秘书一进来他就感到浑身松爽、轻快，像闷热的夏夜从水面上扑来一股凉风。他抬头看那画儿，那面孔竟没了！两棵枫杨树中间枝条伸展着，一片叶子在枝头上晃悠着如坠的样子，似乎那面孔从来就未曾出现过。

他心里像被什么击打了一下，倒是镇静了许多。见女秘书和自己面对面坐着，他感到一阵惶惑和尴尬。叫人家来干什么？

女秘书不知所以地笑着，有几分生动。比较起来，那画儿上的面孔倒有些单调，可以说只是一张放大的彩照。但眼前的面孔也毕竟与他想象中的不同。仍旧过于平静。他心里稍稍有些不快。便问她初来感觉怎样，工作顺利吧，有没有什么困难之类。他自己也感到滑稽，女秘书似乎没有觉察到什么，话却不多，问一句答一句。他便感到无味儿。

原想经过这两天的"交锋"，两个人的见面该是有些内容，起码不应该这样，陌生得厉害，隔膜得厉害，像有一堵墙横着。

女秘书走了。他抬头再看那画儿，那脸没有再出现。他想也许是她还没有到位。等她坐下来，那"功"才可以发出来，那面孔恐怕就会出现了。不管怎样，现在是没有了，他应该感到轻松。两天来，那张脸，那双高悬的眼睛把他折磨得够呛，他该喘口气了，轻松轻松。这么想着，他便推开眼前的文件，锁上门，叫上司机去龙泉宾馆。他要去泡个澡，痛痛快快地轻松轻松。

躺在浴缸里，温软的水抚摸着全身，两天来的烦恼、紧张一扫而光。他一心一意地洗澡，一边撩水，一边噘起嘴唇吹起了口哨。正得意时，忽然听到门似乎"咚"地响了一下，他赶忙坐起来，见门敞开了一条缝。他记得进来时门是插了的，便起身将门重新插好。转身回来，他差点跳起来，那张脸竟在镜子里冲他这边看！镜面上落了一层水汽，人影尽管模糊，但脸的轮廓还是很清晰的。他慌忙一把拉下浴巾将身子裹起来，然后将门打开，这才走到镜子跟前。水汽已慢慢散开，他拿起浴巾抹那镜面，竟是那样干净，只有他一个人的脸。

从龙泉宾馆出来，他心上像压了一块石头，闷得要命。走下主楼的时候，一抬头，像撞了鬼，只见女秘书正笑吟吟地迎着他走过来。他像被使了定身法，乖乖地站住，浑身冒汗。刚洗了澡，毛孔畅通不阻。想到她看到他刚才洗澡时的狼狈样子，他的脸便一阵绯红。

女秘书倒是自然大方，很清脆地喊了一声秘书长，便主动说她来洗个澡，她妹妹在总台任带班班长。

回返的车上，他一句话也不说。脸上始终有一种烧灼的感觉。看来不是女秘书就是他身上有一种什么感应。他说不出心里是苦涩还是甜蜜。

他想起了朋友 B，便去找他。这是无话不谈的朋友。想起他谈的特异功能，就把这两天的经历告诉朋友 B。

朋友 B "哈哈" 笑了，拍打着他的肩膀（朋友 B 是个大个子，高他一头）："哈哈，大秘书长，你也不能免俗啊！"

他给了 B 一拳："老 B，别开玩笑，我跟你说正经事，这该死的油画搅得我头昏脑涨，什么事也干不下去，你说说到底是怎么回事！"

朋友 B 止住笑："好，说正经事，告诉你，这叫'宇宙功'。"

"哦？"他一愣，"你他妈别糊弄我，什么'宇宙功'！"

朋友 B 看了他一眼，没有理会他的抗议，十分神秘地说："这'宇宙功'是气功的分支，这么说吧，你懂点气功吧？气功你知道，要心神专一，意守丹田，要在心里想，有气随你手的导引在流贯，这是发功的过程。想，想，想，气就真的会随着流。'宇宙功'有些形同此理，只是范围和功能更大。你想什么东西，想，想，想，一直想下去，功发起来，你眼前就会出现什么。功法到家，就不会受什么时间与空间限制……"

"想到什么就出现什么？"他似有所悟，"你是说我在想她？"

朋友 B "哈哈"笑了两声，并不回答。

他又给了朋友 B 一拳："你他妈又开玩笑，可见是胡诌，我哪里想过什么女秘书，我怎么会想她？"

朋友 B 摆摆手："你别急嘛！这'什么'不一定多么具体，是一种'神'似的东西。你可能不曾想过女秘书，可你想没想过别的，比方……"

他脸一红，拉住朋友 B 的手："比方什么？"

朋友 B 诡秘地一笑："比方，嗯，比方别的……女人……"

该死！他不知是骂朋友 B 还是骂自己还是骂谁。他听见朋友·B 在"嘻嘻"地笑，脸便烧得厉害。他想看来自己是难以解脱了。什么"宇宙功"，狗屁！自己被 B 这家伙耍了。不过根子还在自己。是自己神经出了毛病，一种错觉，为什么单单自己看到而别人看不到呢？到现在他还是不信什么特异功能，人就是人嘛，人若真有那么神的特异功能，世界会是这个样子？！

既然这样他也就豁出去了。出了问题就要正视，也许真的正视它也就没有了，青天白日办公室里总不会有鬼吧！

第二天进门的时候他便大胆地瞅那画儿。怪了，那张脸竟就那样不声不响地消失了，再也没有出现。他想也许那女秘书上班还没有来到，据说她家在郊区比较远。他便低下头看那份文稿。一低头便想起那张脸，总担心不定什么时候那张脸会重新登上那幅画儿，那儿是看他的最佳角度。几次抬头都没有见到那面孔，他便安慰自己那面孔就那样消失了，不会再现，规劝自己不要去想不要去看。但思绪似乎已经上了一条轨道，十分顽固地和他作对。一次次地抑制自己不要看，抑制得心疼，便猛地抬起头，那面孔还是没有出现！

挨过一个上午，那画面依旧如故，眼前的文稿也依旧如故，一个字也没有动。

下午那张脸照旧没有出现，第二天也没有出现。这本来是一件应该让他感到轻松而高兴的事，他却心事越来越重，他不知道那面孔什么时候会出来，就像面对着无边的森林，不知道什么地方会有猛兽抑或猎人的枪弹射过来。那女秘书天天都能碰面，一碰面她就让人琢磨不透地眨动着那双水灵灵的眼睛冲他笑。他便感到脸红。他几乎每时每刻都在想着他和她的问题，他闹不明白她知道不知道。

回家妻子总在等他。他感到对不住妻子。妻子见他神思恍惚，日渐消瘦，以为他病了，让他到医院看看。越是这样他越感到内疚。几次想把实情向妻子吐露出来，最后终于没有说。这算什么事呢？他不知道该怎么说。

他的心似乎被人挖走了，少有的空旷。什么也记不住，什么也看不进去。市长专门打了两次电话催要那稿子，他都说还有一点儿就完，就送过去。可一放下电话，刚一低头便又想起那油画上的面孔。抬头看看没有，便想怎么就没有了。他愣愣地盯住油画，这时竟感到没有了那张脸这秋色竟那么凄冷，凄冷得让人无法忍受。每当这时他便浑身起鸡皮疙瘩。

他想他快支持不住了，脑子疼得一跳一跳。气极，跑过去一把拽下那画儿。画框是枣木做的，很重，"咚"的一下跌落下来，砸了他的脚，他疼得"嗷"地叫了一声，忍着疼跳上去"咚咚"几脚将那油画踩碎。

墙成了一片空白。原来的画框留下了一个四方形的灰痕，一看到那灰痕，那幅画儿似乎仍旧挂在那儿。他更无法摆脱那张漂亮的恼人的面孔。

恰在这时市长又来电话了，电话铃响得他差点蹦起来。市长很恼火，问他怎么回事，改不出来就早些交出来，耽误了事情他要负责！最后口气更硬，要他改没改完今天都要亲自交给他。市长"啪"地扔下电话，声音很响。市长调来半年多似乎一直对他有成见。

他妈的！他放下电话，望着地上的画，望着墙上的灰痕，他又想到那面孔。这妖婆！都是她作的孽，当时就不该调她来，好在还没有办手续，是借调、试用。

这么想着，他便抓起电话，示意副秘书长，要他尽快把这个人退回去，她在办公厅干不合适。

晚上回家的路上，那女秘书竟等在机关大门口，将他截住，说只有他才能搭救她，说她好不容易才从郊区跳出来，办公厅不要她她就还要回到郊区……一边哀求一边抹眼泪。泪汪汪的一双眼千娇百媚地望着他。他叹口气，摇摇头，明天再说吧，上班再说！他似乎被她说动了。走出老远，他回头看了看，那女的竟还站在那儿哀哀地给他行注目礼。

吃过了晚饭，他心里一团乱麻。

妻子说："一凡学校今晚开家长会。"一凡是他们的大女儿，妻子用商量的口气问他，"你去吧？"

他把喝稀饭的碗往桌上一推："你就不能去吗？回回非得我去！"起身就走。

妻子"唉——"地叹了口气："你这发的什么火呀！"

他想想也是，转过身说了一句："我今晚加班。"火气仍旧很足。

钥匙一捅开办公室的门，他就想完了，今晚又完了。地上的画框、墙上的灰痕，以至办公桌、座椅，一切，连同空气都使他想起那张面孔。他想自己要发疯了，走过去抓起地上的画框冲到阳台上，狠命地往下扔。

他听到一声尖厉的嗥叫，心里反倒一下子静了许多。似乎刚刚做了一场噩梦醒过来，心若止水，一片宁静、安谧。

再坐到办公桌前，那些字便又都活起来，一行一行很快地钻到他的心里，又很快被他吐出来。他的笔"唰唰唰"很快便将文稿改了出来。

当他轻松愉快地从市长家里出来的时候，正碰上秘书冲他气喘吁吁地跑过来。秘书满头是汗，告诉他俞欣——就是那位女秘书——死了，脑袋被画框穿了个拳头大的窟窿……

后来，省第一监狱举办了一次犯人书画展，人们见到一幅和美术学院司马教授那幅《秋天的午后》极其相似的油画。人们震惊了：秋天，水，枫杨树林，厚厚的金黄、大红的叶子，白白的鹅，许是天鹅。只是在两棵枫杨树之间多了一张脸，那脸相当漂亮，来看画展的首长们都认得出就是那个调来不久便死去的女秘书的脸。遗憾的是画上没有作者的名字，只在右下角有两个十分工整的小字，可能是这幅画的名字：

止水

市长一看就认出是他的字，眼睛便有些湿润。

这时候，他正在监狱农场的水田里割稻子。那幅画是他在田埂上作的，心境平静得很。

寻找惠兰

　　我和灰子已经七八年没见了，接到电话费了好大劲儿才听出是他。这家伙上来便说，陈惠兰离婚了。我心里猛跳了一下，怀疑自己听错了，便说你小子是不是喝多了？灰子说你才喝多了呢，跟你说正经事。

　　我让灰子搞糊涂了。我明明记得返城那年夏天，陈惠兰死了，跟记得我和灰子都活着一样确实。可是灰子说得又是那么正经和肯定。

　　我不知道这是怎么回事。

　　也许灰子有什么难言的话要跟我说，再不就是灰子或我的神经出了什么毛病，不然，就奇了。

　　我记得很清楚，那是夏天。午后，天灰棘棘的像生了病一样。风刮得很凉，像是要下雪（我当时的感觉就是要下雪）。

我本来坐在院子里磨镰，抬头看见几只鸡缩着尾巴往刚刚收起来的麦草垛底下钻，屋子外头土墙上紫白两色的扁豆花和门外的几棵枣树，也都灰乎乎的了。我感到身上冷，刚才还大汗淋漓的脊背这时已凉得厉害。我有一种不祥的预感，便拿起镰和磨石回到屋里，爬上炕用被子蒙了头昏昏睡去。

我出了门，坐上2路电车向西约莫走了半小时便到了灰子说的那个十字街口。这是冬天，真有些要下雪的样子，树梢"呜呜"地响着，叶子都落净了，枝条像铁丝一般零乱地挓挲着，逢到这样的天，我的情绪总是不好。

我被一阵很慌急的锣声惊醒，隐隐听到远处有人边敲锣边吆喝，"知青……知青……"什么的。我赶忙跳下炕，奔出门随人流往村西泊地跑。

村西泊地里已经聚集了黑压压一堆人。地里刚刚割了麦子，麦茬齐戳戳的。间作的玉米已长起膝盖高了，不少已被人们踩倒，踩碎的叶子沾着泥巴，一片狼藉。

两块麦地之间是一个名叫"老鱼洞"的大水湾，呈椭圆形。湾沿儿是煤一般黑的"草炭土"，水不深，浅处只没过半人。水也很清，站在岸上可以看见水下绿绿的苔藓和水草，上面常有黑红的蟾蜍爬来爬去。

村里人几乎都出来了，密密地挤在水湾的周围，肃穆、神秘而又惊诧地看几个光着身子的汉子在水里忙碌。我挤过去，便有人喊喊喳喳地喊："刘来了，刘来了。"队长听见，便喊："快过来。"

那天灰子、阿尹、老康他们似乎都不在家，在场的知青就我一个人。我挤到跟前，仿佛兜头浇下一盆冷水。水下里汉子们正喊着"一、二"托起一个直挺挺的人来。我差点没叫出声来。

这就是陈惠兰。上身还是那件我熟悉的紫底儿白点点的衣服，被水湿透了，紧紧贴在身上，胸脯那儿显眼地耸起来。蓝色的确良军裤一绺一绺地黏在腿上。

我走过来时，队长正钩着她的腿往上拖，眼看就要坠下去，队长便喊："快，抓住腿，快。"我上去抓住陈惠兰白皙的脚脖子。冰凉彻骨，我差点跳起来。我从来不知道人的腿竟会那么凉。

水淋淋的陈惠兰直挺挺地躺在头一天她还割过的麦茬上。旁边的几棵春玉米被压倒了，一条很长的叶子擦在她的被水泡得煞白煞白的脸上。她的嘴角和鼻孔沾着泥沙，奇怪的是眼睛竟还睁着，直瞪瞪地看着乌蒙蒙的天。队长过去将她嘴角、鼻孔的泥沙拨拉掉，然后举起手去抹那双绝美的眼睛。抹了几次，竟抹不拢，手刚一抬起便又睁开，很顽强，像是她并没有死或者她并不想离开这个世界。围观的人们都以为她要活了，乱纷纷地向后退去。

我木愣愣地站着，心里不知是难过还是什么。人也真是，十年二十年一点一点长起来，昨天还勾得人神魂颠倒，今天竟一下子就死了。那双眼睁着，却再也无法让人知道她想些什么了。

这时候队长叫我："刘，你来，跟她说两句话劝劝她吧。"

我刚要挪步，身边的老饲养员"哈哈腰"冲队长摆了摆手，很生气的样子，我便停住了。

"哈哈腰"嘴角含着早就熄了的烟锅，紫红多皱的脸上显得十分忧郁，雪白的眉上挽起一个很大的疙瘩。他走过去，脚下"叭叭"踩断了两棵玉米，蹲下来，像抚弄他的猪崽儿那样哈下身子，咕哝着伸出那双黑黑的沾着猪食和猪粪的手，慢慢地从陈惠兰的额头上抹下来。不知是水珠还是眼泪，从老人的手掌下边沁出来。老人慢慢抬起手，那双让人心旌摇动的眼睛竟安详地闭上了，永远关闭了那颗谁也没有摸透的心与这个世界之间的大门。

陈惠兰死了，确是死了，我相信我的记忆没有错。那么是灰子犯了神经病？我又感到拿不准，心里憋闷得很。天空一直是一个颜色，路上熙来攘往的人流也毫无色彩。我想，不管怎样我去见灰子是对的。不见到灰子，我自己无法得出肯定的结论。

想不到阿尹也来了。他们正在那里全神贯注地拔罩。一见到阿尹，我心里便感到一阵说不清楚的不快。我一直以为这个行动只有我和灰子。

我急于知道陈惠兰的情况，但我又不能上来便问："陈惠兰不是死了吗？"我没法这么问，不论电话里谈到的情况，还是眼前他们两个的神情，都表明陈惠兰活着这一点似乎毋庸置疑。说到底，我还是缺少足够的自信。

我说："阿尹，陈惠兰……？"我尽量不问灰子，这家伙说话常常没有准头。

阿尹从镜框上看我一眼，十分平静地说："陈惠兰真惨。"

阿尹这小子真滑，"真惨"能说明什么？

我从心里不愿提及老康这个膀大腰圆、双目如牛眼的粗蛮家伙。我知道这绝不仅仅是出于嫉妒。可是没有办法，我似乎永远也摆脱不了他。

我叫阿尹："走啊——"

阿尹说："不行，老康这家伙还没来。"

"老康？他也来？"

灰子凑上来："来呀，他要不来，光咱几个，挨揍去呀？"

我狠瞪了他一眼，心里骂，老康，老康是你爹！我沮丧地想，只要这家伙来，今晚就注定不会顺当。我看看已经黑了的没有一颗星星的天，心里有一种不祥的预感。

老康最终没有来。灰子问："老康这小子不会不来吧？"

阿尹摇摇头："不会吧？"

两个人一齐看我。按老康的性子他怎么也要来。我灵机一动："他不是个体户吗？哪能像我们下了班说走就走？"

灰子一拍腿："对，这家伙准是钱赚热手了，走吧，咱们先走，反正他也知道陈惠兰的门儿……"

说着便斜眼冲阿尹"嘻嘿嘿"地诡笑。这两个小子实际和我一样，从内心里都不希望老康来。

三个人抄了近路向陈惠兰家里走。要下雪了，云彩压得很低，身上感到透心的冷。小巷很窄，很空，没有一个行人，走进去黑洞洞的，让人感到难耐的寂闷。

灰子的情绪倒是十分的好，笑嘻嘻地说："咱们这真有点奇袭的味道呢。"

我心里感到一种很沉的东西在压着，试探地问灰子："你认识陈惠兰的丈夫？"

灰子有些得意："认识。那龟孙子，又小又瘦，小老头一样，对了，叫陈虹。"

我心里一阵难过，我是抱了希望来的。一种难以言说的希望。我想，我们都是。总是希望生活里有奇迹发生，总是希望能再见到那双眼睛。

我发现灰子的腿有些撇，便问他怎么搞的。灰子支吾着，脸绯红。

阿尹问："是不是让老婆打的？"

灰子气得瞪了阿尹一眼，脖子仰得老高："她敢？她再敢打我我不拿刀捅了她？"灰子的老婆人高马大，灰子自然打不过。我说："你他妈的别嘴硬！"灰子听了沮丧地低下了头。我想这家伙真有些可怜。

要论幸福，三个人还属阿尹，老婆尽管长得矮小黑瘦，但对他爱得很深。尽管她父亲是赫赫有名的将军，她对阿尹却从不摆架子，向来言听计从。只要阿尹一瞪眼，就一声不响地走到一边去，但阿尹并不知足，脖子仍旧长颈鹿般地伸着，脸上也日见消瘦。我呢？当然在外边要装出幸福的样子，这是尊严。没有哪个男子汉会直言不讳地告诉别人他的家庭生活不幸福。可是一想起家，一想起老婆，好像有一件很好的事一下子就完了。

那轮子向我滚压过来的时候我正想得出神。等我意识到不好的时候已经晚了，只感到大腿那儿猛地一疼便倒了。清醒后爬起来，只见灰子和阿尹一边一个紧紧攥着一辆红色女式自行车的车把，四只眼虎虎地瞪着一位姑娘，姑娘正惶惶地瞅着我："你……"

那一刹我心里像被烙了一下，赶忙低下头，冲阿尹、灰子摆摆手便向前走。一见那双眼睛，我便在心里说，陈惠兰是没有死。我心跳得厉害，脸颊一定很红。我知道那双眼睛一直在盯着我，不管她是一种什么神情，都使我产生一种信念。灰子和阿尹很不理解地埋怨我为什么不抓住那小娘儿们损她几句。

我转回头，姑娘已经不见了。也许她根本没有盯着看我，是我的直觉发生了错误。

四个人在一棵松树下蹲着，后边是那条让人心跳的耳子沟。秋天的傍晚，太阳已经落下去很久了，但整个西天仍红通通的，像烧了一把火。地平线黑乎乎的，像天火残落的灰烬。四双眼睛一齐瞪着光秃而模糊，被晚霞辉映得有些氤氲的西岭。

四个人在一起是很少不说话的，但此刻，四个人就那么蹲着，谁也没有想到说话。好像除了自己其他三位都不存在。许久，西岭还是一点动静也没有，老康便有些耐不住了。

"妈的，"老康扭住灰子的耳朵，"你真把信送去了？""哟嗬——"灰子缩着脖子号叫，"谁撒谎让他今晚上崩了。"

四个人重新蹲好。山风吹来半干的青草的香味，四个人便都有些激动。

"来了，来了。"还是阿尹的眼尖，手指着西岭，脖子探出去老长。灰子也十分激动："看呀，上来了。"那一颠一颠的样子，好像那个人是为他来的。

四个人一齐向西看，真的见一个黑色的影子好像从熊熊的西天大火中走下来，落在西岭顶上。高挺的前胸和被风扬起的头巾被火红的天幕衬着，构成一幅动人心弦的剪影，十分鲜亮显眼。

灰子狂热地站起来又蹲下，要不是老康在身后蹲着，他准会迎着跑过去。老康似乎不为所动，还是原样蹲着，只狠命地抽烟，牛眼鼓得很圆，那样子似乎只有他才最有资格享受一会儿就要到来的幸福。

陈惠兰从西岭上走下来，走进一片洼地又看不见了。

我这时心里近乎有点逍遥。我相信他们三个等的都是纸鹞而我等的才会是鸽子。谁与陈惠兰有过密约，谁触碰过陈惠兰的身子，只有我。

我正想着陈惠兰的让人着迷的眼睛，她已经走出了洼地，穿过那个坎儿一下子冒出来，站在我们跟前。四个人都有些惶悚，一下子站起来。那双眼睛迎着我们四个闪烁，不知道在看谁。每个人都毫无疑问地相信那是在看自己。我想不久她就会召唤我。

不知从什么时候开始，我常常陷入一种绝妙的梦境。似乎在茫无边际的金黄沙漠里跋涉了不知多少年月没有见到一点亮色。水分是那样需要又是那样陌生、那样遥远。这时候一个水洼，晶亮晶亮的一汪清水突然出现在前边。我像一棵老树一下子灌注了浑身的绿色，感到一种从未有过的通体的爽快。似乎并不用喝，有多少路都会微笑着走下去。只要那水洼在前边亮着，我知道那就是陈惠兰的眼睛。一个漂亮女人的奇特的眼睛。似乎已经注定了，我一辈子都不会忘。

我的一位同学曾跟我说，女人只要一沾到男人身上便酥软了。他知道我对此很外行，便给我出了一个点子，我说我试试。

我们身后的这条沟就是耳子沟。沟里长满了齐腰深的茅草，沟当央一条小路曲曲弯弯地通出去，连接着北杨和南杨两个村子。北杨村有一家小卖部，我们住在南杨村，所以，经常在这条路走来走去。

中午头儿，我去北杨村买了包烟便急急地往回赶。耳子沟北端有一块红土坎儿，有一人高，从南端可以看得很清楚。我便从这里开始数。数到第八十步便停住，蹲下来，向小路西边一摸果然有那位同学说的勒丝。用手拽一拽，绳子一般结实。我便两边各揪出一把，在小路边搭起一个腿绊。搭完了再往前走，数七十步停住。她步小，两下里能差十步。我原地蹲着，瞅着那块红土坎儿，心里想，这有点"瓮中捉鳖"的味道。

现在想来，那是极危险的一步。当时自然想不到。那年我二十一，像在荒漠中背着太阳行走的人，一下子扑倒在水洼里，绝不会想到那是污染环境，那是糟蹋甘泉，那是不文明。

见陈惠兰那块紫色的头巾儿从土坎儿那儿露出来，我便站起来，沿着干净、白亮的小路，慢慢地向北走。陈惠兰低着头，一摆一摆地走过来，身姿非常好看。

耳子沟中间凹，沟底很深。太阳当空烤着，整个沟里暖烘烘的，寂静无声，只有我和她两个。这时她抬起头，眼睛向我射过来，我的全身便像着了火，"扑扑"的火苗舔着心壁，烤得焦渴而快活。我想一种境界正"簌簌"地向我扑过来。

那条青蛇来得正是时候也正不是时候。

陈惠兰猛然停住，很短、很尖地叫了一声，胳膊、肩膀提起来，僵在半空。

后来想起来我总觉得有些怪，这条沟我们常常走，即使潮湿多雨的季节也极少见到蛇，况且这时已是晚秋。这是我在耳子沟见到的唯一的一条蛇，以后每走到耳子沟，看着洁白曲折的小路两边绵延起伏的青草，我便对里边藏没藏蛇感到疑虑。我再也不信耳子沟无蛇的传说了。

我看见的时候，那条豆绿色的拇指粗的蛇已经缠上了陈惠兰秀美的右腿，有一条红杠杠的龟一样的头晃悠着向上盘绕。黑色的蛇芯子"咝咝"响着，随晶亮晶亮一眨一眨的小眼睛向上弹动。陈惠兰"啊啊"叫着扭摆着腰肢左躲右闪，脸黄白如蜡如纸。

那一阵儿我高兴得有些忘形。望着那条盘旋蠕动的蛇我心里十分激动。蛇这时真是好东西。我嘴唇抖着冲陈惠兰喊："别动别动——"掏出那盒刚买的"丰收"牌香烟，使劲揉碎，轻腿走过去，将烟末儿大把大把向青蛇头部撒过去。

青蛇头猛地扬起来，黑豆般的小眼睛眯了眯；便落下去，很不情愿地放开身子，向草丛里窜去。

陈惠兰瘫软在我怀里，眼睛微闭，松软、沉重的身子有异香沸动。我的胳膊紧勒在她的胸部，一股很细的电流从那里传出，颤动着向我全身流贯。我有些不能自已了，心里想着是不是快点倒下去。

陈惠兰眼睛微微睁开，黑幽幽的眼里似有七彩鸟翩翩飞动，我浑身不住地颤抖，想机会来了，这时候倒下去一点问题都没有。那位同学说的真是灵透了。可是不知怎么，我的神经似乎出了毛病，就那么硬挺在那里，一动都没有动。

陈惠兰的身子渐渐硬活起来，眼睛猛地睁开，挣脱我的手，长长地回过一口气："唉——吓死我了。"

我沮丧地想，机会完了。

做这样的事，我永远不会得手。我常做这样的假设——假若我按那位同学的点子干了，后来老康就绝对不会那么狂妄，我的生活绝对不会是今天这种样子。我想，我是一个笨人，假若是老康，他绝不会像我这样。

我看到那本书的时候，陈惠兰已经走去好远。那本书就躺在我搭的腿绊下面，我拾起来，封皮是《金光大道》，里边却是草纸印的《金瓶梅》，我高叫："哎——书掉了。"

陈惠兰回过头，一见我手里的书，脸唰地就红了。她接过书，很快装进挎在肩上的挎包里，一笑："这是给别人借的，你千万不要对别人说啊。"那直盯着我的眼神温温的，像要把我化了。我就那么傻站着，心里扑腾扑腾地热跳，一时竟不知说什么好。直到陈惠兰扭身走出好远，也没有想出一句合适的话来。

　　后来，这本书和那个挎包分别落到了灰子和阿尹手里，这是我怎么也没有想到的。返城的时候，灰子把所有的书都扔了，唯独将那本书结结实实地捆在被褥里。那个挎包的命运似乎更糟，阿尹将自己的衬衣、袜子、内裤全都塞在里面，鼓鼓囊囊的像个皮球，上火车的时候，就挂在我头上的行李架上。我心里感到一阵悲凉，这书和挎包联系着我与陈惠兰共有的一段故事，我怎么也想不明白，它们怎么会落到这两个家伙的手里？

　　可是陈惠兰走了，用那双魅人的眼睛看了我一眼以后便扭头向前走了。四个人几乎同时向前迈了一步，却又都停住，互相看看。不知他们怎么想的，我当时想陈惠兰不会就这么走了，她会回头叫我的，一定。就在这时候，老康向前走去，一晃一晃地直追着陈惠兰喊："惠兰，等等我！"

　　陈惠兰竟听话地停住了，一动不动。

　　老康转回头冲我们说："阿尹、灰子、刘，你们回去，跟队长说我今晚肚子疼，请假！"

×你妈！我听见阿尹、灰子悄声骂。老康和陈惠兰并排着向耳子沟走去。

陈惠兰，你回来！我在心里叫。我想她不会忘记我们的密约，她会回来。我真的见她扭过头来，真的又看到那双眼睛。我想是不是应该跑过去，却没有动。我用眼神呼唤她，回来呀。她却又扭头走了，渐渐地被老康那胖大的身子遮没了，被夜色、被耳子沟吞没了。

三个人呆立在那儿。终于一齐敞开嗓子冲耳子沟大声骂了一句：

"老康，我×你老康的妈！"

天全黑下来以后路灯亮了，街两旁的个体小店彩灯闪烁，幻化出色彩斑斓的迷人光晕。各种音响嘈嘈杂杂把人领进心魂飘摇的不同境界。我有一种预感，老康这小子不会来了，阿尹也说他不会来了。

这时灰子却站住了："来了，来了，老康来了。"后边传来摩托车的马达声。

摩托车追上来，减了速，这就是老康？头上戴着火红的头盔，身上穿着闪亮的黑色摩托服。灰子迎上去，老康头盔也没有摘，更没有停下车，灰子便跟着跑，老康头扭过来，瓮声瓮气咕哝了一句什么，便"呜"的一声蹿出去了。

灰子立住，"呸"地冲远去的影子吐了一口。

"是老康吗？"我和阿尹跑上来问。

灰子气愤愤地说："是这个龟孙子，没错儿。"

"他说什么？"

"他……"灰子支吾着，"他……×他妈，呜噜呜噜像是骂我。"我说："上当了灰子。"阿尹和灰子一齐扭头看我。阿尹忽然问："回去？"我看着他们两个不知怎么回答。好一会儿，三个人都又扭头向前走，谁也没有说话，心里却都无法平静。从内心里讲，谁都不愿就这么回去。

我现在心里有些紧张，不知道等待我的将是一种什么结果，我有一种预感，似乎十分清楚，不管怎样，我们都来晚了。

似乎都记得陈惠兰的家在三楼，三楼灯光安适地亮着，哪里像离婚的样子？

远处有摩托车响，门口却不见老康的影子。灰子说："走，进去。"便打头向院里跑。爬上三楼，刚一敲，门便自己开了，一个穿一身皂色棉衣棉裤的小老头儿从里边走出来，灰子迎上去："陈惠兰呢？"

老头儿一愣："谁？"

"陈惠兰！"三个人一齐喊。老头儿大张着没牙的嘴："谁？陈什么兰？我这没有陈什么兰……"

三个人悻悻地扭头往外走。我眼睁着灰子尖尖的脑门儿，努力地劝自己忍住。灰子大概也很着急，一边走一边拍着脑门嘟哝："他妈的，记错了，错了。"

到另一个单元，再敲，仍旧不是。干脆从上到下，一个一个地敲，整座楼二十四个门都敲遍了，结果仍旧没有一个人知道哪儿有什么陈惠兰。

我知道彻底受骗了，抓住灰子的耳朵，发狠地拧："叫你耍老子。"灰子疼得"嗷嗷"直叫："谁耍你谁是王八造的。"一边叫一边从裤兜里掏出一溜纸片儿，"谁他妈耍你了，你看这报纸上……"我抓过来一看，是一份剪报——

陈惠兰：你丈夫陈虹已向本法院提出离婚起诉，限你自本公告公布之日起……

我像当头挨了一棒，松开灰子的耳朵，恨不得猛踢他两脚。灰子自己捧住脸"呜呜"地哭了。是他的错吗？看看前边低头的阿尹，不知他是看了报纸还是同我一样受了灰子的蛊惑。我紧走几步追上去，刚一碰到他的衣袖，他便一甩胳膊大声嚷："别问我！"

我急了，也大声叫起来："你们他妈的都是神经病！"骂着，心里却感到很虚。直到现在，一想起一贯以稳健著称的自己，竟那么容易地被灰子这个神经病骗了出来我就不自觉地感到脸红。

我忽然又想起老康。我问他们两个，那骑摩托车的到底是不是老康？他们这时都拿不准，很显然，灰子眼睛也出了毛病。老康不会来，他不会错信报上法庭的公告，更不会相信灰子的鬼电话。老康，假如这家伙还活着，他的命运就绝对不会和我们一样。

三个人沮丧地往回走。天阴得厉害，最后一班公共汽车"呜"的一声开走了，天和地便有机地契合了，一丝缝隙都没有。三个人都不说话。这里是城郊，离家还有好远好远。这时三个人同时打了一个寒战，都说好冷好冷。三个人都在心里感叹，在家里，温温和和地待着该是多么幸福。

雷电波尔卡

　　现在想来，从医院门口出来的时候，瘦老头的影子已经贴上了我的后背。当我瞅着医院门口花坛旁边那株白玉兰出神的时候，他也许也在伸着脑袋向上看。白玉兰树光溜溜的没有叶子，花朵也很少，只有左上方翘起来的一个树杈上开了四五朵洁白丰满的花朵。我当时嘴里嘟哝着一个惯常的词语——一枝独秀，我甚至想到要写一首诗送给小朱。我根本没有想到自己身上正发生着一种十分可怕的变化。当我恋恋不舍地转身往外走的时候，正碰上办公室主任老杨和几个副校长、副书记穿过花坛前边的小路往里走，不用说他们也是来看瘦老头的。我冲他们点头微笑，我想告诉他们瘦老头今天状况不错，现在大概正在吃饭。但是他们没看见我似的，径直往里走。无疑这是一种假象，他们不可能看不见我。他们眼里都有一种惊疑之色，只有司机小郭走过去以后又回头冲我摆手笑笑，眼睛却在躲闪着看我的后背。我当时没怎么在意。因为我知道，这些头头脑脑根本没把我这个刚毕业的学生放在眼里。我根本没有向另一方面想。

　　实际上，我去看望瘦老头完全是一种偶然。那天我去车站送小朱她母亲回来晚了，走到医院门口我忽然想起瘦老头住在里面，应该去看看，便很随便地在医院门口小摊上买了一个西瓜和几斤橘子提着进去了。我并不是要巴结瘦老头，实际当时不少人都唯恐躲不开他。尽管那时候他书记的位子没有免，但是已经很不稳了。大家都在传说瘦老头要调到另一所学校去，由一直和他对立的校长老胡取代他。这一切我都明白，我只是出于一种极其纯朴的感情。我以我自己的标准，感到瘦老头还算一个不错的领导。起码他能够和我们这些普通老百姓打成一片，经常到我们屋里打打康乐棋，开开玩笑，我们甚至可以当面喊他瘦老头。他那种民主思想和平民意识在我看来是极其宝贵的。也许是出于一种习惯，瘦老头住院期间，第一副书记胡校长临时分管我所在的宣传科的时候，我就感到有些不顺当，以至于一见到老胡那阔大的下巴和熠熠闪亮的眼镜片，我心里就不自觉地产生一种排斥与怀恋相融合的复杂情感。因为我的没有城府，这种情绪可能就瞒不过像胡校长这样高水平的领导，瞒不过像老杨以及其他一些敏感和不敏感的头头脑脑。

和瘦老头相处的几十分钟十分自然和简单。

我走进病房的时候，瘦老头的妻子老吴去厕所倒痰盂还没有回来。瘦老头正倚在床头上假寐。我没有惊动他，蹑手蹑脚地走进去，关好门，但还是惊醒了他。我说，你睡吧。瘦老头说，睡什么，他根本就没有睡。说着就要坐起来，我慌忙按住他，他说不要紧，硬是坐起来，拍拍床让我坐。我倚在床上，问他感觉怎么样。他笑笑说挺好。我也感觉挺好，他原本干巴黑瘦的脸庞这时候红润润的，根本不像有病的样子，也许心血管病人都这样。瘦老头住院是由于心律不齐和心脏早搏，在这之前从没听说他心脏有毛病。瘦老头还是很爽快，说："实际我是寻个引子进来歇歇。"这倒也是，在家里工作头绪那么繁杂纷乱，真应该好好歇歇。瘦老头说，那倒好应付，最头疼的是人事关系。我心里一咯噔，我没有想到他会对我一个小干事说这样的话。瘦老头说："谢谢你来看我。"我说，关书记你太客气了。这时候老吴洗过痰盂走进来，和我打过招呼，便也接上话茬："你是第一个来看他的。唉，人也真是势利。"我心里一惊，但又禁不住犯疑，大家平时在一起嘻嘻哈哈的，真的病了竟然一个来看望的也没有，不近情理，似乎也不太真实，但看看老吴，一副十分认真的样子。瘦老头接着问我学校里情况怎么样。我说没什么变化，还是老样子。我真的这么感觉。在我看来，除了老胡临时取代瘦老头之外，学校里一切都还是老样子。老吴说，听说老胡要调整处级班子，是吗？我摇摇头，我说我不知道，没听说。瘦老头盯住我的眼睛，十分认真地对我说："这个人野心很大。"我没有想到瘦老头会对我说这样的话，感到十分惊异。看来外边的传闻是有道理的，老胡和瘦老头之间确实矛盾挺深。但究竟谁对谁错，我知道凭我的感觉是难以判断准确的。但我不明白，平平常常的工作，两个人的积怨为什么这么深。据说他们两个还是同学。

我离开病房的时候，老吴到水炉房打水去了。瘦老头坚持要下床送我，我把他按在床上，没让他动。我自己拉开门，回头向他摆摆手便向外走。瘦老头的影子可能就在那时候悄悄爬到我肩上的。

回到宿舍天已经黑了。我把中午吃剩的半盒午餐肉一勺勺挖着吃了，便坐在桌前给小朱写诗。只写到一半便感到浑身酸软，十分疲累，心想可能是感冒了，找出扑热息痛和银翘解毒片吃了，喝了一杯水，咬着牙坚持将诗写完，这才上床躺下。我并不知道自己身上这时正发生着一种质的变化。现在想起来，我便禁不住感到头皮发麻，背着那样一个怪兮兮的影子睡了一夜，竟然丝毫没有觉察。躺下以后，只感到头昏沉沉的，一会儿便呼呼进入了梦乡，睡得竟还十分踏实。

醒来的时候，天已经大亮。外边很静，一看表，已经九点多了。匆匆洗了把脸便往办公室跑。当时如果照照镜子兴许能发现点什么，但我偏偏没有照镜子的习惯。

我推门走进办公室的时候，屋里三个人正在讨论什么，科长老王和小朱争得面红耳赤，老刘则坐在桌面上"吱儿吱儿"地喝茶。见我进来一齐扭过头来，三双眼睛六把剑一样向我射来。看见老王眉头皱得很厉害我就不愉快，我说你们这是怎么了，平时你们来得再晚也没事儿，我头一次迟到一点就这样看着我？

小朱跺着脚说："不是。"捂着嘴转身跑到窗前将窗子打开。老刘则干脆放下茶杯悄悄地绕过科长开门走了。我不解地看看老刘的背影，看看王科长："你们怎么了？"

王科长黑着脸，气哼哼地扭过头去。

我感到莫名其妙："怎么啦？"好一会儿，小朱才红着脸转回头，手向北墙边上那个带大镜的立橱一指："你自己照照后背。"我走过去，认真地照照后背什么也没有发现。从镜子里我看到自己脸色灰暗，头发也十分凌乱。王科长似乎也要往外走的样子，从桌上抄起一份文件，一边往门口走，一边对我说："你不该这么张狂。"我说："你们这是怎么了？开玩笑还是发神经？"王科长说："这话该我问你。"说着，鼻子"哼"了一声，十分生气地抖着手里的文件，转身对小朱说："小朱，我去会议室开会。"说着便拉门往外走。小朱说："你们都走我也走。"转身也要向外冲，我忙拉住她："小朱等等！"小朱转过身，挡开我的手："哎呀，熏死我了！"

我抽抽鼻子，从自己身上闻到一股很浓的臭来苏味。小朱转身就往外跑，我慌忙掏出昨晚写好的那首诗追着叫："等等小朱！"小朱什么也不顾地一拉门，"哦"的一声退回来。门外站了一堆人，正踮着脚尖往里看，一见门开了，往后退了退，仍旧亮着眼怪异地看我。小朱可火了，探身冲门口吼一声："贱不贱，滚开！""砰"的一声推上门。我说："他们怎么了？"小朱白我一眼："都是你！"

"我？"

小朱指着我的后背："你到底背着他来干什么？"

我说："谁呀？"

小朱说："瘦老头！"

"瘦老头？你开什么玩笑！"

小朱急得眼泪都快流出来了："你呀，还执迷不悟！"说过又往外走。我赶忙将稿子递过去："等等，你看看这个。"小朱一把推开："我不要！"拉门出去，"砰"的一声将门扣死。

我禁不住悲从中来，这是怎么了？转过身重新走到大镜前边，左看右看，还是什么也看不到。难道我真的成了一个怪物自己却无法自知，或者是人们的视觉发生了错误？我感到自己跌进了一个黑洞里，任我怎样挣扎也无济于事。

可是当我转身从大镜前边离开的时候，我忽然发现一个模模糊糊的影子在我后背上一闪便没了，我浑身唰地一阵凉麻，我赶忙转过身坐到椅子上，身上已经出了一层冷汗。

我望着手里的诗稿，心里想这是在做梦吧。也许他们是在跟我开玩笑，刚才那一闪的影子也只是错觉。我重新站起来，鼓足勇气再一次向大镜走过去。走到跟前，眼睛却不自觉地闭上了。

我已经不敢正视自己的形象了。闭上眼睛，瘦老头的影子反倒更清晰地趴在我的肩上，十分顽固地把头探过来。跟我看他的时候大不相同，完全是一副病容。脸庞干巴、尖削，头发苍白，干草一样地耷拉在额前，脸色灰暗泛黄，像死人一样，只有眼睛睁着还像一个活人，却不动，白森森地瞪着生出一种肃杀之气。我禁不住心里又一凉，打了一个寒战，赶忙冲出门去。我不敢在屋子里待下去了。走过走廊的时候，我感觉到每个办公室里都有人从玻璃上、从门缝里追着我看。我感到身子发沉，两腿迈动得很慢，却仍旧累得气喘吁吁。后背这时候像背着一块沉重的石头，压得我只得低下头弓着肩膀。我拼命地跑起来，我知道后面一双双眼睛像箭一样地追着我。我冲出走廊，感到自己像个逃犯似的，已经无路可逃。外边阳光很亮，从走廊台阶上冲下来，眼睛便一阵刺痛。但我不敢停下，仍旧往操场上跑。操场上正在踢足球、打排球、打网球的男女学生都停下来，两边楼房窗户上黑压压地探出无数的人头，对面宿舍里来来往往的行人都靠到一边，就连操场南边正在施工盖小房的校工也都扔下手里活计跑过来。我成了一只过街的独角兽，大家都瞪着眼睛挥舞着怪异而锐利的眼神抽打我，我只能硬着头皮左冲右突。

真像一场噩梦。跑回宿舍，我已经浑身是汗，衣服已经湿了。我鞋子也没脱，一头栽到床上。我感到天旋地转，脑子里一片空白。过了好一会儿才镇静下来。我站起来，将窗帘用力拉严拉紧，然后从抽屉里翻出几片药，吞到肚里，又喝了一大杯凉水，这才重新躺到床上。

我迷迷糊糊地睡了一觉，醒来的时候天已经黑了。头还是发沉。忽然闻到一股浓浓的饭香，我睁眼一看，小朱正坐在我床前的木椅上，眼睛忧郁地瞪着窗帘上抽象的线条出神。我叫了一声："小朱！"想坐起来，小朱赶忙按住我，我也怕她再看到我后背的东西，就乖乖地躺下了。我说："小朱，你、你咋来了？"我的本意是想问她为什么不躲着我反倒来看我，上午她捂着鼻子不顾一切地冲出门去对我刺激太大。小朱很快领会到我的意思，脸唰地红了，仍旧装出一副轻松的样子，笑着说："别人都不要你，我可舍不得把你扔了……"我看到她手里拿着我昨晚写给她的那首诗，心里一阵发颤，眼泪便十分爽快地滚出眼窝。

小朱从桌上端过一个组合饭盒："肚子饿了吧，快来吃点儿。"说着抄起勺子就要喂我。我说："你放那儿吧。你出去，我自己起来吃。"我怕她再看到瘦老头的影子害怕。小朱倒笑了："你起来吧，我不怕的。"

真的，平时我们和瘦老头处得都算不错，只是现在附在我身上，像连体人一样让人觉得怪异。我坐起来，小朱眼睛躲躲闪闪地看我的后背，我努力地用被子将后背高高地包起来。我饿了，从她手里接过饭盒和勺子便大口大口地吃起来。小朱低下头，手里又摆弄起那篇诗稿，红着脸说："你这诗写得不错。"我说："是吗？"小朱点点头："只是，我哪有那么圣洁。"她大概又想起了头午的事，我说："不管发生什么事，你在我心里永远是那么圣洁。"小朱大概不愿谈这些，摇摇头，站起来，忽然她眼睛一亮，大胆地瞪着我的后背，我低头一看，被子已经褪下来。我赶紧放下饭盒，慌忙伸手拉被子。小朱按住我的手："别！"探着头反复地看我的后背，"没了！"小朱兴奋地喊："瘦老头没了！"

我以为小朱是在有意开导我，仍旧去扯被子，小朱干脆一把将被子拽到一边，伸手拖我下来。我勾着脑袋向后看，小朱说："真的，没了，瘦老头没了！"我激动得快要流泪了，尽管我仍旧半信半疑，但我身上仍旧感到一阵从未有过的轻松。我搂住小朱的肩膀，我想是小朱把瘦老头赶跑了。小朱挣开我："我们跳舞去吧，今晚礼堂有舞会。"我说："跳舞？"小朱说：

"跳舞，轻松轻松。"

出门以后，小朱对我说："瘦老头可把你坑苦了。"我心里一热。我知道，这个世界上只有小朱真心地爱我。小朱向我偎过来，我搂紧她。小朱说："今天学校开党委会，你当副科长的事吹了。""吹了？"我尽管心境不佳但凡心仍旧没改，我感到意外。前几天胡校长还找我谈话，听那口气已经定了。但再一想，这似乎也是顺理成章。从昨天开始，我已经不是以前那个我了。假若我是胡校长，也不会提拔这样一个肩上背着别人影子的怪物的。小朱说，会上好多人提出你有政治企图，大白天扛着瘦老头的画像招摇过市，扰乱人心，破坏工作和教学秩序。我感到头上挨了一闷棍。我明白我后背的东西绝对不是画像，而是一种看得见但摸不着、说有形又无形、亦真亦假的影子，那不是我要扛着它，是它硬要跟着我。可是我无法争辩。小朱说，胡校长竭力反对这些人的意见，说你还是一个好同志，可能只是一时神经有些异常……我的头"嗡"的一下便大了，我说："是你们异常！"我握着拳头跺着脚喊："是他们不正常！"我感到一种人格的损伤，我感到自己被人推到了一个黑胡同里，四面楚歌，到处都是杀机。

小朱抓住我的胳膊一个劲地摇晃："你别那么认真，职务有什么了不起？"是啊，职务算什么，可尊严呢？唉，事到如今还讲什么人格和尊严，四面楚歌仓皇奔逃的不是我吗？异常的确实是我，别人仍旧一如既往地工作和生活，唯有我肩上背着沉重的影子惶惶不可终日，大家的意见和胡校长的看法没有错。这么想着，我心里渐渐平复下来。这时候礼堂里优美的舞曲隔着操场随着外面的春风吹过来，我心里感到舒适、轻松了许多。

舞厅里的气氛让人心醉。小朱说："把不愉快留给黑暗吧，咱们痛痛快快地玩。"说着便拉着我进了椭圆形的舞池。我心里十分忐忑，担心瘦老头会重新贴到我身上。我尽带着小朱在边边角角光线昏暗的地方跳，小朱说："放开点。"硬推着我往场中心领。我硬着头皮领过去，人们并没有发现什么，仍旧相安无事地相拥相抱。我的心慢慢放下来了。这时我才注意到乐队奏的是世界名曲《维也纳森林的故事》。舒缓的旋律沿着湖边林梢的雾岚抒情地飘游，蓝色的小精灵在草丛与湖面、林梢上一跳一跳。我想瘦老头可能真的离我而去了，我舒心地吐了口气。

直到现在我也无法知道，那该诅咒的影子是一直就没有离开过我，还是人们陶醉于跳舞的愉悦与快感没有发现，抑或在那一刻它又重新贴附到我的肩上。我问小朱，她也说不明白，她说那一段时间她确实没有看见它。那时候《维也纳森林的故事》已近尾声，我和小朱正跳到舞池中心，我忽然感到舞池宽敞了许多，抬头一看，舞池里只剩下我和小朱两个人，人们都退到了舞池上边的高台上，正惊异、恐惧地看着我。我感到眼前一黑，像有一块巨大的黑石轰然一声砸在我的肩上。我知道瘦老头又来了。这时候《维也纳森林的故事》一曲终了，乐队却马上接上了快节奏的《雷电波尔卡》，轰隆隆的开场雷声差点把我击倒。小朱扶住我，我看见她也脸色惨白，便使足力气挺直腰板。这时候舞厅的管事走过来，像赶鸡似的冲我挥动着挂着鲜红臂章的右手："出去出去！"我和小朱相互搀扶着，迎着那一束束恶毒如箭的眼神仓皇地向外奔逃。我听见身后人们在窃窃私语，拉着小朱几步便窜出大门。

但是门外也有人在那里候着，似乎专门在等我们出来。这时候星月都让乌云遮住，路灯也很昏暗。但是每走到一幢楼的前边，都有人在那里指指点点。一堆一堆的人影，一丛一丛鬼火一样阴森可怕的眼神。我不知道是自己成了鬼怪还是闯入了鬼怪的地界。小朱一句话也不说，只是狠命地抓着我的胳膊跟着我奔逃，我感到她浑身都在颤抖。

我想自己快要崩溃了，我不明白这个小老头怎么这样顽固。我无法上班，连上厕所都要瞅着门口没人的时候裹紧大衣一溜烟跑出去。就连小朱也背了半个影子似的，前边走后边便有人指点。我知道，她也快受不了了，只是咬牙忍着。我心里感到对不起她，我说："小朱，你离开我吧。"小朱苦笑着开玩笑："离开你你扎着脖子饿死？"真的，这几天都是靠小朱给我打饭、买菜，我说："不要紧，我有方便面，床下纸箱里满满一箱。"小朱说："咱想想办法吧，要不我上泰山去求求神。"我苦笑着摇摇头："你还迷信？"小朱叹口气，说："兴许管用，我妈说她年轻时求过，很管用。"

小朱走后，想起她说的去泰山求神的话，我心里一动。求神当然不会有任何作用，我何不直接去找瘦老头。这时候瘦老头可能就是神佛。当然这也可能是一次冒险，很可能经过再一次的辐射，那影子会贴得更紧。但我没有别的办法了，只有这一条路。我跳下床，穿上大衣，趁着月黑风高，溜着墙根跑出校园，向医院飞跑。想起这几天受的折磨，我真恨不得一把将瘦老头掐死。我知道，这几天硬缠住我的是他的影子而非他本人，但毕竟是因他而起。我被一种难抑的情绪激动着，我没有把握见到瘦老头以后会干出什么事来。

还好，医院里的看门老头没有发现我的秘密放我进去了，可能大衣蒙蔽了他，也可能他以为我背着一个急症病人。我直接跑到高干病房，推开瘦老头的房间，我愣了，瘦老头的病床上，正躺着一个彪形大汉，一个戴眼镜的中年妇女正往他嘴里喂饭。见我进来，中年妇女头也没抬地问："你找谁？"我说："一床上的关兴云到哪儿了？"中年妇女和彪形大汉都抬头看我，中年妇女说："出院了，上午就来车接走了……"

我心里一凉，悻悻地退出来。我知道这条路是走不通了，书记、校长都住在高知楼，就是喊破嗓子，看门老头也不会放我进去。走到医院大门口，我又到那株玉兰树下站了站，前几天开的那几朵花都谢了，另一面的一枝又开出七八朵花，晚风轻轻吹拂着，发出一阵阵甜甜的香味。

第二天上午，我还没有起床小朱就闯进来。小朱一脸喜色，走到床前把我拉起来，高声喊："起来，告诉你一个好消息！"我的心已经灰了，我不相信还有什么好消息。小朱说："瘦老头又回来重新执政了，老胡调到美院去了。"小朱说得十分兴奋，我仍旧没有高兴起来，他们的升降去留与我何干。小朱说："你真糊涂。怎么没关系，你看看你身后的瘦老头，没了！"

我跳下床，真的，肩上感到一阵轻松。我抓住小朱的手："你好好看看，真的没了？"小朱说："真的没了。"说着还转到我身后，拍拍我的后背，"你看，什么也没有。"我想这回可能是真没了，我高兴得快要流泪了。小朱说："走，我们出去。"我问："到哪儿？"小朱说："吃饭去。"

那天中午，我和小朱一起到学校对面的小饭馆里吃了一顿。路上，校园里来来往往的行人例外地没有驻足看我，像没看见我们似的，都行色匆匆。我相信那东西这回是真没了。吃饭的时候，我们都喝了酒。这时我才真正体会到自由是多么幸福。

我万万没想到，这一切仍旧是短暂的假象，就像演电影时换片一样。那影子仍旧顽固地贴在我的身后。当我们酒足饭饱的时候，那瘦老头的影子便又重新爬回我的肩头。只是不再那样苍白衰老，而是神采奕奕，健壮无比，充满力量。一走出小酒馆，我便一个趔趄差点摔倒。我感到肩上比以前更加沉重。小朱说："喝多了？"我说："不是。"走到学校门口，不少人迎面走过来，都冲我们点头微笑。跨过校门，走到办公楼前，走到操场上，每走一步，每碰到一个人，都要向我们点头微笑，但是，我很快发现，那些充满温暖的眼神不是盯着我的面孔，而是盯住我的肩头。我的火便随着酒劲涌上来，再有人冲我点头微笑，我便"呸"地冲他跟前吐上一口。还是有人点头微笑，他们似乎根本没有看见我的表情，根本没有看到我的存在。

　　我几乎要疯了。我再也无法忍受了，一个人飞快地跑上楼。我要去找瘦老头算账。我已经几天没有上楼了，楼上许多人见我跑上来都停在走廊一边面带微笑给我让路。我一头闯进瘦老头办公室，瘦老头一惊，我也一惊，那一刹，我惊奇地发现，瘦老头后背上竟也背着一个影子，那影子十分魁梧高大，只是一闪便没了。瘦老头抬头一看是我，立刻笑了，放下笔："来来来，正要找你哪。"说着就要站起来。我知道那影子并没有消失，而且很沉地压着他，我看见他起来时两手撑住写字台的外沿儿，十分吃力。一握到他那绵软无力的手，我心里一下子软了。我知道找他算账的目的已经很难实现，我心里甚至可怜起瘦老头了。我清楚地感到瘦老头身后那个高大阴影的笼罩和压迫，我不敢抬头，只能平视着瘦老头黝黑瘦削的面庞。这时候我感到后背一颠一颠，我想，身后的影子可能正木偶似的冲对面高大的影子弯腰点头地行礼。瘦老头将我拉到他桌前的藤椅前："快坐下。"我慌忙向旁边闪了闪，我不敢和他对面坐下，我担心再一次的辐射，那影子会贴得更加牢固。另一方面，我也害怕他身后那高大的影子会向我叠压下来。我不敢设想，更加上那样一个巨大的影子会是一种什么景况，我知道我承受不了。

原来很足的火气这时都已经泄了，我鼓了鼓勇气，但说出的话仍旧像是哀求："关书记，你饶了我吧。"瘦老头不解地看我："你怎么了？"我不知道他是不是在装糊涂，我说："我已经快让你压垮了，我……"瘦老头惊讶地瞪着我："小伙子你这是怎么了？我压你什么？我已经一个多月没在学校了，我没给你任务啊。"我说："不是任务，是影子！"瘦老头迷惑地问："什么影子？"我指指后背："你，你的影子……"瘦老头先是一愣，接着"嗨呀"一笑，如释重负地往椅背上一靠："你们这些年轻人哪，开起玩笑来让人摸不着头脑。"我连忙说："不，不是玩笑。"瘦老头冲我摆摆手，重新趴到桌子上："够了够了，我已经听厌了，你坐下吧，我们谈正事。"我没有坐，他也没再劝，说："是这样，办公室缺个副主任，常委会研究了一下，大家一致举荐你……"

我赶忙摆手止住他："别别别，我不行。"我不是不想当官，"大家"几天前在党委会上纷纷指责我"有政治企图"的事使我格外清醒和冷静。瘦老头说："这不是谦虚的时候。"我说："我不是谦虚！"瘦老头说："已经定了！"脸上明显有些不悦，我心里泄了的火气又燃起来，我想说："定了我也不干！"但我还是压下去了，脸憋得通红，我知道说也没用。我心里总有一种恐惧感，我总感到那高大的影子正慢慢地向我压过来，我甚至不敢高声说话，我想我得赶快离开。但憋在心里的话不吐出来，总感到如鲠在喉。瘦老头这时眼脸耷拉下来，做出一副妥协的样子，自嘲地笑笑："好啦，咱不谈这个。你们年轻人新道道就是多。"抬起头问我，"说吧，你找我什么事？"完全是一副不耐烦的神气。我压下去的火气终于蹿上来，我说："请你把影子收回去！"

瘦老头没听清似的追着问："啥？你说啥？"

我两眼冒火，终于提高了嗓门："影子，把你那影子收回去！"

我听见"咚"的一声闷响，我知道瘦老头和他的影子碰头了，我感到那一刹自己身上也"嘶拉"一声像有什么东西撕裂，立刻，一种透彻肺腑的轻松和彻底的解脱感传遍全身。我转身向外走，瘦老头在后边喊："唉唉，回来回来，我还有话要说——"

我没有回头，一直向外走。走廊的尽头，小朱站在那里等我。我快步跑过去，小朱抓住我的胳膊，我们一起跑下楼，穿过操场，向大门外跑去，人们都在看我们，面带微笑，我们没有理会。我知道，那影子说不准什么时候还会跟上来，但我相信他不会长久。这时候我又听见《雷电波尔卡》那沉厚宽宏的背景音乐和挣脱锁链一般强烈的节奏。我拖着小朱飞快地跑起来，我们两个仍旧像一对逃亡的野兽，但意义已经有了本质的不同。小朱问我："上哪儿？"我毫不犹豫地回答："大世界舞厅。"这时候我似乎已经听见了湖水拍岸的"唰啦"声，微风从湖面上掠过，带着湖水的沁凉湿润和湖边树林草地的清新气息迎面扑来，我感到我和小朱正在一个巨大的舞池里，只有我们两个人，面对无数双眼睛，自由地起舞，无所畏惧，无所顾忌。

闲章

都喊他老右。

本名叫尤聚云。喊长了，"尤"字便走了调儿。他也不去纠正，索性自己也随上去，说起话来总是"我老右"怎样怎样。

事情本来与老右无关。假如换了别人，什么事也不会有。

植树节那天，机关干部都到南海沿儿栽树。休息的时候，普教科小袁和教研室一个小伙子发牢骚，小袁说："干与不干一个鸟样，成天累死累活还不如人家老头儿一句话。"老右听见了便凑过去："小伙子就这么个思想境界？"普教科长一直空缺，作为副科长的小袁主持科里工作，一直干得很出色。小袁说："这是好的，没给他撂挑子就算好同志啦。"老右便问："你这是怎么啦？年纪轻轻，心胸怎么这么不宽阔？"小袁说："老右你也别装糊涂，扔给你说不准比我还不开阔。"

老右越发糊涂了："到底什么事，我真的不知道。"小袁便如此这般地跟他解释。听完了，老右便追着问小袁："你说的这些都是真的？"小袁说："这还有假！""确切？""绝对确切！"老右便说："要是真的，老右豁出这九品乌纱也给你去争这口气，岂有此理。"

第二天一上班，老右便直接去了人事科。

老右是老科长了，人事科长才三十出头，去年刚上任，所以对老右很客气。老右一坐下，便直奔主题："我听说你们要提俞欣做科长？"

话刚出口，人事科长脸便红了："哪里，谁说的，没有的事。"

老右紧盯着他说："小庞，你别装糊涂，外边传成一个了，你还遮遮掩掩的。"

人事科长眼珠很快地转了几转："这种事老右你还不清楚，人事科哪定得了？"

老右便紧迫着问："我知道这是上头的意思，你这儿只是办个手续，可到底是有啊！"

人事科长马上摆手说："不不不，我可没那么说，没有的事，不存在的事，干部工作是严肃的事情，不能听信谣传。"

老右便站起来："好，是我听信了谣传，我等着瞧，要不是谣传，小庞，我可饶不了你。"说过，拉开门便走了。

从人事科出来，老右没有回科里，又去了普教科，把小袁叫到走廊里："小袁，你敢保证那消息真的可靠？"

小袁有些急了："绝对可靠，已经报送组织部了。"老右转身便上三楼，去敲主任的办公室。主任姓李，前年刚从市里派下来。门虚掩着，老右敲了两下便推开。主任正在那里看文件，听见响动，抬起头，眼睛从镜框上方向门口看。一看是老右，忙摘下眼镜："哟，老右，快请进。"

老右推上门，直接坐到主任办公桌对面的藤椅里，很随便地向后一靠，像在自己家里一样。

主任问："老右，有事？"

老右说："有点事。"

主任铅笔橡皮顿着桌面，"说吧。"

老右盯着主任的脸问："听说，你们要提俞欣做普教科长？"

主任脸一下子阴了："嗯？"重新戴上眼镜，将桌上的文件折起来，放好，这才说，"你听谁说的？"

老右说："你别管我听谁说的，你先说，有没有这事吧！"

主任又将眼镜摘下来，重重地翻扣在写字台上，说："老右你是老同志了，这件事怎么这么糊涂？"

老右说："我一点也不糊涂。"

主任说："不糊涂？人事问题历来是敏感的，干部任免是党组的事，群众有些议论和猜测是难免的，你作为一个老科长怎么能当群众的尾巴？"

老右说："我们最好不要讲这些官话，我这人直，我想听的是有没有这件事？"

主任脸红了，明显地表现出恼怒，铅笔一扔，瞪着老右说："无可奉告！"

老右便站起来："不否认，这说明这件事是真的。"

主任急了，站起来："老右你讲这话可要负责任。"

老右一边往外走一边说："我负责任，你也得负责任！"说完从容地转过身，轻轻地掩门出去。

主任气得脖子上的青筋直蹦："简直是乱弹琴！"大步走到门口，"砰"的一声将门推上。

下午，主任召集各科室负责人开会，布置下一阶段工作，临散会了，主任说："还有一件小事跟大家通通气。最近个别科室负责人要做些调整，这本来是很正常的事，可是最近发现，有些人在背后搞小动作，胡乱猜疑，乱造舆论……"

当时老右就坐在主任斜对面，正抱着大茶缸子"咕咚咕咚"地喝水，听到这里，他放下大茶缸子，瞪着主任说："你是说我吧？"

有人偷偷地发笑。

主任看他一眼："不排除你。"

老右便站起来："既然是说我，那咱今天就当着诸位科长党员的面说说清楚，俞欣她到底有什么资格做普教科的科长……"

主任脸一下子涨红了，手里端着的杯子往桌上一顿："老右，你说话怎么这么不负责任！"

老右说："我这是对党的事业负责任！"

主任说："你这是为极少数人负责任，干部任免是组织的事，你没有资格乱发议论！"

老右说："什么组织啊，个人意志、官僚主义、徇私舞弊……"

主任火了，一拍桌子："尤聚云！"

都一惊，桌上不少杯子里的水都洒出来。老右笑笑："别吓唬我，我胆儿不小。"一直坐在主任身边的副主任老于见两个人越吵越厉害，便站起来："老右，别争了，大家熄熄火，李主任，咱今天的会就到这儿？"

李主任好像没有听见，火气仍旧很大，隔着老于的胳膊，嘴唇一抖一抖地说："真是乱弹琴，我看你根本就不像一个科长……"

老右说："对，我是不像，我要是个女的，老头又当县长，就像了……"有人拽老右的衣襟，老于也过去按住老右的肩膀："别争啦，冷静点。"然后转过身对大家说："今天的会就到这里了，散会。"都仍旧坐着不动，李主任已经端着杯子站起来，一边往门口走一边回头对老右说："尤聚云，对今天你说的话你要负责任。"端杯子的手一抖一抖。老右说："呃，别走啊，还没说清楚。"主任根本没有回头，只抬高声音说："我不和你对话。"拂袖而去，老右望着他的背影，也高声说："好，不对话……"副主任老于端着杯子走过来："老右你冷静点好不好？"说过又转身对大家说："还坐着干啥，散会，刚才争论的情况回去不要扩散。"说完也推门走了。

大家都站起来，老右也端起茶缸子要走，有人便劝他："哎，别闹了。""算了，胳膊扭不过大腿。"老右说："我不管那个，和不正之风斗争其乐无穷。"走到门口又转回身对大家说："斗争才刚刚开始呢，不愿参战的等着看戏吧。"说过便出门下楼，小袁从后面跟上来："老右，要不就别争了。"老右眼一瞪："你个软包蛋！"

老右回到科里，找出毛笔，端了一瓶黑墨水便又回到三楼。三楼走廊里这时候人不少，会议室门口还有几个科长开完会没有回去，站在那里议论什么。见老右过来都让开一条路，不知老右要干什么。老右单枪匹马旁若无人地走到主任屋门口，敲了几下没有动静，便喊："再不开我采取行动了啊——"还是没有动静，老右便转回会议室门口。

这时候走廊里的人越聚越多。有工间休息的，有开会没走的，还有不少是听见动静从一楼二楼上来看热闹的。都不知老右要干什么。老右看看大家，撸撸袖子，说："我写两句打油诗给大家瞧瞧。"说着便将毛笔捅到墨水瓶里搅了搅，然后走到会议室门旁边雪白的墙跟前，大家这才明白老右要干什么，便有人劝他："老右你别胡来——"老右这时候情绪很激动，脸红扑扑的，像喝醉了酒，瞪着眼说："怕什么，又不是你犯错误。"说完提起笔便往雪白的墙上按，一会儿墙上便自上而下抹出一溜儿几个大字：

岂有此理！

人群里"哗"的一阵骚动，有人打趣，老右真写一手好字！老右很得意地回头望了望，这时有人上去拉他："老右你胡闹哩！"老右胳膊肘往外一推："躲开！"办公室主任和人事科长这时急匆匆地赶过来。主任和副主任老于散会便到县府去了，办公室主任便拉着人事科长一起过来。

办公室主任老远便喊："老右你胡闹什么！"老右转身瞪他们一眼："轮不到你俩管。"两个人都比老右年轻近二十岁，老右根本没把他们放在眼里。老右冲他们亮亮手里的墨水："谁敢上来，我就泼他脸上。"办公室主任又说："老右你要犯法的。"老右说："犯法也不抓你，你操什么闲心！"说着又转身在墙上写了两行小字：

辛辛苦苦十几载
不如嫁给县长作太一

最后一个"太"字刚写了一画，办公室主任、人事科长和另外几个人便上去拖他。老右挣扎着喊"滚开"，真的将一瓶墨水泼到了人事科长的脸上，人事科长"啊呀"一声捂着眼退出去，几个人搂腰抱臂的还是拖他，一边拖一边劝他："老右你冷静点。"老右急了："你们这些狗！"猛一个转身，吼一声"滚开"，使出浑身的劲向前一拥，几个人都推出去了，自己也退到了会议室门前。两只胳膊往后一扑棱，正扑在两扇落地玻璃门上，"哐啷"一声，两块玻璃都碎了，老右也一屁股跌坐在那些碎玻璃上。都过去拉他，老右站起来，有人喊："老右你手破了。"老右抬起两手，这才看到右手手腕处破了一个大口子，血"咕嘟咕嘟"地往外冒。

围观的人见事情闹大了，大部分都走了，剩下办公室主任和另外几个年纪大些的科长，小袁也在那里，脸煞白。办公室主任一边架着老右，一边喊小袁："快去叫车！"老右推开他，自己捏过伤口，喊正转身要去叫车的小袁："回来！"

小袁说："总得包包呀！"老右说："你们都滚开，我自己去。"

老右从门诊部包好伤口出来，科里的几个小伙子正站在门口等他，见他过来，都迎上去："怎么样，伤得厉害吧？"老右笑笑："没事儿，擦破点皮，革命嘛，总要流点血的。"有人便劝他："老右，算啦，闹大了不好！"老右便说："嘿，你们这些胆小鬼，闹小了他能解决吗？就得闹大！"说得几个人目瞪口呆无话可说，老右说："你们都回科里去，别跟着我。"说完，自己一个人气宇轩昂地往大院里走，迎着一双双好奇的眼睛又上了三楼。

刚刚写上的字，办公室已经让人用涂料抹去了，老右气得跺着脚骂："这些窝囊废！"会议室的玻璃已经清扫了，剩下孤零零的两个门架子，空洞洞的，会议室里的圆桌、木椅和圆桌上的烟缸、茶杯都一目了然。老右转身下楼，又回到科里，重新找出毛笔和墨水，那些刚刚坐下的小伙子又都劝他："老右，不值当的，算了。"老右瞪他们一眼："与你们无关，干自己的事去！"说完又转身出去登上三楼。这一次走廊里静静的，人们都躲在办公室里，有好奇的也只是从窗子上、门缝里往外瞧。老右走到会议室左边的那面墙壁，又提笔写道：

县长太太就要做科长吗？！

字体很大，每个字都有砖头那么大。下面接着写了几行小字：

最新消息：教委准备提拔俞欣做普教科科长

俞欣，女，四十六岁，副县长太太，半年病休，半年工作。主要工作：剪报、整理资料。

提升科长何理之有？！

请党组答复，请群众明察！

写完，毛笔一掷，扬长而去。

这一次字没有马上被擦去，不知是谁请来了派出所的警察。从会议室的玻璃，到墙上的每一个字，都细细地看过，然后拍了照片，这才让人涂抹去。但是那些字，却已让人背了去，几乎一字不漏地在大院里传诵。

那晚上老右回家喝了两盅。第二天早晨照旧是右手戴着手套托着球在操场上活动。有人告诉他警察拍照的事，他一笑："嘿嘿，我早料到了，没事儿，顶多拘留两天。"

果然，下午老右便被拘留了。拘留通知书的拘留理由是：以大字报的形式进行人身攻击，破坏公共财产，扰乱办公秩序。

那天上午，老右一到办公室，还没坐下，办公室主任便领着一个四十多岁的警察推门进来。那个警察老右认识，是附近榆树巷派出所的所长，姓钟。老右很客气地和他握手，把他推到老右办公桌对面的沙发上坐下，吩咐一个小伙子看茶。两个人握手的时候，办公室主任便借口别的事溜了。钟所长便一个人和老右聊。

老右说："老钟，准备拘我几天？"

钟所长笑了："哪里，今天只是和你随便聊聊。"

老右说："那些字你都看了，所有的内容就那么几十个字，清楚得很。"

钟所长说："尤科长你的毛笔字写得挺漂亮，你一定练过。"

老右眼里立刻有了光彩："看来你是懂字的，我可是练过，六岁我就开始练魏碑，一个字一个字地摹……"

两个人狠吹了一头午。

中午回家，老右对妻子说："这派出所也是些吃屎的。"妻子说："不把你抓去你不甘心是不是？"老右说："是。"这时老右心里真有些失望，他对妻子说："你不懂，他不抓我，看来好像是对我宽容，实际是怕事情闹大，想不了了之。"说着的时候，老右心里就想，还得再加把劲，不然就前功尽弃了。妻子说："我看你是坐牢没坐够。"老右嘿嘿一笑："'文化大革命'几进几出也没把我怎么着，我这是为正义斗争，光荣！"

但是下午一上班，老右刚刚往大茶缸子里倒满水，还没喝，便进来两个警察，都扎着腰带。一进来就不客气地走到他跟前，问："你是尤聚云？"

老右望了他们一眼："是，我是老右。"

两个民警中的一个说："你被拘留了。"说着拿出一张拘留通知书，放在桌子上。尽管中午就有那样的思想准备，这时老右心里仍旧一咯噔。把那纸摸起来，一看是十天，拿起笔签了名，又按了手印，心里这时已经稳下来了。两个民警便过来架他，向后扭胳膊，扭得有些疼，老右说："不用扭，我不会跑的。"两个民警便松手了，老右说："稍等，我喝口水。"说着端起桌上的茶缸子，"咕咚咕咚"一气将一大茶缸水喝尽了，走到门口将茶根儿倒进痰盂，将缸盖盖好，放到桌上，这才随着两个民警往外走。

科里的小伙子们第一次见到这种阵势，都傻眼了，一个个愣愣地定在那儿。老右走到门口，转回头对他们说："该干啥干啥，傻愣着干吗？"

这时候正是上班时间，老右故意走得很慢。文委、教委两个单位一两百口子，认识的不认识的，楼前楼后都盯着看。警车停在楼门前，上车前老右还转过身看了看北楼南楼，看了看停在门前、院里看他的人们，这才一弓身钻进了车里。那一刹，老右有一种慷慨就义的感觉。

警车一出大院门口，老右心里就平静下来。

老右对那两个民警说："你们所长老钟真不够爽快，上午我问他拘我几天他还说'没的事'，这有什么不好意思的，我又不是为了我自己。"

两个警察都很年轻，都好奇地打量老右。

老右说："我知道你们会拘留我，我早有准备。"个子高些的警察看老右一眼，开始说话了："老科长水平就是高。"另一个也说："来的时候钟所长跟我们说过了，说尤科长不一般，若在战争年代肯定是个革命者。"

老右说："现在也是革命者，纯粹的革命者。"

两个警察想笑，却尽力地板紧脸。老右看出来了，说："你们该笑笑，我不在乎，你们一定觉着我像个神经病似的，不是，我这都是为了正义，你们所长上午来和我聊我就知道他是怀疑我神经有病，来探探，不是，这才打发你们来拘我……"

两个小警察这会儿不笑了，都很佩服地看他。老右便和他们探讨，老右说："我有个问题一直闹不明白，向后扭胳膊和向前扭法律上有什么界限？"

小警察说："往后扭是人民内部矛盾，往前扭就是要铐起来，那性质就变了。"

老右说："这就对了。"

个子高些的警察说："听所长说你的字写得挺漂亮，能不能给我们写一幅？"

老右眼便亮了："字好说，等我出来一定给你们写，写什么呢？"老右闭着眼想了想，"就写'护法义士'。"

老右被拘留的事在文教大院里有如爆炸了一颗炸弹，人们私下里四处打听事情的原委。当然，对工作没有什么影响，只有在老右那个科，小伙子们有些六神无主的样子。

第二天下午，主任又召集了一次科室负责人会，老右那个科里，副主任老于点了一名副科级干事参加。会上，主任公布了组织部的一项任命通知，任命小袁为普教科科长。小袁一时呆了。主任很动感情地讲："人事任免本来是很正常的，组织程序是很严密的，但是有些同志就是信不过组织，就是要搞小动作……"

小袁脸唰地红了，低下头。散会以后便主动到主任屋里承认错误。

会议结束时，副主任老于指定那位代替老右开会的副主任干事，在老右不在期间，临时主持科里工作，并说了一通要大家安下心来，不要影响工作的话，这样一切便又正常了。

都为老右惋惜。认为老右不该闹这么厉害，或者采取点别的办法。但还是有人坚持说，若不是老右这一闹，组织部的决定恐怕就不会改，说这话的坚信任命令是事发以后改的。还有人说，据传，县长听说这事以后，当晚就打电话把主任骂了一通，并通知组织部原来的任命令作废，人家县长本人、人家俞欣根本就没有当那官的意思，都是，嘻……

老右回来的时候，一切都已趋于平静。从拘留所里出来，老右没有回家，而是直接来到大院。大院里还是老样子，老右却有一种阔别的感觉。见了人便打招呼。熟人便站下来问他："回来了老右？"老右便乐呵呵地答："回来啦。""怎么样里头？"老右便答："嘿，比家里舒松，没工作可干，闷得慌。"直接找到普教科，小袁见了，不说话，只把那任命通知拿给他看。老右便拍着小袁的胳膊："怎么样，革命成功了吧，不叫我这一闹……"

小袁说："不是。"拿起任命通知指给他看："人家组织部十号（也就是老右拘留的前一天）就行文了……"

老右说："嘿，你个傻蛋，这不是活的吗，改成九号也能啊……"

以后几日，老右见了熟人，便有一句口头禅：革命成功。

老右回来的第三天，主任从市里开会回来，打发人把老右招了去。主任说："回来了？"很和蔼，两人之间好像没有发生什么似的。

老右说："回来了。"

"怎么样在里头？"

老右说："没事儿，天天练字。"

主任又问："伤口好了吗？"

老右说："好啦，进去以后老钟又让所里的警医给我换的药，几天就好了，你看肉都长上来了。"

主任说："以后要接受教训哪。"

老右说："这个表态好。"

主任笑笑，并不争辩，又说："我明天就到年龄了，退下来，可能下个月就要到人大去。"

老右一愣："嗯？"抬起头看着主任，忽然一拍脑门，"你看，你这一说我才想起来，我也到限了，这个月底就该退啦。"

从主任屋里出来，老右直接去了人事科。人事科照例是说了一些挽留的话，老右说："别来虚的，我要不来，过几天你该找我啦。"

老右就这样退了。

一开始几天挺好，天天在家练字，累了便抱起篮球下楼"扑腾"一阵。想起还欠人家两个小警察一幅字，便赶紧上楼，花了半头午写好，亲自骑车送去。

但是没过一星期，老右便闲得难以忍受。每到上班时间，总想骑着车子往外走。终于耐不住了，便到大院里找新来的主任。新来的主任想了想，与文委主任通了个电话，两个人商量了一下，让他到传达室做主任，实际就是看大门的，管两个老头。主任还怕他不愿意，捂着电话问他怎么样，老右连呼"好，好"，当天下午便到任了。

老右一到传达室，门口出入便紧了。本大院职工一律凭证出入，外来人员车辆必须到传达室登记。老右亲自起草了一份告示，用毛笔誊出两份，大门口和南北两座办公楼各贴一份。一天老右在门口溜达，见一辆外单位的奥迪轿车呼呼地往里开，老右气坏了，挥着小旗追上去，非要司机退回去重新登记不可。司机推门出来，悄声说："这是张县长的车，张县长……"老右小旗一挥："我不管张县长李县长，列宁同志来也得登记。"司机犹豫了一下见毫不通融只好将车退出来，到传达室开了一张条子，交给老右，这才开进去了。

车上的张县长问司机："这胖老头是谁？"

司机说："这就是老右。"

张县长笑了："噢，怪不得！"

老右此时已经回到传达室坐下静心练字。

传达室里一张一张挂满了他的墨宝，"革命成功""人民公仆"等条幅，满墙皆是。条幅下方一律小楷落款"老右左手书"几个小字，然后是年月日。有人看了，说："老右你这书法缺个闲章啊。"老右便上街刻了两枚，一枚是"革命"，一枚是"老右"。再写字便右上角盖一枚，左下角盖一枚。

人们再到传达室便发现，老右的书法有了起色，盖上章以后还真像那么回事。

落霞

　　方旭局长刚刚上楼躺下，楼下便有人敲门。

　　小儿子极不情愿地开了门。来人声音很陌生，外地口音，说要找他。小儿子十分认真地说："你看真是不巧，老人家出发了，不在家。"

　　来人似乎知道是在唬他，十分固执："请让我见见方局长吧，我是从马良特地赶来的……"

　　局长一下子坐起来，马良？顾不得披上衣服便推窗冲楼下吆喝，让小儿子赶快把客人请上来。

　　来人是马良的市委书记。今年是马良战役四十五周年，马良市要召开一次隆重的纪念会，想请方局长出席会议，并做一场报告……

　　马良战役四十五周年，方旭局长激动地沉吟着。真快呀，四十五年啦。他双手紧紧攥住市委书记的手："你放心，我一定去，一定……"

四十五年，这时候回头看只是一瞬。那时候局长还是个十七岁的小伙子。四十五年，方旭局长走南闯北干了不少事，但细想起来却都很平淡，甚至记不起来都干了些什么。只有那场大战是刻在心里的。几十年来，他虽然一次也没有回过马良，却时时记起那座山、那场大战。特别是这两年，工作不那么忙了，那个他总共待了不足三十六个小时的地方，便经常出现在他的记忆里，在那里度过的每一分、每一秒都是那么清晰。他这一辈子，是同马良连在一起的。

送走市委书记，局长仍旧十分激动。他们约好明天下午走，局长却恨不得马上出发。

但是家人却不同意他去马良。他刚上楼，小儿子便跟进来："爸，你咋这么糊涂，这个节骨眼上，人家出国的都提前回来了，你还要去那个地方干吗……"

局长生气地瞪住小儿子，并没有发作，小儿子噎住似的，满脸通红，绵绵地看他一眼，悻悻地转身走了。

方旭局长重新躺到床上，却怎么也睡不着。小儿子的心情他能理解。市府大院多少双眼睛都盯着依山傍水的那几栋小楼，听说最近几天就可以分了。确实不少同志都不出门了，当然，不一定都是为了房子。经验证明，粥少僧多的时候，在不在跟前确实十分关键。政策当然有，但是执行起来往往是活的。那年在武汉，老二要进文工团，正巧他去北京学习，离开没几天，老二就打电话哭着告诉他名额让人给挤掉了。对此他尽管很生气，但似乎也能理解。名额有限，在家的追着找碴不过去，只好让不在跟前的吃亏了。这么想着，他便有些踌躇了。尽管他不愿在孩子们面前承认，他也希望房子住得好一点，正像孩子们抱怨的那样，"文革"前的局级干部只有他还住着这旧两层。这次不调，等明年退下来，就更难指望了。这是十分现实的。局长感到头有些疼。

第二天午后，局长的车按时向马良进发。

他无法抑制想去马良的念头。他感到很怪，那种固执就像小时候急着要去姥姥家走亲戚。那件令他头疼的事他已经想妥了。他相信武汉的那种情况不会再发生，这倒不是他相信人们的觉悟和公道，他相信的是自己的安排。

临走，他把小儿子叫到楼上，告诉他，有事就去找胡叔叔。胡叔叔是局长的老部下，现任行管局副局长，他已经跟他通过电话。他一再叮嘱儿子不论出什么事都不要闹，只要把情况跟胡叔叔说清楚，他会处理好的。

汽车爬上通往郊区的锦川大桥，就可以看到对面翠屏山下那一溜儿紧傍着江堤的几座白墙红瓦的小洋楼。局长只掠了一眼便闭上了眼睛。这几幢小楼的兴建花费了近十年时间。最初提出要建一批高干楼的，是现在已经逝去的原行管局李局长。那时局级干部还不像现在这么多。身为财政局副局长的方旭曾经竭力地反对过。那时国家正处在经济恢复时期，经过了一场劫难，都还没有缓过劲儿来。后来很快，江对面的市区几年时间就变成了现在的繁华样子，楼群一片一片地起来了，住房面积越来越大，越来越现代化。这几幢早就选好地基的小楼也不知不觉地盖起来了。说来也怪，这时候方旭局长似乎也感到顺理成章了。就像座下的车，一开始都是吉普，只有书记和市长才坐"上海"。后来开始换成"伏尔加"，再后来换成了"皇冠"，现在又换了"奔驰"。也就像革命初期小米加步枪，慢慢有了大炮、坦克、飞机、导弹一样，似乎都很自然，也许这就叫作发展。同时，方旭局长也想到了另一个词。这两个字像幽灵一样，让他感到害怕。他不愿意见到它们。它们还很模糊的时候，他便闭上眼挥挥手想把它们赶走。方旭局长相信它们是并不存在的幽灵、魔鬼。方旭局长从内心里诅咒它们。

汽车驶入马良境内的时候已经是下午了。几个小时的颠簸，方旭局长感到很累。从马良山山前经过的时候，他正倚在靠背上闭目养神。随行的市委书记碰了一下他的胳膊肘："方局长，你看马良山。"

方旭局长睁开眼，慌慌戴上老花镜，顺着市委书记的手指往外看。只见绿葱葱的麦田的尽头，耸立着一座碧绿苍翠的大山包。

那是马良山？

是的，马良山。

方旭局长不自觉地摇头："不对，那不是马良山。"记忆中的马良山除了土就是石头，远处看黄泛泛的像一座大坟包一般。

市委书记笑了："我也听老人们说过，原来马良山上一棵树没有，草也很少。但从我记事起，那山便长满了芭节草，夏天草旺的时候进去找不到道眼儿、透不过气儿。加上这些年搞了些绿化，栽了些树……"

方旭局长沉吟着点点头。四十五年，就不该是原来的样子，早该想到。汽车平稳地向市区行驶。四十五年前这里哪有这么现代化的公路。他记得他们从莱芜夜行赶到马良，二百多华里，全是曲里拐弯的山路，有时候干脆在麦田里行走，麦子全给踩成了酱。那天夜里正巧下小雨，路上泥泞得很，走到麦田里常常黏得拔不动脚。没到马良他便走掉了两双鞋子，到马良山跟前他是光着脚往上冲的。

驶入市区，方旭局长好一阵吃惊。眼前是一座不小的繁华城市。市委书记指着外面这里那里地介绍，他听得很粗。几十年就起来这么一座城市，几十年生出来这么多人。他记得那时马良仅仅是个小镇，在山南的小河边上。那晚上他们从小镇经过时，只看到几点灯光，连狗叫都没听到。

他感到自己不是重游故地，而是来到一个完全陌生的地方。在心里装了几十年的马良竟一点影子都找不到。他想起那个古老的关于河的哲学故事。记忆中的马良山和马良只能是记忆，是过去岁月的一片影子，现实世界里再无法找到它们。这么想着，方旭局长不由得叹了口气，他自己也闹不明白是沮丧还是激动。

马良的宾馆很高级、很现代化。局长没有想到一个县级市竟有这么高级的宾馆。宾馆大厅简直就是一座花园，高山飞瀑，小桥流水，曲廊怪石，茶座酒吧。在大厅里游逛的，不少还是高鼻梁、黄头发的老外，还有一些一眼就看出来的港台来客。市委书记说马良自开放以来，几乎每天都有港台来客。特别是最近一段时间，台湾来得比较多，有的还是当年参加马良战役的国民党老兵……听到这里，方旭局长不禁心里一紧。

吃过晚饭，天还不黑，送走相陪的市委书记，让秘书小王和司机上楼休息，局长一个人在大厅里慢慢地踱步，欣赏大厅里让人心旷神怡的景致和音乐。许是他那头雪白的头发特别惹眼，大厅里的不少人包括那些老外和港台客人，都不时地拿眼瞟他。他也盯着他们看，特别是那些来自港台的同胞，白发苍苍的。他想起市委书记那番话，他想眼前走过去的这些穿着时髦的老头子，说不准哪一个就是当年自己的敌手。相隔四十五年，那枪炮声和火药味成了今日这华丽醉人的厅内景致和音乐的点缀，他自己也说不明白心里是一种什么滋味。

方旭局长自己上马良山了。

路径似乎很熟，出了大门绕过一片小树林便是一条小路，从乌黑黑的已经开始抽穗了的麦田里穿过去，便到了马良山根底下。

似乎是大中午，太阳暖烘烘地烤着十分闷热。小路上和山根下没有一个人影，就连树上的知了也不叫了。

四十五年前不是这个样子。那时候刚刚接近马良镇就听见枪炮响了。马良山远看就是一个大土崮，真的踏上山才知道原来是一座团场很大、地形复杂的小群山，坑坑坎坎，怪石嶙峋。那场大战打得好恶。敌人凭借了有利的地势枪炮齐射，火力很猛。后来才知道，方旭局长所在的 212 团冲锋的地方是山的右翼。西山口，那里是敌人工事最集中的地方，难攻易守。天傍亮的时候，方旭局长所在的尖刀连才冲到半山腰，枪声已经有些稀落了。第一次打大仗的十七岁的方旭回头一看，平时熟悉的班长、排长和几个老乡都不见了，禁不住头皮发麻膝头发软，尿湿了一裤子。

正在这时候从头顶上落下来一个大黑疙瘩，还没等他看清什么，便"轰"的一声响了，他只觉得像有一股冷风一下子把他抬起来，便什么也不知道了。

醒来的时候天已经大亮了，枪炮声已经十分零落。睁眼一看，周围全是血糊糊的尸体。黄军装、灰军装已经辨不清楚。想站起来，刚一动，右边大腿根便一阵剧痛。手一摸，黏糊糊的血饼子，还有一块嵌进去的硬东西，他知道是弹片。咬着牙想换一个舒服的姿势擦擦伤口，还没动，头顶上"噼里啪啦"落下几块小石头。

他抬头往上看，只见上面岩坎上一个穿黄呢军装的大个子正往右边的一个小石洞里钻，看样子是个军官，戴着肩章，没戴帽子，乌黑的头发向一边分着，这家伙是想逃！方旭回手摸枪，枪还在，他咬牙端起来，可是这时候那家伙正好让一块大青石遮住了，方旭急了，"哎——"地叫了一声，咬紧牙往旁边石缝里一滚，再抬头，那家伙正惊怔地往后看，吓得蜡黄的长条脸煞白，左脸颊有一块指甲大的黑痣。

方旭端起枪向他瞄准，那家伙才反应过来，也端起手里的撸子，"嗵——"两枪几乎同时响了，方旭看见那家伙额头上开了朵血花，摇晃着栽倒了，自己也倒了，端枪的右臂像是断了。

知道被他打死的国民党军官正是这次战役的敌军首领——蒋介石的精锐军团一号司令王勘如——的时候，方旭已经躺在战地医院里了。清醒过来以后，纵队司令和政委都来看他，说他为党、为人民立了大功。记者也不断地围着他转，问这问那，给他拍照。那时候他还没有感到自己和以前有什么两样，只是负了点伤，甚至到出院后，开庆功大会，从纵队司令手里接过特级战斗英雄奖章，他也没有感到自己多么了不起，只有现在想起来，才由衷地感到，那闪闪放光的小牌牌是他一生的荣耀，那场大战，对他是多么重要。

那场大战，决定了他的一生。

庆功大会以后，他被破格擢升为副连长，从那以后，他步步顺利……

方旭局长竭力想找到那个地方，那个他受伤的岩坎，那个他击毙王勘如的山洞。可是山上密密麻麻地长满了一人多高的芭节草，往日的痕迹一丝都找不到。初夏的中午，整座大山上只他一个人，无边的芭节草使他找不到路，辨不清道眼儿，甚至让他迷失了方向。

方旭局长急出了满身的汗。芭节草如剑的长叶子拉得他脖颈、手腕火辣辣的。怪了，整座山上连块石头也找不到了，相隔几十年，那些坚硬黝黑的青石岩似乎都化作了沃土，滋润着满山的青树绿草。

方旭局长在芭节草的林子里东冲西撞，太阳慢慢地斜了，仍旧找不出路来。方旭局长有些绝望了，又似乎有些害怕和恐惧，他担心自己这位当年威震马良的特级英雄会被这可恶的芭节草困在这里。四十五年，似乎是一个玩笑。他开始后悔，不该一个人出来。

他想，要想得救恐怕只有往回走。他开始往回转。刚走了几步，眼前便一亮，一条白净净的小路在前边弯弯曲曲通出来。再往前走，眼前豁然开朗。原来已经到了半山腰，离山顶似乎只有几步路了。怪了，小路好像一条分界线，这边是茂密无边令人窒息的芭节草，那边竟是与他记忆中的马良山一模一样的景象。山势陡地峻拔起来，怪石纵横交错，坑坑坎坎。忽然，他心里一跳，他发现了一块巨石后边他受伤的那个岩坎。他几步跑过去，青青的岩石上斑斑点点地长着石硼花，黄绿的花叶间是暗红的石苔。局长轻手抚摸着，像摸着自己当年的血迹，有些烫手。再往上看，便是那个写进军史的岩洞。方旭激动得几乎喘不过气来。攀着岩石的缝隙往上爬。刚刚登上一块石头，一抬头，一个穿一身淡雅的浅黄色丝质裤褂的老头子，正从岩洞里出来，要往下边小路走的样子。两个人打了一个照面，都吓了一跳，都没有想到会在这里碰到人。

方旭局长镇定下来的时候，那个人竟转过身向回走了。一转身的当儿，方旭局长心里"咯噔"一下，几乎不敢相信自己的眼睛，那个老头儿的左脸颊上有一块指甲大小的黑痣……

方旭局长几乎瘫坐下来。他相信自己的眼睛，这几年不断听人说王勘如还活着，现隐居美国。当年他打死的是一个替身，真的王勘如早就逃出去了……这些议论是已经逝去的老伴回来说的。记得有一次他气得摔了两只盘子，嫌老伴听信别人的谣言，他一直认为是一些别有用心的人造谣中伤他。

现在，证实了。方旭局长感到像被刺了一刀，他无法相信当年他怀着刻骨的阶级仇恨打死的那个家伙竟会是假的，他无法相信，他这几十年抱着的竟是一个虚幻的戏法……

坐下来，缓过劲来，稍稍平静一些，方旭局长不觉浑身发冷。不行，他想，他不能就这样傻等着。狡猾的王勘如算是碰上了对头。四十五年前是假的，那么现在是真的。他想，这一辈子他就做了一件事，他得干到底……

他坐起来，循着小路追上去。那老家伙已经不见影儿了，但从芭节草的抖动可以辨出他的行踪。两个人在青纱帐里左冲右突，却始终碰不了面。局长体力有些不支了，呼呼地直喘粗气。更糟的是芭节草不动了，环视四周，一点动静也没有，芭节草只将他自己围在中间，他知道自己犯了鬼打墙了。咬咬牙往前走，没走几步，一看，原来已经到了山顶，眼前竟是一块卧牛般的大青石，大青石的下边便是万丈深崖……

再一看，大青石的右边有一点白，方旭局长冲过去，那家伙正伏在那里，浑身一个劲地打战。方旭局长心里一阵激动，身后是静静的大山，无边无际的芭节草的海洋。他想，真是奇怪，也许这就是命运，马良山，对于王勘如和他竟都是这么重要，他们两个的命运竟会这么紧地系在这神奇而古怪的山崮上。

原以为，老家伙会起来和他对抗的，没想到他竟那样老实，伏在那里抱住头只是打战。方旭局长心里冷笑："让你多活了四十年。"他想只要他一抬脚，老家伙便会石头一样地滚下悬崖。可是，方旭局长脚跟刚刚抬起，那家伙便"嗷"的一声栽下去了，方旭局长自己也感到脚下一空，身子飘飘地向崖下倒，慌忙伸手抓挠，抓住一块软软的东西，如云彩，还是落下去了。自己也听得见，"咚"的一声，心想完了，竟没事。睁开眼，自己竟坐在地板上。这才知道刚才的一切原来是梦。被子掉在床下，出了一身汗，胸口跳得仍旧很急。秘书推门进来，方旭局长慌忙爬起来。

局长，有事？

哦，没事，没事。

秘书缩回去，方旭局长这时才听见门外走廊里一个女孩正在"嗷嗷"地大哭……

天这时已经亮了。

吃过早饭，方旭局长没有等市里的同志，自己带着秘书真的上了马良山。

和梦里的景象完全不同，马良山远看郁郁葱葱，到了跟前仍是一座植被不太好的秃山。稀稀落落的本地松和南方引进的水杉树苗，芭节草也确实不少，但只在边边缘缘的地方，长得多、长得茂密的则全是在沟里。

梦里的情景让方旭局长感到十分沉重。重游故地的那种豪情已经没有了。凭着记忆，他还是找到了他受伤的那个小山坳。那个山坳里也长满了芭节草。他记得那时候遍地都是石头。后来听打扫战场的战友说，那场大战以后，满山都是尸首、血迹，他进攻的山坳下边是一条沟，当时填满了敌人的战马和尸首。

他登到高一点的地方往下看，确实有一条沟，沟里的草也最茂盛，看不到沟底，只看到墨绿、青翠的一片，这倒有点梦里的景象。

许是血和尸骨肥沃了山上山下的泥土，生出了这么多草，方旭局长感到不可思议。

方旭局长由秘书搀扶着登上王勘如藏身的那个山洞。他记得当时山洞里黑森森的，说明很深。在医院里他也听一位战地记者说过，进去给王勘如尸首拍照的时候都得打灯，照出来的照片还是不太清楚。现在看却很浅，似乎根本算不上洞，只在一块大岩石下向里凹进去一块。那块飞来石上凿了一行大字，有些剥蚀，但还看得清楚：

匪首王勘如被击毙处

一九四九年六月

旁边一块石头，凿成了碑，记载了这场大战的情况和击毙王勘如的经过。

方旭局长望着残缺不全的山洞呆愣了好一会儿。他不明白当年那么深的一个石洞现在竟变得这么浅。岁月的河真的可以冲蚀一切，连石头也不例外？山还在，石头还在，但已经不是当年那座山，不是当年的石头了。那场大战，那段历史过去了，留下的仅仅是不无夸张的传说。现在想来，自己那满怀阶级仇恨但又不无偶然的一枪除了消灭了一个十恶不赦的顽匪，宣告了那场大战的结束，自己也因此获得了享用一生的荣誉、地位，但是除此之外，对于马良，对于这几十年的岁月，到底还有什么影响？

想起夜里的梦境，方旭局长心里像撒了盐卤。他击倒了自己的一切表白。也许自己也如马良山一样，几十年都泡在了那场早已逝去的大战的荣耀里，而另一种东西却悄悄地拱破本来纯洁、坚硬的地皮肆无忌惮地长了出来。房子、位子以及一些心照不宣的默契……相隔四十五年，他感到自己嘴里充满了一种草的气息，那气息让他感到恶心、发噎。秘书小王见他脸色蜡黄，连忙扶住他。他扶住眼前一块突出的青石，感到天旋地转。

下午的报告，方旭局长没有做。方旭局长病了，但他执意要返回省城。汽车驶出宾馆大院的时候，天已经快黑了。夏日的太阳已经从马良山脊滚落下去，但橘黄的余光还是染红了天边的云彩。整个马良都笼罩在一片橘红的氤氲中。其时，上万的马良人正按方旭局长的提议，登上了马良山，追悼那场大战中死难的几千名烈士。

大水

  隔着一条河。南沿儿是汪儿的葡萄园，一片泊地连着南台子半边山，碧绿苍翠，一片葡萄的海洋。汪儿的小洋楼，红瓦白墙，金碧辉煌地耸立于半山腰。北沿儿是村子，几百年的老村。绿树掩映下的草屋瓦舍静谧而又陈旧。村里人一出门放眼便是南台子，心里就窝火。那绿绿的葡萄藤下原本都是他们的责任田，尽管薄，也还是一份财产。当时没长后眼，让汪儿变着法地抠了去，现在后悔已经晚了。便骂汪儿的小洋楼是鬼子楼。

  喊鬼子楼也有根据。汪儿盖楼的地方，几十年前日本鬼子曾经在那里盖过炮楼子。老人们都记得，那时候黄皮鬼子站上边儿，经常有事没事地端着枪冲村里瞄。黑洞洞的枪口常常吓得村里人不敢出门。后来那炮楼让八路军给端了。村里人长出了一口气，心上的石头搬去了，一连几十年，心里舒松自在。现在那里又冒出一座小楼，村里人便常常感到那楼上也有黑洞洞的枪口瞄过来。只是那瞄枪的不是鬼子，而是自己看着长大的汪儿。心里更感到憋气。

都没有想到汪儿会有这一天。

汪儿爹妈在一九六〇年就都饿死了。汪儿是吃救济长大的。全村人都是他爹，人便长得不伸展。不笑，话也少，不知道的以为他是哑巴。一双眼睛却有神，总佝偻着不知在发什么狠。这么个人，这几年却活了。先是和人伙着造假酒，后来又种葡萄。村里人都骂他穷折腾，没想到他竟折腾发了，不仅没栽进去，还娶了媳妇、盖了洋楼，葡萄园越扩越大。

都不服气，都知道汪儿走的我的门路。

我解释，汪儿没走我什么门路，我只是给他提供了一点信息。我心里说，你们准也吃不起人家汪儿那个苦，汪儿能有今天是人家自己拼出来的。

那年春天，汪儿跟着邻村他几个姑表兄弟造假酒犯了案，几个姑表兄弟都跑了，只留下他一个吃官司。汪儿愁眉苦脸地跑来县城找我。我和汪儿自小一起长大，他喊我小叔，实际他比我还大一岁。汪儿一进门便抓着我的手喊："小叔，你得救我。"一看他那落魄相，我心里就禁不住打战战。四处活动着找人，总算磕磕绊绊地了结了，罚了一千多块钱了事。办完事以后，汪儿非要请一顿不可。我说："你这个样子还请什么客呀！"他坚持非要请，不能更改。只得依他。最后他出钱置办酒菜在我家里，把那几个帮忙办事的请来吃了一顿。

客人走后汪儿便伏在桌子上"呜呜"地哭了，可能是喝了酒的缘故。我和妻子到里屋坐下，心里让他哭得发酸。想想汪儿也确实够可怜，孤零零一个人，二十八九了，连个媳妇影子也没有，不由他不伤心。

哭过一会儿，他自己到厨房洗了脸，红着眼过来说他要走了。那时天已经快黑了，县城到村里足有三十多华里，我说你无论如何不能走。妻子也死留硬劝，总算把他留下了。我和妻子做饭的时候，他自己出去了。回来的时候手里提了一个方便兜。我一见以为他又买的熟肉什么的，我说，你这是干啥，中午还剩那么多肉，你又……他脸一下红了，兜子挣开，十分尴尬地说，哪里是肉，一点小零嘴给小妹儿。我一看，是一方山楂糕。我说："她哪里还用吃这个。"他说的"小妹儿"是我的女儿，这时还不够一岁。我知道他身上恐怕没有钱了，一方山楂糕值不了几个钱，但他实在太迂阔了，哪里还有这个必要。他自己可能也感到东西寒碜，放到冰箱上便到里屋看电视去了。

吃过了晚饭，我和他坐着闲聊。说起今后怎么办，汪儿脸又阴了，捂着脸叹口气，说还是回去本本分分种地吧。我知道他不甘心，凭他现在的处境，在家里光是种地恐怕还要打光棍。我说："想富光扑在种地上不行。"他眼一亮，救星一样地看我。我知道他骨子里是不安分的，做梦都想发财。那眼神分明是在问我：你有办法？本来我只是随便说说，经他这一看，我忽然记起前几天在《中国青年报》见到的一则消息，说平度一个农民种葡萄，三年就发了大财。我说："种葡萄怎么样？"我记得那篇文章还说，平度市委很重视葡萄生产，现在正在全市推广这个农民的经验，市里还办起了培训班，对外地学员开放。汪儿感到很吃惊："种葡萄？"我们那里种葡萄就跟养花一样，少有一户半户在院子里栽一棵半棵。我肯定地说："种葡萄，大面积的。"这时候我已经对这件事感到信心十足了。我说："一定能成。"他说："种葡萄能发财？"他感到我是在开玩笑。我说："你等等。"站起来，到南屋把那张报纸找出来给他看。他看了以后，还是半信半疑，仰着头看我："真能行？"我说："汪儿，你信我的话没错儿，你就放心大胆地干吧，咱村南台子那片地种庄稼不长，种葡萄肯定成。葡萄喜旱不喜涝。你上点肥，栽上去肯定能发财。"汪儿说："种一棵两棵行，种那么多卖给谁？"我说："你光靠着卖给人吃当然不行，这种大面积种植打谱都是工业用。咱县果酒厂原料就不足，还要到烟台进葡萄呢。"说到这儿我很兴奋，一拍腿站起来："汪儿，不出两年，保你发财，下决心干吧！"

汪儿第二天离开的时候还是狐疑不定。我问他："怎么样，考虑了一宿？"他说："行，回去试试。"口气明显地不肯定。但第二天他就又回来了，脸上也有了喜色，他说他决定干了，回去就找村主任换了南台子5亩地。我正寻思他怎么转得这么快，他自己先道破了。原来那天从我这里出去，他先去了果酒厂，打听好了以后，这才又回村里。他告诉我他要到平度去学习，顺便买苗种回来。我说，对，得快点，晚了回来就赶不上季节了。他说："是。"红着脸看我一眼，像有话要说又不好意思说出口。我说："汪儿有什么事你尽管说，是不是缺钱？"他脸更红了，说："是，听果酒厂技术员说5亩地投资至少也得5000块。"我说："贷款哪！"他说："乡信用社说我没有财产抵押，不给贷。"我说："这好办。"我想起农行一个同学曾经说过，要贷款找他。我领汪儿跑楼下小卖部给那位同学打了个电话，我说我一个亲戚要贷款，那个同学很痛快地就答应了。

　　一个月后，汪儿从平度回来，拉了一卡车葡萄苗。从县城走时特意拉到我门口给我看，我看了看尽是些干巴巴的葡萄枝子。我问他："这能行？"我担心他让人给糊弄了，他说："你外行，这都是些一级苗子，引进品种，日本巨峰。"那神气与走前判若两人。装束也变了。上身穿着一件灰色西服，虽然一看就知道是小摊上的货，但穿在他身上也还是十分精神，我忽然发现，汪儿原来是个很体面的小伙子。临走的时候汪儿告诉我，这一车可以压 10 亩地。我说："你不是只包了 5 亩？"汪儿说："这好办，回去跟村主任再抠 5 亩。"

第一年刚压上枝，汪儿没赚到钱。但零零星星的葡萄加上间作的西瓜、花生，也卖了几千块钱，算是保本。第二年汪儿就发了，净赚五六万。收完葡萄，汪儿自己开着 195 拖拉机给我送来两筐葡萄和一副猪头下货算是酬谢。我说："汪儿你这么外道，往后有事我可不管了。"他笑笑说："往后也不用了，你放心等着吃葡萄就行了。"说过，"嘭嘭嘭"开着小拖拉机跑了。

汪儿就这样发了。几年工夫，成了几十万的大户，成了全县有名的葡萄大王。汪儿办事自然用不着再找我了。每年除了收葡萄时打发人送两筐葡萄来，我和他就几乎没有什么来往。但不久发生的一件事，使我又和他有了一些纠葛。

那天我正在办公室里写汇报材料，二叔闯过来。二叔很疲惫的样子，满眼布满了血丝，一进办公室便坐到我对面的椅子上，他说他刚从医院来。我心里一提："谁病了？"二叔"嘻"的一声叹口气，说，他是替大川来找我的。大川是二叔的大儿子，我的堂兄。我忙问："大川怎么了？"二叔说："大川倒好好的，他那小子秋生死了。"秋生死了？我头皮一麻。秋生我认识，今年夏天大川赶集还带着他到我这里玩，长得虎头虎脑的，说是秋天（暑假以后）就上学，怎么就突然死了。我问二叔："什么病？"二叔说："咊，什么病也没有，让汪儿那狼心狗肺的养那狼狗咬死的。"我心里一沉，忙问怎么回事。原来，秋生和几个孩子偷偷钻到汪儿的葡萄园里偷葡萄吃，汪儿的狼狗追上去，扑倒了秋生。那狗又带着狂犬病毒，秋生被咬伤以后只到村卫生所包了包就回家了。晚上狂犬病便发了，还没到医院就抽死了。二叔难过地蹲在地上流泪。我扶起二叔："已经这样了，别难过了。"我说："我也不知该帮点什么忙。"二叔立刻抓住我的手："你得帮帮二叔，告他，告他汪儿那王八蛋，让他偿命。"我苦笑了，把二叔按在沙发上坐下。我知道这个忙我没法帮。汪儿的狗咬了秋生并不等于汪儿杀死了秋生，再说，秋生又是去偷人家的葡萄。法院即使判，也顶多判罚几个钱。再者，我和汪儿的关系，也真让我为难，我真黑不下脸来找人告他。但这些意思我没法对老人说，我只能说："二叔，你先回去，我慢慢找找人看，有信儿我就跟你说。"

二叔走后，我就坐不住了。我想我得回去看看，同汪儿见见面，看看到底怎么回事，出了这样的事，一个村里，最好还是协商解决。

下班以后，我跟主任请了假，回家吃了点饭，便骑上车往回赶。走到南河口已经四点多了。我没有过桥走北路回家，而是直插到河南沿，直接赶到南台子去找汪儿。我平时回家很少，一般都是春节回家看看，来去都是走北路，汪儿园子建起来以后，我还没有从南台子走过，所以，走到眼前的时候，我大吃了一惊。不是因为葡萄园的规模和那华丽的小洋楼。园子再大也不过那一面山，那小楼再辉煌华丽，也还是那个样子。我吃惊的是那园子的阵势。我感到一种少有的紧张、神秘气氛。有一种闯进据点的感觉。园子周围都拉着密密的两米多高的铁丝网。还没走到跟前便听见"汪汪"的狗吠。铁丝网上隔不多远就挂着一个白色的木牌，上边用红漆歪歪斜斜地写着：

小心，园内有狼狗！

有的则写着：

擅自入园，狼狗咬伤概不负责。

门是铁条焊起来的，紧靠着河沿公路。我一抬头，看见大门里正有两个肩扛土枪的小伙子瞪着眼看我，其中一个手里还牵着一只草灰色狼狗，那狼狗牛犊似的，正耸着脊毛，"汪汪"叫着，两腿往前一冲一冲地隔着门咬我。我是不怕狗的，这时面对着那血盆大口，心里也禁不住地一颤。我想，这样戒备森严是太过分了，怪不得村里人会那样骂他。我硬着头皮往前走，那两个扛枪的小伙子便冲我吆喝："你找谁？"我说："我找汪儿。"两个人互相看了看，一个悄声说："不是乡里的，没见过。"另一个便转身喊："不在！"两个人牵着大狗又往里走了。我狐疑地转过车头往回走，一边走一边透过铁丝网打量园内的葡萄，无疑今年又是一个丰收年。大如牛眼的葡萄，挂着白霜，一串一串挤挤挨挨地吊在粗壮的葡萄藤上，每一串都有一二斤的样子，十分诱人。这时候一阵摩托车的马达声从山上下来，大门开了，我转头一看，那骑摩托的正是汪儿。我便叫："汪儿！"

汪儿一愣，抬头见是我，忙停好车子，赶过来："哎呀，你怎么不进来呢，小叔！"我笑笑说："你这戒备森严的样子我想进进不了！"他说："这些人都是新雇来的临时工，不认识你。"说着便来推我的车子，"走，咱进去喝两盅。"我说："不了，见了面了就行，你不是还要出门？"汪儿摇摇头："嗐，出门，小叔你来我门上再大的事也小了，走，全爷那儿你甭担心，我打发个人去说一声就成。"车子推到大门口，汪儿嘱咐刚才那两个小伙子中的一个："勇子，把这车子送到全爷家，就是会新隔壁，告诉他小叔回来了，在我这吃过晚饭就回去。"那勇子便推着我的车子走了，汪儿发动了摩托，"小叔，上来。"我坐上去，汪儿加足马力"呜呜"地往山上开。

往山上走的路很好，不宽，却铺着沥青。汪儿说，直通到他小楼门口。路两边的葡萄行里有不少人在打药。汪儿说这是最后一遍，是药那些吃梗虫子的。我发现，这些人全不是本村的。我说："你怎么不找本村的来帮你？"汪儿说："嘻，本村的，恨我还恨不过来呢，反过来说，就是来我还不要呢，价钱高了低了，活儿轻了重了的难待承，我从外边雇多省心，愿怎么使唤怎么使唤。"

摩托开到楼跟前，还没熄火，汪儿便冲楼上喊："占芬！"一会儿楼上阳台上便出现一个身穿粉红连衣裙的俊俏媳妇。汪儿轻声对我说："这就是你侄媳妇。"我冲她点点头，她倒大方，冲我一笑："小叔来啦。"我一惊："你怎么知道叫我小叔？"她便打趣道："贵人都有记号呀。"都笑了，汪儿说："赶快弄几个菜，我和小叔喝两盅。"

我和汪儿进屋的时候，占芬已经从楼上下来。一进门便是一个大客厅。客厅很大，铺着紫红的化纤地毯。地毯似乎没有洗过，已经踩上了不少泥。我要脱鞋，汪儿说："嘻，不用脱，走就行。"我说："你应该在门口放上几双拖鞋。"汪儿说："踩吧，踩烂了再换新的。"我脚踩上去，泥便在地毯上清晰地印一个脚印，心里感到很不舒服。汪儿已经前边走了，脚下踩着一弹一弹十分有力，我也跟着踩进去。

汪儿领着我楼上楼下转了一圈，房子设计很不错，但屋里东西太少，摆设又土，空空的，很不协调，只是感到新鲜。从楼上下来，客厅中间桌子上已经摆了两盘洗好的葡萄，一个个水灵灵的，晶莹剔透，汪儿说："尝尝，刚摘的。"我扭一粒放进嘴里，一抿，便一嘴凉乎乎的甜水。汪儿说："这就是巨峰。"我想起那年春天他车上那些干枝子，想不到几年以后竟都变成了这么甜的葡萄，变成了汪儿的小洋楼。

吃过葡萄，占芬便将菜一盘一盘地端上来了。除了几个凉菜，大部分是鱼肉。我说："汪儿，你这日子过得真恣啊。"汪儿笑了："别的不说，吃的我比你强！"我说："什么都比我强。"汪儿似乎没有听见，站起来去酒柜拿酒。

喝着酒，汪儿说："嘻，人就是贱，没钱的时候做梦都想发财，真有了钱，也没什么鸟意思。"我说："这是福享过头了。"汪儿眼一瞪，红着脸膛问我："福？你不知道，我天天都在针尖上滚……"我说："我知道，你钱来得不容易……"我想象得出对岸盯过来的一双双眼睛。汪儿酒喝得多了，手扶着杯子，低着头说："小叔，还是你理解我。"我看机会可以了，便说："汪儿，我提醒你一句，你得跟村里人搞好关系。"汪儿眼又瞪起来："我跟他们搞好关系？他们跟我搞吗?！"我说："我知道，村里人也贱，但有些事你也得注意点，像那铁丝网，还有那大狼狗，我看着都觉着过分。"汪儿眼瞪得更大了："过分？唉，我还觉着不够呢，那网上我看还得通电！"我说："汪儿，你别闹得太过分了。"汪儿说："你根本不知道，村里看着我发了，恨不得撕吃了我，我要不采取措施呀，这园子早毁啦！"说着站起来，"咚咚咚"地跑上楼，一会儿下来，抱着一摞十几张报纸，一下子摊到我跟前，说："你看看这一些，抢的抢，砍的砍，还是果树呢，我这几亩臭葡萄，进来一踩还不都成酱了。"我翻翻报纸，是好几年的好几种报，每一张报纸都有一篇文章用红笔圈起来，内容大体一样，都是农民哄抢专业户果园、林场的报道。我说："你是吓怕了？"他点点头："我真怕。"我说："你是神经过敏。"他说："过敏？一会儿我领你去看看你就知道了，看我发财了，都来算计我。这个防法，那个角上还糟蹋得一片一片的。"我说："你也大方点不行？舍点小财保大财，一些孩子吃点，你这么一大片园子还怕吃光了？"汪儿头便垂下了，摆摆手："好好，我知道你要提这事儿，咱不说了。"我想他肯定已经知道了二叔找我的事，便说："出了这样的事都不好，应该协商着解决。"话刚说完，汪儿便一拍桌子说："还协商？我一把甩给他三万块钱够可以的啦！"我一愣："你给他三万块钱？"汪儿说："我是看你小叔的面子，若不看你的面子我一分都不给他，是他来偷我的葡萄啊……"

按说，赔给三万块钱也算可以了，但汪儿的态度令我失望，本来想再劝劝他，见他这样也就作罢。天这时已经黑了，我想我该走了，汪儿这时又稍稍平静一些，拍着我的胳膊说："小叔你放心，汪儿有钱了不假，但不欺人，反过来，谁要是欺负咱，汪儿也不是软柿子。"说着，眼里射出冷冷的光，一个劲地盯着我问："是不是？"我忙点头："是是，谁欺负谁都要不得，大家一个村里生活了几辈子了，都该互相帮衬。"汪儿就拉长了嗓子冲厨房里喊："占芬，你听听，还是小叔水平高，这话多好！"我想他是喝多了，忙按住他的手："汪儿，别吆喝了，我走啦！"占芬也倚着门框说："汪儿，别犟了，人家小叔回来还没回去看看全爷呢。"汪儿仰着脸，翻着眼皮煞有介事地想了想，说："好，那咱就走，全爷可能对我有意见了，你得帮我解释解释，全村里就你理解我。"我忙说："嘻，他有啥意见啊。"我心里想，回去该骂我了，汪儿说："回去你就知道了，我就不细说了。"

我跨出门槛，天这时已经全黑了，占芬从院子里迎上来，手里抱着一个大纸箱，走到跟前说："捎点葡萄回去尝尝。"我推辞说："你这是干什么——"汪儿说："拿着，咱不是产这个嘛！"说着手冲黑乌乌的山下一挥："你看看这一大片，这点算啥！"我想起几年前到我家求我帮忙贷款时的汪儿，财大人就气粗这句话真是不假。

汪儿发动摩托，我说："汪儿你别送，我自己走回去。"汪儿理也没理，车骑过来，对我说："上。"一点余地都没有，我只好抱着箱子坐上去。摩托车"呜呜"地向山下开。汪儿一边开一边侧头对我说："过几年你来看，我要叫这南沿儿北沿儿全是葡萄，你听说了吧，新疆就有个葡萄沟。"我说："你气魄够大的，不过村里人能把地让给你？"汪儿说："不让？我高价买呀，我就不信谁对钱有仇。然后，我再造一个大加工厂，生产果酒、葡萄汁。"我说："那你就不仅是地主了，还是个资本家。"汪儿哈哈笑了："那样才好，你看我能吧？"我几乎是气哼哼地说："你能！"汪儿没有听出来，继续说："要真有那么一天，我聘请你当顾问。"我说："我胜任不了！"汪儿说："你别拉梗儿，我高工码。"我说："一月一万我也干不了。"汪儿便哑了。

摩托车直开到父亲门口，我说："进来坐坐？"汪儿说："全爷全婆烦我。"说着，"呜"的一声开跑了。

父母都在黑影里等着。我进屋，都才跟进来。父亲说："怎么回来不先来家，上人家干什么？"火气很大。我慢慢说："我是为二叔那事去找他的，走到他园子门口，硬拖进去的。"父亲说："进去说说就是了，还喝得酒气熏天。"我把手里的箱子放地下，母亲扒着看："什么？"我说："葡萄，汪儿捎给你俩的。"母亲就找出几串放进盆里出门在井跟前压水洗。父亲说："不吃他的。"母亲白他一眼："怎么不吃，不吃白不吃。"

父亲说："你二叔刚才来了。"我忙问："二叔说啥？"父亲说："他知道你去鬼子楼喝酒了，说你不该和别人家搅和到一块儿。"我说："嘻，二叔这人，我是替他……"爹瞪我一眼："你二叔说得对！"我说："好好好，是我的错。"闭住嘴巴，我知道说不清楚。

母亲这时端着洗好的葡萄进来，放到炕当央，对我说："往后少管汪儿的事，那不是个好东西。"我惊异地看母亲，母亲过去一直对汪儿挺好。我记得小时候汪儿一来我们家，母亲总是将好吃的一分两份，我一份他一份。看来汪儿确实不得人心。我说："汪儿是有些小心眼，刚才我在山上也劝他，又是拉网又是养狼狗，看得那么严实，全村里都去吃能吃你多少。"父亲白我一眼，吸着烟锅说："他哪里是怕人吃，他那是怕村里人偷他的技术，你不看雇的都是外地临时工，本村一个没有。"我一想，真是如此。母亲说："技术不技术咱不管，你就说那地吧，一块一块满山的都叫他抠了去……"

父亲磕磕烟锅："嗐，你就知道穷叨叨。"母亲便有些生气，脸拉下来："你不穷叨叨，那地怎么也没压得住？"我忙问："哪块地？"母亲说："就南河沿那二亩。"父亲说："那地，实际他是真需要，他要做货场，收葡萄时在那装箱上车，最便利，他不是那么个弄法。你跟我说呀，我又不是不讲道理，他不，去找王洲、找乡长压我……"王洲是我们村里的支书，是父亲的下任，与父亲矛盾很深。我这时想起汪儿分别时说的那些话。他是很深地刺伤了父亲。

母亲说："谁也没猜着，东家一碗米西家一块粑粑喂出那么个白眼狼，你以后可躲他远点。"父亲一会儿出门开党员会去了，母亲跟我数叨了好多汪儿的缺德事。听母亲的话，汪儿已经成了王洲的一条狗。

这一夜，我没有睡好，傍天亮时迷迷糊糊地睡着了。还是想着汪儿那葡萄，听见有人喊：水来了水来了。见南河一会儿便涨满了，水向南河沿漫延，汪儿那葡萄都漂起来，山上山下一片汪洋。汪儿的小洋楼在水上忽闪忽闪成了一艘大轮船，水越涨越高，最后那轮船一歪便沉了。

醒来以后，出一身汗。我想这梦对汪儿太不吉利。我自己心里也不知是盼着应验还是害怕应验。我想得有些头痛。

回县城一个星期，真的下起了大暴雨。都说百年不遇。机关干部都下去救灾。我分在南片，回来的时候已经是半个月以后了。到汛办问了一下，我们那一带好一点，没有大损失，但我想汪儿的葡萄肯定要完了。正是收获的时候，那些熟透的葡萄肯定都成汤了。就又想起那个梦，心里便感到过意不去，似乎这场灾难是因我而起。

果然，没过几天，二叔赶着马车来县里拉化肥，特意到我的办公室看我。谈起那场大雨，二叔竟有些眉飞色舞，说："别人家都没事儿，就是汪儿那王八蛋完了。"我说："葡萄都成汤了？"二叔说："嘿，不光葡萄，他自己也完了！"我心里"咯噔"一下："怎么？"

二叔说："那才稀奇呢，也是报应。"二叔说得很玄。那场大雨一下，汪儿那葡萄就疯了一样地长，把他那电网都扑断了，直铺拉到河沿儿上，道都给堵死了。那葡萄藤几天的工夫就长得橛柄一样粗，扑扑棱棱地从院子爬过去，爬上小楼，一夜工夫就把小楼门窗都给封死了。起先，汪儿还拿着斧头砍。砍断了又长，密密实实地一根挤挨着一根。汪儿和他媳妇活活闷死在里头。赶天好了，临时工上班敲开门进去一看，都烂得酱一样……

我瞪眼盯着二叔，我说："你说的是真的？你不是在咒汪儿？"二叔说："嘻，你以为我开玩笑？公安局这两天不断地去人呢，你不信问问公安局。"

二叔一走我便打电话给公安局。公安局说："有这事儿。"我的头便"嗡"地涨大了。尸检结果已经出来了，是中毒死亡，但是自杀还是他杀还得进一步查证。

放下电话，我骑上车子便急慌慌地往回赶，没有请假，也没有跟妻子说，我为那个梦感到自责。赶到南台子时，太阳已经快落了。汪儿已经不存在了，园子还在，但已经面目全非。一台红色的推土机正"哼哼"怪叫着在那里推那些堵住路的葡萄。村里不少人都挎着篮子提着口袋在园子里寻找那些没有烂掉的葡萄。一切似乎都很平静，没有二叔说的那么恐怖。但葡萄藤确实都蛇一样地漫过铁丝网，扑棱到河沿上。靠近路口的铁丝网也倒下一大片。走进园子，一股浓浓的腐烂的甜酸气息呛得我直想咳嗽。我随着推土机往里走，走到小楼跟前。小楼门前停着一辆三轮警车。门口围着几个小孩子，一个大人没有。小楼已经不成样子，葡萄藤爬墙虎一样爬满了墙壁。门窗玻璃都碎了，葡萄藤一根一根蛇一样探进去。门上的葡萄藤已经齐齐地锯断了。里边黑洞洞的有人影晃动。我知道那是警察，但心里还是禁不住感到恐怖。汪儿和占芬的尸首已经被移走了。我心里一阵悲凉。我相信汪儿自己不会有自杀的念头。那么，他杀凶手是谁？首先应该怀疑二叔，但二叔绝没有那个胆量也没有那样狠。我相信村里任何一个人都不会干这种事，我了解他们，温顺敦厚，有时也发狠耍坏，但绝不会行凶作歹。那么是那些临时工？他们为什么杀死汪儿，是谋取钱财还是有什么仇恨？

我困惑得头痛。

往山下走的时候，村里人都热情地跟我打招呼，从篮子里抓出一把把玲珑剔透的葡萄让我吃：甜着呢，你尝尝——

山歌

南山山半腰过去有一座庵子，现在只剩下一堆球球蛋蛋的碎石，算是庵子的遗址。遗址前边有三座坟，两大一小，分别埋着一条狗和两个男人。

川子和董腾

川子被一阵嘶哑而陌生的说话声吵醒。川子睁开眼，外屋灯还刺眼地亮着，一股很浓的劣质烟草的焦煳味儿顺着门帘的缝隙呛进来。

川子拨开门帘，见西屋一个穿一身土黄的军用棉衣裤、满脸络腮胡子的红脸汉子蹲在父亲跟前，仰脸盯着父亲的脸，似乎在央求什么，声音嘶哑，压得很低，说的什么一点也听不清楚。

父亲似乎刚刚发过火。蜡黄的脸扭向一边，夹烟的手一抖一抖，看也不看那汉子。

那汉子竟然"扑通"一声跪到地上。

父亲仍旧没有动。

那汉子的膝下忽然传出一阵尖厉的"昂唧昂唧"的狗叫。那汉子慌忙低下头，抱起一只通黑透亮的小狗崽，紧紧抱在胸前。

"你走吧！"父亲头也没有回，气哼哼地挥手撵那汉子。

那汉子依旧那样跪着，直愣愣地看着父亲，很久，站起来，转身向外走。

这是一个高大、魁梧，比父亲强壮不知多少倍的汉子。二十年后川子想起那个从黑影里向他走过来的汉子，心里仍旧有些胆怯。那个夜晚的董腾在川子心里一直是可怖的。川子当时趴在炕沿上，直担心这黑汉子会猛转身向残弱的父亲扑过去。

发现汉子是向他走过来的时候，川子险些叫出声来。那汉子完全成了一尊正向他倾压过来的高大无比的黑岩石，川子慌忙放开撩起的门帘，浑身冒汗。

听见父亲低喝了一声，川子掀开门帘再看时，那汉子已经走出了院子。临出门口回头看了一眼，眼神白灿灿的。川子心里不禁一冷，在眼光相碰的一刹那，他感到那目光里充满了冷森的杀气。

后来川子才知道，那黑汉子就是董腾，刚从东北回来。父亲安排他到南山看山，住在山口那座破庵子里。

庵子是早先的尼姑庵，紧傍着进山的小路，川子那时和他的小朋友们经常从这里进山拾柴、挖菜。知道庵里住了董腾，从那里经过时，便都放轻了步子，走得飞快。

董腾却早等在那里。

川子和他的小伙伴们刚刚走出山庵的东房头，董腾便端枪走出来，直盯着川子喊："川子！"

川子盯着那黑洞洞的枪口，心里不仅一颤，脚下跑得飞快，嘴里却回了一句："吓，死腾！"

董腾气得脸紫黑，眉梢立刻拧起两粒蚕豆大的疙瘩，孩子们"嗷"的一声跑起来，一边跑，一边转过头来一齐喊："×你妈，死腾！"

董腾两眼冒火，脸上的胡子唰地一下子乤起来。他倏地端起枪，冲孩子们瞄（实际瞄的却只是川子一个，川子跑在最前头），嘴里咬铁嚼钉地骂："×你奶奶，崩了你这个狗崽子！"

那只小黑狗顺着董腾枪口的方向，一扑一扑地冲孩子们吠。

董腾的模样在川子的记忆里已经有些模糊，但一想起来，心里仍旧隐隐有些怕。黑红的方脸，长满了猪鬃般的胡子，似乎从来也不曾剃过。一双窄而细的眼睛总是射出两束刀一样的寒光。

牛羊归圈，万鸟投林，家家户户围着夜火温温地吃夜饭的时候，川子看到董腾蹲在院中央。川子心里一激灵，心想他是来找父亲告状的，便猫腰藏在门后不敢往里走。父亲背手站在猪圈旁边的石条前，嘴嚼着，脸板得铁青。审犯人似的呵斥："谁让你下来了？"说着走到董腾跟前，踢一脚，"拿走！"川子看到父亲脚下滚出两只毛茸茸的死山兔，心便放下来了，知道董腾不是来告状的，蹑手蹑脚跑进屋。

董腾看父亲一眼，却并不动，也不说话，仍旧那样手按住两腿蹲着。好一会儿才站起来，头也不回地往外走。父亲喊一声："你拿走！"

却并没有听到回应，只有踢踏踢踏的脚步声。

董腾高大的背影被夜色吞没了，好一会儿，父亲才转回身，走到那两只兔子跟前，又踢了一脚，然后弯腰拾起来，从门前拾起一块麻绳，将兔头勒紧，绑在院中间那株榆树上，将马灯拴到另一棵树上，回屋里找出一把小刀，开始收拾。

夜深了，父亲端着满满一碗热腾腾的兔肉进里屋将川子推醒。父亲让川子吃，自己却并不吃。川子闻到香味还没睁开眼睛便抓一块放进嘴里，吞到肚里才睁开眼睛，见父亲不吃，便再不动手。父亲把碗放到炕上，推到他眼前："你吃，我吃不来那玩意儿，膻。"

川子知道父亲是不舍得吃，吃起来便不再那么得意。

董腾那只小黑狗渐渐长大了，毛色变成了草灰色，个头很大，长长的尾巴拖在地上，人们都传说是狼种。

川子和他的小伙伴们再进山便想法绕开山庵，那条狗越来越凶，真有点儿像狼。但绕开了山庵，却绕不开董腾。只要到了南山，不管你到哪儿，最终总能碰上董腾带着狗扛着枪在林子里逡巡的身影。

一见到孩子，那狗便张开血红的大口"汪汪"地狂咬。董腾跟过去，大声喝住，低下身子拍拍狗的脑袋，那狗便"呜"的一声蹿出去，冲孩子们扑过去。

孩子们吓得"哇哇"叫着四散奔逃。川子刚跑了几步，脚下便被树枝绊倒，那狗"呼呼"喘着直冲他扑过来。一闻到那温热的腥气，川子心想完了，"哇"的一声哭起来。那狗似乎被哭声震住了，站在川子的头前，一动不动，嘴里竟还叼了一只灰色的野兔，眼睛温乎乎地看着川子。

川子抬起头，那狗竟又向他逼过去，一对毛茸茸的大爪子按住川子的衣袖，嘴里"呜噜呜噜"叫着，摆动着那只兔子。川子刚刚放下的心又提起来，一动不敢动。那狗"呜呜"叫了一阵儿，似乎很生气，爪子从川子衣袖上松开，叼着兔子围着川子转圈，转过三四圈，这才停住，将那只早已死了的兔子扔到川子的跟前，然后"呜呜"叫着，几步一回头地跑回去。

董腾挂着枪站在远处的一棵大橡树下，一动不动地冲着这边看。

父亲对川子的"收获"似乎并不高兴，反倒有些生气的样子。川子知道父亲不愿意他拿别人的东西，便反复申明是董腾的狗送他的。父亲仍旧不言语，瘦小的身子一拐一拐地捡起兔子，用麻绳拴了头，挂在院里的树杈上，默不作声地拾掇。

川子记得，那以后，只要川子一走近山口，那狗便会冲他跑过来。这样，在饥馑困饿中，川子便经常可以吃到山鸡、野兔之类的美味。那狗渐渐跟他熟了，只要他一呼哨，便会随他"呼呼"地跑。

村里便有人说，书记的儿子有福。

父亲自然越来越不高兴了，不许川子再到南山去。几天不出门，那狗竟找来了，叼着一只野鸡。正是中午吃饭的时候，父亲见了竟一下从炕上跳下来，抄起地上的镰刀柄便撵着打狗。那狗往后一顿，还是"哼唧"一声挨了一棍，扔下野鸡便跑。父亲挥动着镰刀柄，一拐一拐地直追到大门口。

董腾再一次来的时候还是晚上，村里人大多睡了，父亲坐在街上月亮地里搓麻绳。董腾背了半麻袋板栗和花生，手里提着两只兔子和几只野鸡走过来，轻叫一声："凯哥。"父亲像没听见，拾起脚下的麻绳，一瘸一拐地向院里走。

董腾又低声叫了一声："凯哥。"见父亲仍不答应，便背着口袋跟在父亲的后头往里走。

　　川子那时正在院里趴在油灯底下做作业。听见他们进来，慌忙将灯吹灭。川子感到十分奇怪，那么凶的一个董腾到了晚上竟那样怕又瘸又小的父亲。他闹不明白董腾到底要求父亲做什么，抑或董腾有什么把柄在父亲手里攥着。

　　连狗也夹着尾巴极小心地跟着董腾身后往里走。父亲"呃"地咯了一口痰，狗吓得一哆嗦，抬起眼皮白了父亲一眼便乖乖地停住了，就地坐下。

　　父亲喊川子到屋里睡觉。川子夹起作业和笔极不情愿地往里走，手伸在身后唤那狗。狗却没看见似的，坐在那里眼睛一眨一眨地看看父亲，看看董腾。

　　川子趴在炕上的时候，听见父亲在院子里说："东西放下滚吧，从今往后再看见你下来就打断你的腿！"

　　川子禁不住浑身一哆嗦。

　　董腾好久没有一点动静，只听见狗"昂唧昂唧"像有尿憋着似的叫唤。

　　好一会儿才听董腾说了一句："好吧。"说过便啪嗒啪嗒地走了。

　　川子听见那狗在门口"昂唧"叫了一声，便跳下炕，董腾和那狗已经不见影了。父亲蹲在院里石条上抽烟，扭头见川子出来，猛喝了一声："回去！"

106

事情就是从这儿开始变坏的。

那狗和董腾都极有耐性。父亲不准来，那狗便专瞅父亲不在家的时候，叼着一个旧袖筒做的装着烧熟的野物或山货的小口袋溜进来。不等父亲回来，川子便与要好的朋友吃光了。

终于还是让父亲撞上了。

父亲攥起棍子要打狗出去。那狗竟长了反骨，牙一龇向父亲扑过来。川子急了，大喊"灰子，灰子！"那狗根本不听。父亲毕竟瘦小无力，又有一条腿残废，竟让狗扑倒了。不过狗并没有伤父亲，扑倒以后便扭头跑了。

川子慌忙跑过来扶父亲起来。父亲气坏了，破口大骂。一把甩开川子，自己爬起来，转身进屋，摘下墙上的步枪便往门外追。

川子知道坏了，慌慌地在后边追着叫爹。父亲根本没听见，一瘸一拐地跑出去，那狗早已经没影了。

父亲喊来了总是穿一套洗得发白的旧军装的民兵连长兴，要他带人把董腾那条疯狗打死。

民兵连长兴领几个人走了，只一会儿便又转回来。父亲瞪大眼睛问："打死了？"

民兵连长摸摸头，苦笑道："董腾死活不叫打，嘻，也可怜的，拉倒吧，凯哥！"

父亲眼瞪得快要凸出来："拉倒？"气呼呼地一把从民兵连

长手里夺过枪，把枪刺扳起来，一个人一拐一拐地冲出门，气冲冲地向南山走。

川子和民兵连长紧跟着父亲跑出来。父亲一瘸一拐走得飞快，两个人小跑着才撵上来。

董腾正在院里整理篱笆，见父亲杀气腾腾地走上来，愣怔了好一会儿才反应过来，叫了一声"凯哥"，父亲好像没听见，也没看见他站在那里，径直向院里走。

这时那条狗"呜"的一声从屋里蹿出来，箭一般向父亲扑过去。

父亲机敏地持枪向旁一闪，回过身就持枪要向狗刺过去。

董腾慌了，一步冲到父亲跟前，死死抓住枪："凯哥，你饶了这畜生吧……"

父亲看也不看董腾一眼："饶了它？哼，我饶了它！"手肘向后一拐将董腾推到一边，又迎着冲回来的狗刺过去。

董腾呆立在那儿，任父亲和狗厮打。

狗见董腾呆立不动，似乎也没了勇气。夹起尾巴就要往屋里逃。父亲趁机扑上去，猛地向狗的后胯刺下去，狗"唧"地尖叫了一声，跳出去一丈多远，血从大腿根儿流出来。狗转回头"呜呜"叫着舔那伤口，眼皮一抬一抬哀哀地瞟着父亲，似乎没有想到父亲会动真的。

父亲喘了口气，又冲狗刺过来。狗浑身一抖，"嗷"地向旁边跳了一下，眼也红了，"汪汪"叫了两声，龇起牙，脊毛倒竖起来，趁父亲扑空转身的档儿，猛一跃向父亲脖子扑过去。

父亲似乎早有准备，向旁边一闪，手一拉，勾响了扳机，"砰砰"两枪，狗"呜噜"了一声，像一下被抽了骨头，"扑通"一声跌落下来。躺倒的一刹那，眼白一翻看了董腾一眼，便凝住不动了。

董腾立在那儿，一动不动，两只小眼睛滚圆地瞪着父亲。父亲似乎累了，把枪扔给呆立在一边的民兵连长兴，拍拍手转身要往山下走。

董腾猛喝了一声："凯哥！"

父亲和川子一齐颤抖了一下，转过身，只见董腾毛发倒竖脸色紫涨，眼睛瞪得滚圆，似乎要喷射出来。

"你够狠哪，凯哥！"

父亲"哼"了一声，转身又要走。

董腾喝了一声："等等！"

父亲停住，董腾却转身向屋里走去。一会儿出来，端着他那杆乌黑油亮的从东北带回来的双筒猎枪。

在场的人都吓呆了。民兵连长慌忙跑上去攥住董腾的胳膊："老腾，你干吗——"

董腾手一挥，民兵连长被他拨出去老远。

董腾端着枪直冲父亲和川子走来。川子紧紧抓住父亲的衣襟，紧贴在父亲大腿上，身子有些发抖。父亲却毫不示弱，把川子拨拉到一边，一瘸一拐地迎上去。

董腾停住了，却把枪递给父亲："凯哥，有种你连我一起打死吧！"

在场的人都悄悄松了口气。父亲却嘴角一抽，看了董腾一眼，冷笑一声，没有接枪，转过身扯起川子的手就往山下走。刚走出几步，身后便"砰砰"响了两枪。

川子吓得一抖，差点栽到堰下的沟里。父亲好像没有听见，头都没回，只是拉紧川子的胳膊，继续向山下走。

董腾在后边嘶哑着嗓子喊："川！"

川子不由得转回头，董腾正端枪向他瞄准。川子吓得"哇"的一声栽到父亲怀里，民兵连长猛地跳到董腾跟前，双手抓枪向上推，枪"砰"的一声冲天响了。川子惊得"哇哇"哭起来，父亲将他扶起来，紧紧揽在怀里，不慌不忙地向山下走。川子听见身后董腾狼一样地嗥。

狗死了，董腾抱回屋守了一天一夜。之后，在院里挖了一个坑，埋了。这条狗，是董腾从东北带回来的，回来以后一直没有离开过他，形影不离。

川子回家便病倒了，昏睡了三四天。

后来川子才知道，他昏睡的那几天，董腾一直扛着枪在他们房前屋后转悠。父亲只好让兴带了几个持枪的民兵，在房子周围守候了几天几夜。

川子醒来的时候，天竟下起了雪。雪很大，一气下了十几天。雪一下川子的病便好了。董腾也似乎一下子消失了，再也没有见到他。

雪晴的时候，人们发现那间山庵塌了。有人上山看看，董腾连个影子也没有。有人说他又回东北了，有人则说他是不是死了，自杀了。川子相信他不会死。一想到他没有死便不自觉地害怕，害怕有朝一日董腾端着猎枪冲到家里横扫。

从此以后，川子便感到父亲脸上落了一层灰，再也见不到一点笑意。父亲心里可能也在暗暗地担忧。

这一冬，父亲没有上山打猎。往年，一到冬天父亲便到山上猎狐子。这时候正是猎狐的最好季节。这一冬，父亲似乎忘了，枪挂在墙上，落了厚厚一层灰。

直到第二年春末，情况才有了好转。

村里人到南山伐橡树，从山腰深沟里发现了董腾的尸首。董腾是从雪面上沉进沟底的。那时雪大概将沟埋平了。董腾在雪里埋了一冬。

那身不知穿了多少年的土黄的军用棉衣棉裤湿漉漉的，浸透了雪水。脸上倒是显得十分红润、细嫩，胡子仍旧很黑，只是眼窝和鼻孔周围有雪水沉积下的黑灰。

那天夜里，父亲喊上川子，扛起枪向山里走。走到南山口，父亲停下来，领着川子向董腾原来的院子里走。川子心里不自觉地一阵阵害怕，头皮"铮铮"地麻炸。

白天人们把董腾抬回来，埋在狗坟的旁边。父亲拉着川子在那儿站了好一会儿。

天很冷，父亲也有些打战，双手紧紧按住川子的肩，像要说什么，却没有说出口，手按得很用力，像要把川子按倒在地上。最后还是松开了。

夜很黑，很静。房顶已经坍塌的山庵黑洞洞的。

山上，风吹着树林"呜呜"地响，不时传来山狸子"嗷嗷"的怪叫。站在那儿，川子心里无法抑制地想董腾。董腾的坟就在眼前，说不准哪一刻他便会从里边拱出来，川子浑身不住地打战，心里抖抖地盼望父亲早些领他离开这里。

这时，北面山庵里一阵窸窸窣窣的响，像有人在撕扯什么。川子躲到父亲身后，紧紧扯住父亲的衣襟。

父亲也警觉起来，端着枪向北屋跟前走。一会儿里边响起"吱吱"的叫声，父亲停住，直起腰杆，轻舒了口气，轻声骂："骚货！"原来是黄浪子。

就是在这时候，川子惊奇地发现，站在山庵的院里看山下村里竟是那样漂亮。黛青的云幕下，稀稀落落的橘黄的灯光一闪一闪，那么温暖迷人而又显得那样遥远。

川子不由得又打了一个冷战，抬起头冲父亲说："回去吧，爹？"

父亲也在出神地看山下的灯火，似乎没有听见川子的话："三年，哈哈，董腾这小子在这儿蹲了三年，哈哈……"

父亲端起枪做出要放的样子，一会儿又放下，递给川子："来，你放，放个响儿爹听听。"

川子黑影里看着父亲的脸有些异样，眼睛里有一种吓人的亮光。川子胆怯地接过枪，闭上眼睛，用力地扣动扳机，冲天"砰"地放了一枪。枪响的一刹那，川子感到山下村子里一盏盏温温的灯光一齐颤抖了一下，川子的心里也跟着颤抖了一下。

川子也在想父亲刚才那句话。三年，董腾这小子在这儿蹲了三年！

不知怎么，父亲这时竟蹲下来，抱住头，"呜呜"地哭了。

父亲和赤狐

冬天又来了。

第一场雪下得就很大。父亲显得有些兴奋。回家后把好久不动的枪从墙上摘下来认真地擦拭。一边擦一边对蹲在一边的川子说："明儿早起我带你去打狐子。"

川子说："好嘞。"高兴得不知怎么好。一年多来头一次见父亲这么高兴。还有，父亲带他进山打狐子，这是头一次。

进山打狐子，这是多么诱人的事。

昆嵛山的这一带（东坡），山虽不高，却是连绵起伏，山山岭岭，纵横交错，加上气候温和，干湿均匀，最适宜小动物生长繁殖。其中一种小兽，这一带的人们称作"小皮子"，书上叫赤狐，皮毛呈火红色，十分名贵。据说旧时一张皮可以卖到十个现大洋。这种"小皮子"似乎与书上说的赤狐还不太一样，个头比赤狐小，大约只有五六十厘米，比一只猫稍大一点。这种小动物十分狡猾，一般人打不了它，弄不好还会让它给耍死。

这一带对"小皮子"传得很神。

村子里能打狐的就是两个人：父亲和董腾。两个人年轻时都是川子姥爷的徒弟。

父亲是在朝鲜战场上练就了一手好枪法，尽管一条腿瘸了，撵起"小皮子"来却十分在行。而董腾则是在东北老林子里闯出来的，不仅枪法好，腿脚也快，打狐子对他来说是极其轻松、平常的事。往年，一到冬天，大雪封山以后，漫山里就是两个人，一个在东坡，一个在西坡，穿着自己绑起来的生猪皮乌拉撵"皮子"，各不相犯。

一大早，父亲收拾好自己的乌拉，便过来帮川子绑。

生猪皮是经过晒、泡、晒三道工序处理的，很硬，里边塞上龙须草，很难绑，但绑得结实了却极暖和，而且十分轻便，最适宜在雪地里奔跑。

川子和父亲扛着枪往外走的时候，天还没有亮，大概有四五点钟，很冷。"小皮子"一夜出来搜寻吃食，这时候吃得饱饱的，懒洋洋地往外走，这是"小皮子"一天里精力最分散的时候，所以最易打。

雪这时候又下起来，倒显得暖和了。

走过山口董腾那间房子，两个人都不说话，"咯吱咯吱"，一前一后，踏着雪往前爬。

川子第一次踏雪进山，既感到新奇、神秘，又为眼前的雪景所陶醉。漫山遍野都是平坦坦、白茫茫的雪，夜里雾蒙蒙的没有一颗星星，被雪映着，倒像月夜一般明亮。山里林子黑麻麻的一片竖在雪地里，看不到边际，越往里走，林子越密，很难找到道眼儿。

这时候，林子里多数动物都沉浸在黎明前的甜睡中，偶尔有鸟儿被"咯吱咯吱"的踏雪声惊醒，"扑棱扑棱"闹腾一阵。远处不时可以听见斑鸠"咕咕"的啼叫。

父亲在前面踏着雪"扑腾扑腾"走得很快，闭着眼他也能摸进山来。路慢慢变得宽了，雪也浅了，川子高兴地跳了跳，父亲一把按住他，躬下身子趴在雪地上看。

川子也蹲下来，只见雪面上隐隐约约有两行小蹄印儿，不仔细看根本看不见。

父亲几乎是在嗓子眼里说："刚刚过去。"说着把枪从肩上摘下来，平端着慢慢往前走。走了一会儿，眼前一亮，已经走出了林子，眼前一片开阔平展的雪地。川子用力地吸了几口凉丝丝的空气，父亲又轻按了他的肩膀一下，川子这才看到前边二三十米远的地方有一只黑乎乎的东西在东一头、西一头地移动。

川子心里一跳，叫："爹，快开枪！"

父亲回头瞪了他一眼，低声说："别作声！"再回头看，那小东西已经没了。

真是怪了，眼看着在前边，白茫茫的一片雪，它能到哪儿呢？

父亲直起腰，快步走到刚才那小东西消失的地方，只见雪面上一个斜斜的比拳头稍粗的小洞。父亲用枪筒探探，很深。转过身来："走吧，这是条沟。"

川子说："到哪儿呀？我们在这等它出来不行？"

父亲拉着川子一边走一边解释："这是条大沟，'小皮子'早顺着沟底钻到那边去了，'小皮子'不会走回头路的，你等一天也等不出来。"

川子随父亲顺着林子的边缘向右转过去，又斜穿过一座林子，这才又向东转过去。快到沟东沿儿时天已经亮了，只是太阳还没有出来。

川子感到很累，浑身都被汗溻了，两只脚插到雪里，很吃力才能拔出来。父亲回头拍拍他的肩膀鼓励说："就到了！"

果然，顺着沟沿儿有一条很细的蹄印儿。川子禁不住又一阵兴奋。回头看看，这条沟足有一百多米宽，川子又想起董腾的死，大概就是这样被领进了沟底下去的。

川子心里感到不能理解，董腾在东北老林子里闯荡了那么多年，怎么就这样容易地死在一条沟里？

这时父亲已经蹲下来，正屏住气端着枪瞄准。川子顺着父亲瞄的方向看，只见十几米外真有一条小狗一样大小的火红色的"小皮子"，正摇摇晃晃往前走。

父亲半蹲着端枪跟着往前走。

川子低声叫叫父亲："快开枪呀！"

父亲似乎没有听见，仍旧端着枪半蹲着往前走。

那"小皮子"大概发现有人跟踪，转回头看了一眼，然后不慌不忙地撒开腿猛跑。父亲端着枪弓着腰走得也快了，距离越来越近，已经看得见毛色了，长长的尾巴尖上有一点白。

川子听见父亲嘟哝了一句："好啊姣子。"

姣子是母亲的名字，第一次听父亲喊母亲的名字，川子不解地看父亲，这"小皮子"与母亲有什么关系？

川子一出生母亲便死了，父亲从部队复员回来，一手把他拉扯大。

川子又催父亲："开枪呀！"

父亲又嘟哝了一声"姣子"，枪口却忽然向上一跳，只听"轰"的一声，川子只感到一片红光随着灼人的气浪向他掀过来，川子一屁股坐在雪地上。几乎是同时，听见父亲"噉"的一声，一头栽倒在雪地上。

川子抹把脸，黏糊糊的满手是血，却不痛。睁眼一看父亲，心便慌了。父亲栽在身前的雪地里一堆山棘上，枪扔在两步外的雪地上，枪筒折成两截儿，靠近枪托的地方，已经折得粉碎。

川子知道"枪鼓了"。川子吓蒙了，头"嗡"的一下便大了。站在那儿愣了好一会儿才去抱父亲。父亲满头满脸都是血，川子心里一冷，知道自己脸上溅的是父亲的血。父亲一只手紧紧护住脖子，另一只手僵硬地垂着，手指大都不见了，露出白惨惨的骨茬子。血正大股地从父亲护住的脖根上冒出来，顺着父亲枯瘦的手指流下来，落在白花花的雪地上。雪一会儿便被血浇化了，腾腾地冒热气儿。

川子哭叫："爹，爹——"

父亲吃力地翻着白眼，看着川子，嘴一张一张像要说什么，终于没有说出来。嘴一张动，脖子上的伤口便"咝咝"地向外冒血泡儿。川子这才想起应该赶紧把伤口包起来，慌忙从衣襟上撕下一块布，去缠父亲的脖子。

父亲又睁开眼睛，双手一抖一抖又要说什么。父亲的脸纸一样煞白，眉头紧紧地拧着。川子一边为父亲包扎脖子，一边哭叫着要父亲不要说。

父亲闭上眼睛，将所有的力量都集中到嘴上，嘴唇十分沉重地翕动，好久才吐出几个字："姣子……懂……"

父亲努力地想说清楚，却怎么也连贯不起来，只翻动着眼白哀哀地看川子。川子仍旧不明白父亲说的是什么意思，只是哭泣着点头。

川子要扶父亲起来，怎么也扶不动。父亲身子软得像泥，川子急得围着父亲一个劲地哭叫，最后只得转回身哭叫着向山下村里跑。

父亲就这样死了。

川子领来村里人，父亲已经硬了，手却仍旧捂着脖子，躺倒在雪地上。身子周围一片一片的血块与雪冻在一起。那只小红狐早已钻入另一条沟里。

五二年的太阳

后事是民兵连长帮着料理的。

父亲死后第三年的一个早晨，川子要到山外县城读高中，民兵连长领着川子来到南山口董腾的坟前。

这时候坟上的雪几乎化完了，露出灿白的枯草。山庵已经全塌了，轮廓也看不出，只见一堆被残雪花花点点盖着的乱石头。

沉默了好一会儿。民兵连长手扶住川子的肩膀问："你爹是哪一年去的朝鲜？"

川子转回头："不是五二年吗？"

民兵连长尖黑的嘴唇一撇："鬼话，五二年他已经在那儿打了两年仗了……"

川子蒙了，眼前一阵晕眩。川子是五二年生人，也就是说，父亲走了以后两年多母亲才生下了川子。川子心里大叫，我的天！

"你应该姓董！"民兵连长干瘦的黑长脸极其严肃，川子的头像被猛敲了一棍，迅速地膨大起来。

川子抓住民兵连长的胳膊嘶叫："你胡说……"

民兵连长浑浊的老眼木木地看着眼前的废墟，一句话也不说。好一会儿，才把川子的手从他的衣袖上拿开，用力按住川子的肩，川子不自觉地跪下来。

逝去的岁月如正午的阳光，一幕幕地从川子的眼前铺展开。

川子什么都明白了，心里努力地想他们两个的模样，却怎么也想不清楚，眼前只看到那两具尸体。

父亲——

川子俯下身子抓起一把被雪水泡黏的泥土，慢慢地培在坟上。

爹——

川子颤声嘶叫。

太阳这时候已经爬上了山口。白炽炽的，十分刺目。满山的雪都在"咝咝"地化。绛紫色的地气在慢慢升腾。五二年，五二年的太阳也是这么亮吗？川子泪流满面。

慢慢升腾的地气把大山淹没了。远处林子里野鸡"咕咕"的啼鸣和"小皮子"在哪条沟里"呃呃"孩子般的哭叫，在寂静的雪野里汇成一首有些古怪的歌谣。但是，有谁能猜得透那是一种怎样的歌谣？

蜜月旅行

小夏实际一晚上就没怎么睡，鼓胀胀的旅行包躺在床边上像个人似的伴着她。钟声刚敲过五下，她便跳下床，在那身粉白的运动服外头套了件大西服，饭也不吃，便背上挎包往学校赶。

头天刚下过雪，很冷。学生都考完试放假了，老师们还要坚持两天，学习讨论市里刚发的教改文件。小夏进屋的时候，老师们正围着火炉烤地瓜吃。天那时还不太亮，屋里的灯还没有关，小夏一推门，冷风便"呼呼"地往里灌。便有人喊："小夏小夏，快关上门，冷死了。"火炉里的火苗"轰轰"响了两声。小夏后脚向后一勾，门"嘭"的一声扣上了。都看小夏，小夏白嫩的脸上红扑扑的。有人说："你看人家小夏，怎么就不知道冷？"又有人说："青春永驻。"都笑，都知道这四个字的恶毒。小夏不笑，也不恼。一跳一跳走到炉子跟前："来来来，吃糖吃糖。"解开挎包，一把一把地往每个人的手里塞。都纳闷："这什么糖啊？"小夏答："喜糖。""喜糖？谁的？"小夏答："我的。""你的？"都抬起头，小夏这会儿笑了，满面桃花："我的，我要结婚啦！"

都一愣，瞪着眼看小夏："啥？你要结婚？"

小夏说："嗯，结婚，明天就走。"

"上哪儿？"

"兰州。"

"兰州？"又都愣了，你看我我看你，"你对象在兰州？"小夏微笑着点头："嗯，在兰州。"便有人感叹："小夏真能藏，从来就没听你露过口风儿。"小夏诡秘地一笑，转过身，背上挎包："拜拜了诸位，春节快乐！"说过拉开门跑出去，门又"嘭"的一声扣上了。

小夏就这样走了。

都还在那里愣着。小夏终于要结婚了？还有人不相信："小夏猴儿多，说不准又是上哪儿旅行去。"便有人去问校长。校长桌上也放着糖。校长说他也是刚刚才知道。"是真的？"校长说："不会有假，刚才让我找王干事开了介绍信。""那男的是哪儿？是军官？"校长笑了："嘿，什么军官，汽车司机。"问的人便有些失望："咦！"回去说了，都替小夏惋惜，等了这么多年，挑了那么多男人，竟跑那么远，嫁给一个开汽车的！也是那命，只是不解。小夏竟那样激动，像嫁个百万富翁似的。也许那男人长得帅气，像小夏这样的老姑娘骨子里都挺浪漫。

这时早操的钟声响了，天已大亮。今天学生不在，便仍旧坐着，筹划给小夏准备一件礼物。争执了好一会儿，最后敲定，送一床大红的毛毯。小夏结婚不同于一般人结婚，凑钱的时候往外拿得多一些，都还是挺痛快。

下午，两个年轻的教师提着刚买来的毛毯去小夏宿舍送。怎么敲门也不开。敲得响了，惊动了邻居。邻居说，小夏结婚去了，两个教师说，不是明天才走吗？邻居说，早上吃过饭就提着包上车站了，说是赶八点的车。

两个人便有些扫兴，这小夏！

小夏这时候早已经跑过郑州了，正伏在小桌上看照片。自然是"那男的"的照片。小伙子大方脸，有棱有角，只是黑点，嘴唇也厚，正憨憨地笑。小夏也笑了，似乎听见了那"嘿嘿"的笑声，粗粗的嗓音。这家伙自小嗓门就粗，像大提琴似的。小夏抬起头，感到有人在看她。是对面的两位，一男一女，依偎在一起，女的手还搭在男的肩上。两个人都很年轻，衣服穿得很新，脸却挺黑。一看就知道是农村的。小夏想，可能也是出门结婚的。他们看小夏正看得出神，小夏冲他

124

们点头微笑，两个人都一怔，不好意思地笑，女的赶忙把手从男的身上拿开，脸红红的。小夏心里很愉快，便同他们搭话："旅行？"男的看看女的，笑笑，女的答："回家。"很典型的陇西话，鼻音很重。小夏又问："回家结婚？"这回是男的答："是。"

火车跑得飞快。天这时已经黑了。小夏把头转向窗外，火车正经过一个小站，小站上的灯光被疾行的车厢切割得一块一块地从眼前闪过去，闪得小夏眼里快要流泪了。那个人，小夏心里还不习惯叫他的名字，保国，现在正在干什么？躺在床上睡觉？他能睡着吗？小夏看看表，是九点四十。她想见到他一定要问问。

一个月前小夏到燕山小区看姑姑。从姑姑家出来，还没拐过楼前大门，便听见有人喊："小夏小夏！"小夏转回头一看，一个漂亮的小媳妇正笑吟吟地看着她。小媳妇说："小夏你不认识我了，我是保芬哪！"

小夏这才"噢——"地一拍手，上去拉住她："保芬，你怎么在这儿！"保芬说："我就住这儿！"小夏这才想起保芬是结婚了。保芬说："小夏，走，到我家看看，就在这北边。"

小夏便跟着去了。

保芬的丈夫上班还没有回来，两个人便谈得很自由。十几年没见了，话自然很多。正谈着，小夏从沙发上站起来，走到写字台前，伏在台面上看墙上框子里的照片。看到一幅大的，指着问：这是你丈夫？保芬哈哈笑了，拍一下她的肩膀，你不认识了？那是我哥哥！你哥哥？保国呀！小夏脑子里唰地一下子亮了。十几年前大杂院里那个黑小子便活灵活现地从她脑子里跳出来了。那时候他常掐腰站在二楼阳台上不屑地看她和保芬她们吊小鸡，星期六便领她们到郊外去钓青蛙。

小夏问："你哥现在在哪里呀？"

保芬答："在兰州。"

"干什么？"

"开汽车。"

说着，保芬便拉开抽屉，搬出两个大影集。翻开其中的一个，几乎全是她哥的。有穿军装的，有穿便服的，各种姿势，各种场景。保芬说，他们那部队八四年集体转业到兰州，修铁路、挖山洞，苦得很。

小夏说："你哥全家都在兰州？"她记得保国比她大两岁，该是三十三了。保芬脸上马上不好看了："哎，还全家，他还是光棍一根呢。"

小夏很平静地问："没对象？"

保芬说："谁愿跟！哎，"保芬忽然想起什么似的，抓住小夏的胳膊，"小夏，你周围有没有合适的，你留心着，帮忙介绍一个。"

小夏说："好吧，我回去打听打听。"

临走，她要了那张照片，还让保芬给她写了一个保国的地址。保芬高兴得一迭声感谢她。她一本正经地说："谢什么，还不知有没有呢。"保芬的脸上便又阴了。她便一笑，喊一声"拜拜"，便哼着小曲下楼了。

老远还听见保芬喊："小夏，帮忙啊——"

回到学校，小夏便给兰州写信，怕他想不起自己，便附上了一张照片。

保国拖了一个多星期才回信，反复地说自己配不上她。小夏便又发了一封信，叫他马上回封信，说明嫌不嫌她。若不嫌弃，她春节就到兰州去，和他登记结婚。

这一次保国很快便回信了，很短，但却是她期望的几个字，接到信的第二天正好是个星期天，她自己跑到街上买了两枚戒指，自己一只保国一只。又给自己买了一件大红的狸皮翻领大衣，一双当时流行的淡黄色高筒马靴；给保国买了一身大号的藏蓝高档西装和两件衬衣、两条领带。然后托人订了车票，接着又去邮局，给保国拍了一封电报，将车次和到站时间告诉他。那时候她还没有告诉保芬，连她在这个城市里唯一的亲人——她的姑姑——也是在那天晚上才知道的。她要用自己的方式给大家一个惊喜。临上车的时候，她给保芬发了一封信，告诉她已经完成了任务，给她哥哥找到了对象，她哥哥在这个月底就要结婚了！

小夏伏在小桌上想，保芬接到信一定会马上跑到自己那里去，一定会高兴得发疯的。

对面的一对又依偎在一起，很甜蜜地入睡了。列车进入夜间行车了，车厢顶灯已经关了，昏昏的车厢里大部分旅客都已进入梦乡。小夏睡不着，脑子里全是保芬影集里那些照片，都很模糊。她心里反复地念叨着保国这个名字，保国的模样却十分模糊了，只感到黑黑方方的一张脸，在一步一步地向自己靠近，靠近，最后完全贴在自己脸上，那样坚硬但又那样平滑，小夏不自觉地流泪了，一种从来也没有过的温柔和体贴将她完全包围了。

第二天夜里，也就是新婚的晚上，小夏问保国："昨天夜里九点多你在干什么？"保国想了想说："那时候刚出宝鸡不到二百里吧，困得要命，你的照片就放在仪表盘上，跑一会儿看两眼，想起你信上说的那些话，老以为是在做梦，'啪啪'两个嘴巴，疼，这才信了，不是梦，便拉大油门，拼着命地往回赶……"

小夏搂住保国粗硬的脖子，敲着他的胸脯，说："再想再急也不能不要命啊，开车可要小心，一不小心就要出危险。"

保国笑了："嘿，没事，我都开了快二十年车了……"

小夏说："别吹，淹死的都……"没说完，自己先觉得不吉利，赶忙收住，保国正笑眯眯地看着她，她脸便红了，拍拍保国的脸："你可千万小心哪，听见没有？"

保国说："好好好好，你放心。"

火车到兰州的时候，已经是中午两点了，下车的旅客很多，小夏干脆从窗口跳下来，让对面那一对陇西新人帮忙把包递下来。月台上不见保国的影子，小夏想可能是在出站口等着，但她却没有下地道从出站口出去，而是从天桥绕到候车室，洗了洗脸，整理了一下头发，从包里翻出高筒皮靴和大红的呢绒翻领大衣换上，这才往外走。这时候心里已经开始"怦怦"地跳了，她想保国在出站口可能等急了，禁不住诡谲地一笑，心里却跳得更厉害了，她一会儿就要见到他了。

跑到出站口，却不见保国的影子，在站前广场上转了一大圈，也没有，小夏心里便凉凉的，沮丧地想是没接到电报，三四天了，不会。正疑惑着找地方打电话，见一个三十多岁的小个子男人举着大红的接站牌冲她走过来。她心里一咯噔，这可不会是他，这人一看便是个南蛮子，小小的个子不说，颧骨鸡蛋一样鼓起来。小眼睛，头发毛毛的有些卷曲。那人也不说话，直举着那接站牌冲她跟前走。小夏一看那牌牌，眼睛便一亮，红纸黑字清清楚楚写着：接济南柳小夏同志。那人也看出了小夏，迎上来问："请问同志您是哪里来的？"

果然是南蛮子，咬着舌尖发音，听起来很别扭。小夏一笑，指指他手里的牌子："不用问了，我就是你要接的那个柳小夏。"

南蛮子笑了，说："太好啦，我正担心接不着呢，你看我又不认识你……"说着便去提小夏的包，小夏说："不用，我行。"南蛮子说："那怎么行，你是新人。"说得小夏脸红了。小夏提着心问："保国呢，他咋没来？"南蛮子说："我正要跟你解释呢。"原来保国去西安拉铝材去了，下午才回来，电报是他接的。小夏嘘了口气，心放下来。有些失望，但还是挺高兴。坐了两天车，跑了几千里，有个人接着就好像到家了一样。只是还要等上几个小时才能见到保国，她感到时间有些长，不知道这段时间该怎么打发。

南蛮子说他姓罗，是保国的战友，小夏便叫他老罗。

保国的车队在兰州城西，实际已经不算城里，老罗是租了一辆红色小轿车把她接过去的。小夏原以为是车队的车来接他，一看老罗和司机讲价钱，她便拉住他，说："不用租车，咱走过去就行，我是体育教师。"老罗说："咦，走过去，你知多远？从车站走整整六十里呀！"

六十里，小夏伸了伸舌头。

到车队的时候已经快四点了。车队的院子很大，足有两个操场那么大，由红砖砌成的矮墙围着，紧靠着公路，北边是个土坡，土坡下边便是几排像火车车厢一样的砖土结构的平房。

院子里很静，靠西墙的那幢土房前边停着一辆褪色的卡车。车刚停下，便有一个腰里扎着雪白的围裙的胖老头从西边土屋里钻出来，一颠一颠地跑过来打开大门。见了小夏便点头笑："来啦，欢迎欢迎。"说着便去提小夏的包。小夏说我自己行，老头还是拉过去了："到家了你别客气。"小夏心里一阵滚热，真是一种到家了的感觉。老罗打发走司机赶上来，对小夏介绍说："这是李师傅，咱们的厨师。"李师傅自己拍拍围裙："熬饭的。"三个人都笑了。

老罗和李师傅领着她走到北边一排最西边的一个房间，老罗推开门，说："新娘子，条件有限，请多多包涵。"小夏一下惊呆了。油漆一新的木格门上贴着大红的喜字，窗玻璃上贴着鸳鸯戏水的剪纸，屋里席梦思床上铺着崭新的床单、摞着大红的被子，窗帘是粉红色的，床和门口之间还拉着粉红的帐子，屋顶上从四个方向交叉着扯起了彩色的纸穗，中间吊着一个小巧的花篮，就连地上也铺了一层红红的纸末，像铺了一层地毯。小夏激动得好一会儿说不出话来。李师傅说："罗队长为这昨晚忙活了一宿，今天直到去车站还在忙活。"小夏这才知道老罗是队长，忙对老罗说："谢谢啦罗队长。"说着泪就要滚出来。罗队长忙说："呃，谢就见外了，你快进屋休息吧。"说着看看表，"保国恐怕要到六七点钟才能回来。"李师傅也说："你快进屋歇着，我给你端面条去……"

保国回来的时候天已经全黑下来。汽车的马达很响，惊得三个人都跑出来。汽车拖着满满的铝材驶进大门向院子西南角的空地上开过去。一辆一辆浩浩荡荡，轰隆轰隆的马达声震得脚下一个劲地摇晃，震得小夏心里"怦怦"打鼓一样地跳。小夏一辆一辆地数，共是十二辆，小夏不知道哪一辆是保国的。汽车一进院子，罗队长便追着跑过去，一连声地喊："保国，保国——"好一会儿，才领着一个大个子往这边跑。小夏感到心已经跳到喉咙口了，不敢动，一动就要蹿出来。那大个子比那平房还要高，而且粗，铁塔一样，小夏知道那就是保国了。保国跟着罗队长快走到小夏跟前时却停住了。罗队长急得转身拽他："快走啊，这么早就开始惧内啊。"这时候后边的司机们也都赶上来，嗷嗷叫着："保国，冲，上啊保国。"有的干脆跑到小夏跟前，直盯着小夏的脸蛋瞅，嘴里还叫："新娘子好漂亮啊，保国请客请客——"小夏这才想起什么似的，转身进屋从包里往外掏糖，外边"噢噢"叫着："新娘子，出来——"有的在喊："保国上啊——冲进去！"小夏心"怦怦"跳着，双手捧着糖出来，往每个人的手里分糖，嘴里不停地说："大家吃糖，吃糖……"眼里的泪水"吧嗒吧嗒"地往下淌。

保国这时候傻傻地站在圈子外边，不知怎样才好。漂亮、大方的小夏使他无所适从，他总以为自己是在做梦。罗队长在后边推他，一边推一边冲前边喊，大家快闪开，闪开，人家保国还没见新娘子呢。大家这才闪开，有人仍旧在喊，保国快上呀。小夏抬起头，见保国大步向自己走过来，她感到浑身一阵战栗。保国走到跟前了，竟像不认识似的望着自己。好一会儿才叫了一声："小夏，辛苦你了。"声音还是那样粗嘎，小夏感到那一声炸雷，把她感情的堤坝一下子炸碎了。小夏一把抱住保国粗粗的胳膊，竟呜呜地哭了。

院子里一下子静下来了。罗队长走到保国身后，对大家说："今晚是小夏和保国的新婚之夜，李师傅已经准备好了喜宴，喝完喜酒大家痛痛快快地闹洞房，大家说，好不好？"

"好——"大家一齐喊起来，院子里又喧闹起来了，有人回屋拿出鞭炮来，"噼噼啪啪"地放起来。小夏擦擦泪，抬起头，见保国也满眼是泪正盯着自己。她掏出手绢想给他擦泪，却怎么也够不着。让人看见了，有人悄悄送过来两块砖头，放在小夏脚下，轻声说："垫上，垫上……"小夏脸一红便笑了。

那晚，小夏度过了她一生中最痛快的一个夜晚。喝过了酒，和大家熟了，她便不像个新娘子。大家叫她唱歌，她就唱歌；让她跳舞，她就跳舞，新疆舞、蒙古舞，跳得小伙子们直伸舌头。最后她又给大家表演了武术，几个小伙子跃跃欲试，还没靠到跟前便让她扫倒了，震得大家大眼瞪小眼，她却一个收步，双手一垂，叫道："大家快鼓掌啊——"

第二天，小夏和保国去城里办事处补了结婚手续，回来的时候，保国开着那辆"小嘎斯"，老顺着黄河沿儿跑。保国说："这个地方没什么景儿可瞧，就这一条黄河。"小夏说："黄河就挺好，多壮观，黄黄的浪头翻滚着，很有魅力。"保国便不说话了。小夏问："呃，这儿离黄河源头还有多远？"保国脸红了："大概……大概几百里吧？"

小夏说："不对，可能有一两千里，好像我记得黄河源头在青藏高原，呃，我倒真想，徒步去考察黄河源头，怎么样？咱连这'小嘎斯'也不要，背上行李顺着这黄河沿儿往上走，有没有兴趣？"

保国"嘿嘿"笑笑，白白的牙齿一闪一闪。小夏又问："有没有兴趣？"

保国看一眼小夏，红着脸问："得多长时间？"小夏答："至少半年。"保国说："那恐怕不行，这一段时间往上送铝材任务挺紧，离不开哩。"小夏不说话了，望着窗外的黄河出神。保国说："你真想去？"小夏说："我早就想去。"保国沉吟了好一会儿说："等我回去和队长商量商量。"小夏看看保国那认真劲儿，笑了："你别为难了，我知道，一人一台车离不开，我是说着玩的，你别当真。"说着倚到保国怀里，将保国一只手拉到自己肩上，保国说："别这样，我要开车哩。"小夏说："你不开了二十多年军车吗？一只手还不照样开？"说完'咯咯'笑了，小夏想起火车上看到的回陇西老家结婚的那一对新人，心里感到很满足。

车队休息了两天，又要出发了。头天晚上就都开始检修车子、往油箱里上油。罗队长把保国叫出去："保国，把钥匙给我，你这几天在家好好陪陪小夏，领着上兰州城里转一转。"保国说："这怎么好？"罗队长说："这怎么不好？小夏千里迢迢赶来找你，你忍心让她一个人待在家里？"保国说："那，那也不能让你去跑。家里一旦有事？"罗队长说："没事儿，我都跟李师傅交代了，指挥部来电话由他处理，也不会有什么事儿，车都出去了嘛。"小夏这时候正在屋里铺床放被子，听明白以后便走出来，说："罗队长，你不用为难，我跟保国一起去。"罗队长说："小夏你胡闹哩。你这是什么意思？"小夏说："我知道很苦，我这人天生就不怕吃苦，再说即使苦也不光我们俩，有大伙一块呢，又出不了事。"罗队长说："你是新娘子啊，咱队里第一个新娘……"小夏心里一热，说："队长你这就更要放心了，我这人就坐不住，就是喜欢野，跟别人不一样，保国你说是不是？咱到戈壁滩上去蜜月旅行去……"

第二天早晨五点，车队便出发了。保国和小夏的车在中间，前边五辆，后边六辆，浩浩荡荡往西开。罗队长和李师傅站在门口给大家送行。小夏很激动，身子从车窗探出来挥手和他们告别。车跑出去老远，李师傅和罗队长还看见她那红大衣，旗帜一样在绿色的车队中一闪一闪。

小夏头一次坐货车旅行，又是坐在保国的车上，驾驶室里两个人的小小天地和车窗外天高云淡的西北风光，都使她激动不已。驾驶台上录放机的音量总是开得大大的，前后车都能听见那优美的旋律。她不断地探出头来前后看看，那些小伙子们都很兴奋，车队"呜呜呜"地顺着山路向西开，路上几乎见不到行人。有时候按捺不住了，小夏便说："我给你开一会儿，你歇歇。"保国笑笑："那不行，你好好给我服务就行了。"说着就要摸烟，小夏忙替他掏出来，打开火机，吸着了再送到他嘴里，自己呛得"咳咳"地咳嗽。保国再抽烟的时候，便坚持要自己来，她还是夺过去，仍旧替他点燃，吸着，只是吸到嘴里以后赶紧吐出来。保国要喝水，她便将暖瓶里的水倒出来，两个杯子倒温了再送到他嘴边。保国感激得不断地用那满是汽油味的大手去摸她的脸，她便美美地瞪他一眼，保国脸便红了，"嘿嘿"地笑。

晚上到了武威城，车队开到城西一个招待所，房间很挤，只余下三个房间，小夏和保国占一间，余下十一个人就很难安排。领头的一个又去找经理交涉，请求再挤出一个房间。经理实在想不出办法，满满的。小夏低声对保国说："算了，咱先走吧。"保国不解："先走？"小夏眨一眨眼说："咱自己找地方过夜去。"保国去与队友们说，队友们坚决不肯："你这不瞧不上哥们？"大家宁肯睡车上也不让他们走。小夏说："大家别尽往不好的方面理解，不能向好的方面想想，大家放心地在这里休息，明儿早上我们在路上等大家。"都纳闷："你们到哪儿休息？"小夏诡秘地笑笑："这你们就别管了，军事秘密。"大家便不好再问。保国和小夏便跳上车，和大家招招手，便"呜"的一声开出去，拐上公路。

开出好远，回头看看，大家都还在院子里愣着。

保国说："到哪儿去呀？"小夏说："开到哪儿算哪儿。"

保国说："这可不比内地，开到哪儿都有旅馆，出了武威城，往西就接近戈壁滩，找地方都找不着。"

"那咱就在戈壁滩上休息，"小夏笑了，"天当被地当床……"保国不好意思了："实际上有你陪着也不困，一直跑下去也行。"

汽车顺着笔直平坦的公路，"呜呜"地往西开，车灯照着戈壁滩，显得空旷深奥。小夏紧紧倚靠在保国身上，她想这小小的驾驶室就是混沌初开的挪亚方舟，他们两个在茫茫的时间之海中孤独地去创世纪。小夏问保国："你想不想要个儿子？"保国说："听你的。"小夏又问："咱儿子你说将来让他干什么工作好？"保国说："当科学家。"小夏说："不，让他好好锻炼身体，长大了当个宇航员，到太空站工作，咱到太空去旅行就方便了。"保国"嘿嘿"笑了："你想得真远，够浪漫。"小夏推他一下："还浪漫，这是真的！"

这时候汽车忽然像爬不上坡的老牛，哼哼叫了两声便熄火了。保国轻声说："糟糕。"小夏从朦胧的意境中清醒过来，忙问："怎么啦？"保国说："你别管。"说着已经跳下车，车门"咚"的一声扣上。小夏又扭开，保国说："别下来，外边风大，冷。"小夏不听，仍旧跳出来，一落地便打了一个寒战，差点被风吹倒："哟，这风怎么这么大？"保国已经钻到了车底下，"嗡嗡"地说："戈壁滩上风硬，看着没风，实际能将人刮上空。"

　　站了一会儿，小夏实在抗不住，便又上车了。一会儿保国也上来了，带进一股呛人的汽油味，"好啦？"保国没吱声，"呜呜"地起动，竟着了，又往前开，跑了不足半个小时，又"呜"的一声憋死了。

　　"怎么回事？"保国一边开门往下跳一边答："可能油路堵了，白天加的油不好，你在上边等着别动。"

　　保国跳下车，捣弄了好一会儿，冻得直哆嗦，钻进来，打开马达。

　　"呜呜"叫了一会儿，还是不着火。小夏说："干脆算了，明天再修，咱就在这儿过夜。"保国说："车打不开，没暖气，在这戈壁滩上，非冻个半死。"说着又跳下去，关上门，一会儿又打开，掀开坐垫，抽出一只打气筒，在车下对着油管"吱吱"地打，打完了，又上来，打开马达，还是不行。

"真是怪了。"保国拿着手灯下去，打开盖子四处照。一会儿回来叫："小夏，下来帮帮我。"小夏下车，他将手灯递给她："你给我照着。"自己回车上取暖瓶，回来将开水往一个小泵里倒，水都倒净了，探身回车上打开马达，还是不行，回来又钻到车底下，一处一处检查，拔出一根管子，吸吸，又鼓，小夏说："会不会是没油了？"保国说："把手灯给我。"小夏将手灯递给他，还是想，会不会是油箱空了，便向后走，找到油箱，扭开盖子，黑乎乎的看不见，倒是有一股浓浓的油味漾上来。小夏忽然想到白天为保国点烟的火机，便打着，用手捂住凑到油箱上去看，眼睛紧贴着火机刚一探过去，只感到"呼"的一股油气顶上来，眼前一亮，"嘭"的一声一只火球滚到脸上，吭都没吭一声便倒下来，头脸已经焦了。

那边保国听见"嘭"的一声响，接着眼前唰地一亮，赶忙蹿出来，叫："怎么啦？"看见油箱那里有火"烘烘"地往上蹿，保国浑身唰地一凉，转身就要去车头取灭火器，还没转过身，油箱便"轰"的一声巨响，巨大的火球和着铁块向他的头上、身上铺天盖地地扑过来，他只感到头像是被什么穿了一下，便轰然一声倒下了；身子正好和小夏构成一个丁字。

那天晚上下了一场雪。油箱里的油都喷出来，车厢板燃着了一小块，没有着起来便让雪给压灭了。车上的铝材和篷布都丝毫无损。

第二天早上，车队远远地看见保国的车停在那里，都以为他们还没有睡醒，便早早地停下等着。总也不见动，便"嘟嘟"地按喇叭，仍不见动静，便耐不住了，开过来。

都惊呆了。

保国几乎全让雪埋住，只有脚和肩膀露在外头。小夏仰躺在车底下，下半截身子露在车外边，盖了一层薄雪，大红的大衣还是那样鲜艳，火一样刺眼，只是头脸都焦了，墨黑如炭。

后来，保国的妹妹保芬从济南赶到武威，小夏的学校也派了人去，还带来了那床大红的毛毯。

保芬在整理遗物的时候，从小夏贴身的内衣兜里掏出一个小红包，打开一看，里边装了两只指头粗的小瓶和两包小塑料袋。都没有动过，小瓶封口的蜡还完好无损。不懂事的工友探上头来问：这是啥？保芬便抱住那东西扑在小夏身上"呜呜"地大哭起来。

有人把那个工友拖过去，那工友还是不解，那人便小声告诉他，那是避孕工具。说着，那人也扭过脸去，"呜呜"地哭了。

五月花开

一

下了电车，我们好像约定了似的，一齐向南走。拐进那个僻静的小胡同，两个人一齐停住，这是去哪儿？相视一笑，又一齐向里走去。十年前的那种默契，实在令人激动。从宾馆门口出来，两个人都没有说话，却都不自觉地选择了这趟电车，没有商量，又都在这一站下车。

这条小路，勾起两个人的多少回忆。十几年过去了，小路似乎没有什么改变。这里的每块石头，每簇灌木、花草似乎都能使我们触景生情，想起当年的故事。小路人极少，两边是一片缀满了紫色小花的丁香，再往南是一片山楂树，花儿都开了，一簇一簇的小白花引得蜜蜂"嗡嗡嗡"地围着旋转飞舞。小路直通到山下，到山根后便拐进大山背后的山谷。夏季山洪就是从这里奔涌而下的，山谷的谷底布满了被激流冲击下来的碎石和雪白的沙砾。经过一个冬春的风吹日晒，已经板结得十分结实，走在上边"咚咚"直响，像叩击着我们自己的心房。山谷极少有人来，十几年前我们两个下了课便带着干粮吃食跑到这里。逢上星期天、节假日则整天不归，这里似乎是我们的旅舍，我们共同的家。在平整的砂砾谷底，有着我们多少激动人心的回忆，我的心"咚咚"跳个不停，你的脸也红扑扑的。我有一种窒息感，不知是过于激动还是沟底空气憋闷。山谷的尽头是一排石阶，可以通到山的半腰。我向那里走过去，你却把我拉住了，你说不要上去了，我们就在这里坐一会儿。我的脸又一阵发热，我知道你的心思，你是不愿意再去触痛那块令你心痛也令我尴尬的伤疤。

山半腰是一座辛亥革命烈士陵园，有一座不高的塔。我们第一次来时，那塔正在加修护栏和基座。那是一个初夏的中午，我们上去时水泥还没有干。上面有不少游人留下的歪歪斜斜的字迹。我也心血来潮，捡起一块尖尖的石子做笔，在塔的基座背后画了颗心，你也接过石子，画了一颗心与我的那颗交叉叠印在一起。然后我们各自在对方的那颗心上写下了自己的名字。写完以后，我们将石笔一扔，紧紧拥抱在一起。我说，我们的名字，不，我们的爱也同烈士一样不朽了。你却不说话，伏在我肩上，只任泪水"哗哗"地流淌。

下山的时候，从陵园的墓群中走过，你说，我们将来死了也埋在这里，我们俩占一块地方，合在一起。那时候，死是非常遥远的。因为爱的辉煌，死也显得十分悲壮、十分美丽。那天下午，我们两个人都十分激动。

我垂下头，坐在沙砾上，我的脸一定很红。你眼睛平静地看着我，但那平静却让我无地自容。当年我们是何等的亲密，相隔十年，物是人非，我们虽在咫尺，却都横了冷冷的墙将对方隔住。你再也不是我的，你是别人名下的老婆，别人的孩子的妈妈；我也不是你的，而是另一个女人的丈夫。我真想像从前那样将你紧紧地抱在怀里，但是，我却不能，你的平静让我感到尴尬，你平静的目光让我想起我的妻子和孩子。时间这个魔鬼！但是，是时间吗？你仍旧平静地问我，脸上并无嘲弄与讽刺，但我却感到如芒在背。我红着脸真诚地向你道歉，你却一笑：你不用这么难过，实际我不怪你，我理解你的选择。如果是我，当初可能也会像你这样，你想想，你当初若留下来，不和我分手，你今天会是一种什么样子？你的成熟和冷静让我分不清是真是假。你比以前丰满、漂亮，更具魅力，也显得更加成熟和自信了。你说，我的选择实际对你的成长也有好处。若不是我一下子把你推到了谷底，你也不会有今天这样的成绩，你可能还是当年那个依赖性很强的娇小姐。你说这些的时候，眼睛里的泪水直打转转。我知道，你冷静的背后感情仍旧那么汹涌，毕竟我们的过去是轰轰烈烈的。也许是烙痕太深，你不愿意再去触动。也许那打击太大，那些艰难的日子想起便让你心碎。泪水落在我的心里，让我感到如盐水浸渍如烈火焚烧。我背叛了我们的感情，我的泪水不能换来你的泪水，我知道这二者的价值有多么悬殊。

你的失态只是一会儿。还没等泪水溢出来你就让它流回去了。我真佩服你的成熟和冷静。你问我的家庭、我的妻子，你向我说你的丈夫和孩子，你的眼里露出慈祥的母爱与安逸的幸福，我知道这是真的，你已经不再属于我，你的幸福里面已经不再有我的因素和成分。你说这次时间太紧，下一次再来你要到我家里去，你要见我的妻子，你问我："我和她能成为好朋友吗？"我说能，你们会成为好朋友的。你问我我妻子知不知道你是谁，与我是怎样的关系。我说不知道，你说你要当面告诉她，你说女人与女人是能够相互沟通、相互理解的。你说你要与她成为和我一样的好朋友。我苦笑了，好朋友，这词让我感到这么生疏和冷酷，但又让我感到一丝慰藉。过去是回不来的，已经失去的东西永远也不会再找到。但是，你毕竟还是原谅了我，还愿意与我这个曾经背叛过你的人做朋友，这就让我感动不已了。我说，谢谢你对我的原谅，你又笑了，像嘲笑一个小孩子，原谅？谈不上原谅，你也没有什么不可饶恕的罪孽，你的选择没有错误，我说过多少遍了，如果当初我对你曾经刻骨地怨恨（不，是有怨而无恨，对你一直恨不起来）的话，那么，现在，也许是时间，让我理解了你当年的选择。如果你觉得我现在成熟了的话，那么说明你当初就已经十分成熟了，起码比我成熟。

你的话让我难辨真假，我拿不准你内心对我的真实情感。相隔十几年，你找我来就为了谈这些？你说是解一个扣，解开，双方心便释然了。但是在我，听了你的那些话，却无法释然，你又勾起我十几年前的情感之流。那天你还要赶火车，我们急匆匆地离开山谷，我送你到宾馆门口，离开车时间只有一个钟头。你有好几位同伴，我不便到车站送你。临分手时，你从包里掏出一块男表，一定要送我。我推托不要，你说你一定要收下，你说没别的意思，是别人送你的，你不往回带了，转送给我。你说，回家好好待人家，好好过日子，不要想那么多，生活原本是很简单的。说完便转身走了。你穿过马路走到宾馆门口，又回身向我挥手作别，我没有理你，一任泪水轻轻地漫过眼眶，在脸颊上流淌。一动不动地盯着你走进宾馆大门，从我眼前消失。你把过去又带到我的眼前，你把我的心抛到了咸咸的海水里。

回家已经很晚了，妻子还没有回来。我感到屋里那么空荡。这时候你已经登上了东去的列车，我想起一位诗人的诗句：

目送你／离我而去／心也走了／随你／东行东行……

你似乎很轻松，我不知道这是不是真的，我不知道自己能否从里面解脱出来。十几年前的轻率，在今天，让我感到从未有过的沉重。

二

三十岁的生日是在南方过的，是那个连空气都烫手的开放城市。

头一天还是艳阳高照，烤得人喘不过气来，这一天却阴有小雨，倒是凉爽多了。你是病着的，却坚持一定要陪我。本来我是忘了自己的生日的，想不到相隔十几年，你仍旧十分清晰地记着。昨天临分手时，你煞有介事地问我，明天是什么日子，我还傻傻地问，什么日子？我们俩相识是在秋天，相爱是在冬天，分手则是在春天，我怎么也想不出就要来到的这个日子与我们俩有什么关系。你用食指点着我的额头说，真糊涂还是假糊涂，明天是你的生日！我这才恍然记起，心里一阵热热的感动。你说明天来找我，我说不要了，你病着，在家好好休息。你说，我是要你陪我，陪我逛商场！同学生时代一样，我还是拗不过你，内心里我也渴望能有你陪伴。

这次来这座城市，是参加一个无关紧要的培训班，说穿了，我执意要来，主要还是因为这座城市有你在。一下飞机，我便给你打电话，十几年的时间阻隔，把我们本已疏远的心又拉近了。一听到你熟悉的话音，便仿佛又回到了那让人难忘的青春岁月。

午后，厚厚的云彩黑压压地积在头顶，还没出门已有几滴雨落在青松绿树上。我和你撑着一把伞，缓缓地走出培训学校的大门。相隔十几年，我又一次这么近地与你走在一起，又一次闻到你头发和身上洋溢出的熟悉的清香。我的心激动得怦怦直跳，我的眼睛也一阵潮湿发热。我很想像过去一样，伸手揽住你的臂膀，可是我不能。你已经是别人的妻子，而我也已是别人的丈夫，我与你仅仅是过去的同学、朋友而已。走出门口，你回头看我，见我心事沉重的样子，便捅了我一下，笑着问我，怎么不高兴了？我连忙装出笑脸，怎么能不高兴呢，有这么漂亮的小姐陪着。你说，那就应该快乐起来，今天你是寿星！说着伸手拦住一辆出租车，车停到跟前了，你又仰头看我，我们去哪儿？我忙说，听你的，不是陪你逛商场吗？雨这时已经下得大了。雨点"扑嗒扑嗒"地敲击着伞面，我与你挨得稍紧了一些。这时我的情绪已经好多了，我下决心与你一起，好好地度过这一天。

我是真的陪你逛商场了。从一楼到三楼，看的东西很多，你却一样也相不中。我要为你挑件衣服，你不是嫌款式不好，

147

就是对色调不中意。转到四楼，你拉着我走到钟表柜台。两个人漫不经心地看柜台里琳琅满目的各式手表。走到一组男表柜前，你问我这一组表中哪个款式最好。我看了一圈，最后选定一块带夜光的双日历机械精工自动表，不论款式还是色调都不俗，大小适中，既透出一股阳刚之气，又看出做工精细，选料考究。你笑了，不说话，却从手包中取出一只表盒，放到我手中："送给你，祝你生日快乐！"我呆住了，打开表盒一看，正是一块精工表，与柜中一模一样。我是打算买一块表的，来之前我已有半年没戴手表了。但我没有向你透露要买表的意思。充满浓浓爱意的默契感动得我说不出话来。我无法接受这份沉重的礼物，可我又不能直接拒绝，挑出种种理由，总是会伤了你的心的。我只好收下，心却不能轻松了，细细的表针与我的心脏一起"嗒嗒"地跳动，表盘上的日历牌上已经调到了 5 月 18 日，我无法留住这组数字，我不知当我再一次见到这组数字的时候，会是一种什么样的情境。不管怎样，你是不会如今天一样地陪在我身边，想到这里，我心里便禁不住一阵黯然，一阵沉重。

出了商场大门，迎面几滴雨飘落在脸上，你这才发觉雨伞已不在手里，问我，我也不知刚才忘在哪里了。我说楼上钟表柜找找，你一挥手说算了。我想买一把送你，忽然想到，伞是不能送人的。我们已经分隔了十几年，这纯真的友情我们都不愿意"散"掉。再看看你疲倦的、努力笑着的脸，心里又加了一层砝码，不知有多重。我说，你太累了，我送你回家休息吧。你脸上便阴了，不高兴地瞪我一眼，谁说我累了？我还没有玩够呢！说着又拦住一辆面的，说，我带你看花去。

坐在出租车里，看着外边熙熙攘攘的人流和五彩缤纷的楼群，心里仍是无法轻松。雨渐渐地停了，街上的人也渐渐多了，风景仍旧不美。

走进花园，沉郁的心情便为之一振，花的世界，花的海洋，让人心旷神怡。红的、白的、粉的、黄的，一片片、一簇簇，姿态各异的牡丹、玫瑰争奇斗艳地开放着。雨水刚刚冲洗过的花瓣更显得娇艳，花叶也更显得翠绿，空气中满是淡淡的甜丝丝的花香。我心情好多了，我说，想不到这闹市中还有这么美的所在。你说，美是到处都有的，关键看你能不能发现。看得出你也是十分愉快的，满脸的喜悦。天气不好，又是下午，花园里静悄悄的，游人几乎只我们两人。两个人在花海中徜徉、散步，心中有一种默契，话却说不出口，这时候说什么都是多余的。此情此景，似乎有些不合时宜，但我们都不愿意破坏这美好的心境。

天慢慢黑下来了，这个亚热带的沿海城市天气变化莫测，这会儿又冷得人瑟瑟发抖。两个人走出花园，心境也如天气一样，温度开始下降。

晚饭，大家彼此都努力地表现出轻松和欢快。合唱几首喜欢的歌，歌词内容大致都是无言的结局和深深的祝福。九点，你的丈夫打来了传呼，让你回家，是不放心你的身体。我心里不禁一凉，我连关心你的资格也没有，更何况其他呢。真疼你的人不是我，而是你的合法丈夫。半天无语，饺子在你的一再催促下夹了一个，咬了一口却怎么也咽不下去。

坐在出租车上，两个人又是默默无语。还是我先打破了沉默，说的却尽是一些言不由衷的话。我说，明天培训班课程很紧，你就不要再来了。你不说话，却突然抽咽着哭起来，我揽住你的肩膀，这时车却停了，已经到了你所在的秀英区。我替你擦掉眼泪，扶你走下车。我说，我不送你了，再见。说着便钻回车里，关上车门，车又开了，我扭回头，你还站在楼下的灯影里，不停地抹眼泪。

这一天，恐怕真是一生中的唯一了。

三

我没有想到，我会病倒在这个城市，这个除你之外一个亲人也没有的陌生地方。我没有再去找你，不是不想见你，每时每刻我都在想你。那天，我从码头下船便直接坐出租车去了你的那个宿舍区。我没有下车，我看到你正带着孩子往外走，你的丈夫推着车笑哈哈地跟在后面，你们一家三口其乐融融的场面不知是感动还是刺激了我，泪水胀得眼眶发酸，我让司机继续往前开，直接把我送到我常住的这家旅馆。

晚上，我失眠了。我一个人走上阳台，在那里站了半夜。可能山风太凉，我第二天早上便病倒了，头昏脑涨，高烧不退。我不知道你此刻在干什么。我后悔这次不该绕道来这里。同居一城而又不能相见，还不如远隔重城，相思千山万水。我知道，我再不能去找你了，我已经给过你一次伤害，你说过，你现在生活刚刚平静下来，你不想再有什么把这种平静搅破。看来你说的是真话。你始终保持冷静和清醒，而我自始至终都是盲目、冲动的。我知道，你可能瞧不起我，这也是你不想再见我的原因之一吧。那次从你家离开，你抱着孩子出来送我，不知谁家电视里传出《包青天》的主题曲，你的孩子也跟着哼起来。哼着哼着，你那顽皮的儿子突然仰脸问你："妈妈，'爱情两个字好辛苦'什么意思？"你脸红了，好一会儿才指着我说，你问问这个叔叔。我噎得一句也说不出，脸涨得发烧。我赶忙从你手里接过孩子才算掩饰过去。我知道，我害得你很苦，为等我，你直到二十九岁才结婚，我知道，这个年龄对一个姑娘意味着什么。而我，在你苦苦等候的时候，却始终无动于衷，我根本没有想过你还在那里苦苦地等我回头。我自感无脸见你。是我把你的青春浪费了，你应该恨我，但你却始终微笑着，你说你有怨无恨。那次临离开时，我不小心在海边割破了脚趾，住进了医院。你带了满满一包我爱吃的东西和一枝康乃馨来看我。我不知你为什么那么喜欢康乃馨，上学时你就喜欢，也许是你身上天生的那种慈母一般的宽厚与善良，使你与康乃馨格外亲近。你一边给我剥香蕉一边不厌其烦地给我介绍康乃馨。我凑趣打断你，我说我都能背下来了，康乃馨是母亲花，安详、温馨，你接上说，不过，看病人也可以，我知道你不喜欢花，所以只买了一枝。我赶忙说，我喜欢。我们似乎都忘记了过去的不快，说说笑笑，又回到过去的时光。听着你喊我的乳名，我心里便一阵一阵地激动。你我从小一起长大，一直以乳名相称。即使上了大学以后，在人前是一种叫法，在人后仍旧以乳名相称。似乎那样才自然，才真实，才亲切。一旦改了口，便那样别扭和生硬，都有一种演戏的感觉。喊我的乳名的现在只有我的父母和你了，也只有你们三个人喊我乳名我才有这种感觉，连哥哥姐姐们喊我乳名我都感到不自在。我也是始终在心中以你的乳名唤你，此刻，我不知你能不能听见我的呼唤。我不知你的丈夫平时是怎样称呼你，但我坚信他不会喊你乳名，但愿。一想起你丈夫喊你乳名我就有一种无以言状的难受，也许是嫉妒。我自己也感到这种心理毫无道理，可是没有办法，我无法抑制自己。

这一次你肯定不会再来了，我也不想让你再一次看到我的这副狼狈模样。我多么希望能见到一枝鲜红鲜红的康乃馨，一闻到那淡淡的仿佛母亲身上的甜香气息我的病就会好。过去我真的不喜欢花，记得上大学时，每一次你驻足花店我都不耐烦地催促。那一次你到医院看我时带来的那枝，第二天离开时我竟把它扔在了医院里。走出医院门口时，你问我花呢，我说蔫了，实际还好好地插在瓶子里。我只是感到再返回楼上病房拿一枝花太有失男子汉的面子。我把你的心、你的爱护、关怀很不经意地扔给了别人。我想，我再也得不到那样的一枝被浓浓的情意催红的康乃馨了。

四

我知道，这一次，你是真的要走了。

上个月，你来电话，说美国又来信催，那边手续都办妥了，你问我去还是不去。我知道你跟上次一样，内心里是不想去的，只等我一句话。所以，我一点都没有犹豫便劝你：你应该去，分开这么久了，应该聚到一起了，他在那边也不容易，去年你就该去的。你问我，你说的是真心话？我语气尽力地冷静和沉着，我说，是真心话，他爱你很深，再说，到那边，对你事业发展有好处……你没有听完便把电话挂断了。

去年夏天，我到海城，你把他的信都拿出来，一封一封地拆给我看。信很多，几乎是每隔十几天便有一封。从信上来看，李毅是一个非常内向，又非常钟情于你的书生。但是你却始终对他"爱不起来"，你说，你感到他身上少了一种什么，少了一种做丈夫应该有的东西。我问你，那你当初怎么和他结婚了呢？你瞪了我一眼，脸憋得通红，低下头，好久不说话。我后悔自己问错了，我知道，你沉默的潜台词是什么，我告诉你，我确实不知道当初你对我的那份感情，我说，我至今仍感到非常懊悔和遗憾。你抬起头，眼睛看着我，直愣愣的，很大，豆粒大的泪珠从里面滚出来，"吧嗒"地落到地板上，你抽咽着说，这就是缘分吧。

那天下午，你带我去海边看海。海滩石栏旁、树丛边一对对旁若无人的情侣使我感到很不自在。你回头看我，笑着问我，感觉怎么样？我说，感觉自己老了。你的笑立刻便消失了，带着我拐过马路边，伸手拦住一辆白色出租车。

车到一个十字路口，你便让司机停车。下车后，你说，我们看电影吧，前边就是中国电影院。你说，你等着，我买票去。我连忙挡住你，哪有女士买票先生看戏的，我去。你妩媚一笑，好，先生请。我买回票，你要过去一看，脸却变了，你怎么买的这个！我一时糊涂了，还有什么？你脸转过去，红红的，说，没什么。这时，开场的铃声已经响了，你赶忙说，走吧，到点了。电影散场的时候，走过楼梯口，你手向上指了指，说，楼上还有一个小放映厅，小包厢，放映通宵电影。我这才恍然大悟，想起买票回来你的失态，心里禁不住一阵簌簌地发热，像通电一样。我开始后悔自己的糊涂。

电影院离你住的学校很近，我看看表，已经十点半了，我说，我回招待所了，一会儿该关门了。你坚持要我送你回家。到你家后，你便又是烧水又是泡茶。我说我该走了，你说，早过点了，招待所你进不去了，你干脆就安下心别走了。我脸红，心里"怦怦"直跳，我说，那怎么行，人家邻居要说闲话的。刚才进楼时，楼下有许多乘凉的邻居。你说，不要紧，我昨天就告诉他们，我弟弟今天要来，你是我弟弟！说着，冲我调皮地挤眼一笑。

但是我却怎么也坐不踏实，不知道是紧张还是激动。你倒是十分平静，又是拿影集又是拿信给我看。你见我神不守舍的样子，便笑我，你这是怎么了，一点都不像男子汉。我说，你书柜上那个大观音我总感到是在盯着看我。真的，对面书橱上摆着一尊足有二尺高的唐三彩观音菩萨，一双秀美的眼睛一眨不眨地看着我，使我想起我的妻子，想起你远在美国的丈夫，使我想到自己是不是在干一种违背道德的事。你说，你又犯了文人的酸气了。

海关的钟声这时候非常洪亮、非常清晰，"当当当"敲了十二下。夜已经深了，你站起来，打了一个哈欠，说，我困了，你困不困？我说，我不困。你说，我们玩牌吧。说着，你便从抽屉中抽出一副牌来，崭新的。两个人你一张我一张地扔，一副牌没有扔完，你便一撒手，将牌从茶几上全部拨到了地上，一下子扑到我怀里，"呜呜"地哭起来。我搂紧你，使劲搂紧你一抽一抽的身子。我抱起你向卧室走去。你挣扎着要我不要动，你说，不要动，我们这样就够了。我放下你，你还在抽咽，但却没有了泪水。就是在这时候，你问我，李毅要我去美国，我去不去？这时我已冷静了许多，抬起头，又看到了那尊菩萨的美目。我说，你还是去吧。你便挣脱我，坐起来，理理头发，突然问我，你妻子怎么样？我不知道该如何回答。但我还是说，她很好。实际这话自见面你已问过不知多少遍了，我也说过不知多少妻子的好话，都是由衷的。你站起来，说，太晚了，我们休息吧，你去北屋，我睡沙发。我也冷静了，我说，还是我睡沙发吧。你说，好吧。走到门口，又回头盯着看我，眼睛深深地含满了泪。没等我说什么你便又转过身去，从北屋为我抱来了被子和枕头。

我不知道自己是什么时候睡着的。当晨光穿过窗帘透进屋来，你已经在厨房做饭了。吃过早饭，你送我去车站。我说，赶快下决心去美国吧，不要辜负了人家的一片深情。你用手推我，你快走吧，这轮不到你管。我这时不知怎么，眼里却已有了泪。我握住你的手，说，再见，你推开，笑笑，说，再见。我转身欲走时，见你满脸是泪，却仍在努力地笑着。

但是，你却没有听我的话。你给远在美国的丈夫回信说，你这边的课程还没有完，你不想走。

这一次，我知道你是真的要走了。一个月前，打过电话以后，你便来到我住的这座城市。你说你是来看一个亲戚。我知道你在撒谎，在这个城市里你根本没有什么亲戚。你打电话给我，我说我一会儿去接你。你问我接你去哪儿，我说我家呀。你问，家里就你自己？我说，还有妻子、女儿。你便把电话放下了。我赶紧坐出租车赶到宾馆，我以为你生气要走了，我知道你是为我而来的。进宾馆大门，便见你提着皮箱在大厅门口站着，脸上似乎很轻松。见我进来，笑着走下台阶，走吧，带我见见嫂子去。

那一晚，你和我妻子谈到很晚。我从来没有想到外表那么新潮现代的你竟也能那么婆婆妈妈地拉家常。两个人俨然姐妹一般。该休息了，你坚持要和我女儿睡一张床。晚上很晚，我听见你还在北屋与女儿嬉笑。女儿已快上小学了，很亲地喊你姑姑，第二天分手时，女儿竟拉着你的手号啕大哭。你却十分冷静，笑着刮女儿的鼻子。

我去车站送你。临分手时，你说，你很坏。你不让我进站送你，走到广场上你便一步也不让我向前走了。

三天以后的晚上，一阵电话铃声把我吵醒。我披衣起身，妻子也醒了。我拿起话筒，却没有话声，听见闹哄哄的噪声和一个轻轻的喘息声。我喊，喂，喂，那边仍旧没有回声，一会儿那边电话放下了，传来一阵"嘟嘟"的忙音，挂断了。我放下电话，重新躺下。妻子问我，谁这么晚来电话？我努力抑制自己的感情，努力平静地说，谁打错电话了。妻子又睡了，我的泪水像开了闸一样哗哗地涌流出来。我知道，你真的走了。上海至洛杉矶的航班再有几分钟就要起飞了。

四重奏

火

　　这是那种人人都想往水里跳的日子，随便哪里，只要你抖落一点火星，便会"呼呼"地着起来。

　　吃过了晚饭，川便悠悠地来到紧依着琬家山墙的红薯窑顶乘凉。红薯窑顶与琬家山头平齐，川坐在窑顶，琬院子里的一切都看得清楚。琬和她爹刚吃过晚饭一会儿，正在收拾院中央的饭桌。琬的爹已经出去了，肯定又是去南河套听老红进说《杨家将》去了。剩下的活计，洗碗、堵鸡、喂猪……都是琬的。琬没有娘。

　　天和地无声无息地向一起挤压，空气被挤成一张厚饼，极闷，无一丝风。川身上黏糊糊的，低下头便闻得见酸哄哄的汗臭。川想这时候若有电影看就好了。川有好久没看电影了。记得最后一场是去于家庄看的。川很想念一溜人浩浩荡荡说说笑笑踩着田埂去外村看电影的夜晚。逢到那样的夜晚，他便可以和琬走在一起，琬也是个电影迷。那次去于家庄看《黑三角》，琬也去了，只是好些人在一起，他没有和琬说话。往回走，他记得很清楚，琬始终在他身后边，一边走一边哼"泉水叮咚，泉水叮咚，泉水叮咚响……"

川想得出神，嘴里竟有涎水流出来。南河套里说书的已经开始了，老红进那沙哑的嗓子和那不时传出的哄笑在静静的村夜里传得极远。

琬这时已经收拾好了碗筷，院子里传出铁板的"哐当"声和鸡的"咯咯"的嘈杂的叫声。堵完了鸡，琬又开始喂猪，随着琬"啰啰啰"的唤声，猪"哼哼"地叫着从圈里爬出来。川望着黑影里正往猪槽里倒食的琬，心里想，将来，是把好手……

院子里一会儿便没了动静，琬大概到屋里去了。屋里没有灯，不知琬在干什么。川等了很久琬也没有出来，等得浑身燥热，川抽烟，一支接一支地抽。抽得嗓子眼儿冒火，便故意闹出很响的咳声。琬似乎睡了，川便吹口哨，院子里依旧没有动静。若在往日，琬这时该到南边塘里洗衣服了。也许是去了？川半信半疑地从窑顶上走下来。踱到塘前，塘里很静，并没有人，几只鸭子浮在塘边的草丛里，听见响动"呱呱"地叫了

160

几声。

川感到很扫兴，塘水很亮，镜面儿一般。川脱了背心、裤头便往里边跳，扑腾了几下，忽然想起，听见水响琬会不会吓回去不来了？便赶忙爬上岸，穿上裤头背心在塘边一块石头上坐下来。

川坐着望那栋黑漆漆的房子，望得眼睛发酸，仍旧不见一点动静。心里便骂，这臭……还没出喉咙眼儿便又吞回去了。傍晚锄完了红薯从东山往回走时，琬走得很慢，一个劲地回头看。走在琬后头的只有琬的爹和川。后来琬的爹吼了一句："还不赶紧走家去做饭，尽着磨蹭啥！"这才匆匆地往前走了。吃饭的时候川就想，只要自己在琬门前跺跺脚琬就会出来的。川想得很美。

川想着便起身到塘北面的高坡上唱："泉水叮咚，泉水叮咚，泉水叮咚响……"唱得很响，琬一定能听见。唱得嗓子有些哑，琬仍旧没有来，心里便冒上来一股火，便又在心里狠狠地骂，骂得翻江倒海，心里似乎好受一些。

起了一股风，从塘面上吹过来，凉酥酥的。河套里说书的大概散了场，乱哄哄的噪声传过来，村里的狗也开始"汪汪"地吠。川心里的火又蹿出来，急出一身汗。心想今晚是完了，气呼呼地往回走。

走到琬家门前，川停下，心里忽然一亮，回头看看四周没有人，散场的回来还得一会儿。川便蹑手蹑脚地走到琬家大门口，蹲下去，从兜里掏出一块闪亮的东西。

一会儿，琬家门前的那堆闪着金灿灿光亮的麦秸垛便腾的一下着起来。金色的火光照亮了半个天，照亮了琬家的整座院子，照亮了琬家的玻璃窗。

川隔着火光看到琬冲出来，川的心也便腾的一下着了。

静夜一下子闹起来了，整个村子都响起狂放而杂乱的叫喊：救火啊，救火……

水

看完了电视里的最后一个节目，莲将倒在沙发上睡了的儿子抱到床上，放好蚊帐，一个人走出来，在阳台上坐下。下边村子里一片漆黑，白天看着蓊蓊郁郁的树冠，这时候像一片黑黑的海。偶尔有两声狗叫，让莲想起做姑娘时的那些让人迷醉的神秘夜晚。

夜极闷，天上没有一颗星星。肯定要下雨。莲起身关门进屋，忽然感到浑身黏湿，这才想起自从旗走了再也没有洗过澡。想着便打开浴室的门。洁白的浴缸自从丈夫外出销货去了她再也没有用过。丈夫一走，她就变得懒了，懒得洗澡。

莲放了满缸的水。脱了衣服跳进去，水很凉，赶忙爬出来，放走一半，又扭开热水开关。再踏进去，还没有站稳便跳出来，差点摔倒，赶紧将开关扭紧，再倒进满盆凉水，这才慢慢躺下去。一躺下莲便想起丈夫，一想起丈夫她便感到脸热心跳。白瓷的浴缸和蓝瓦瓦的清亮亮的水，总使莲感到难为情，她站起来拉灭电灯，浴室便黑得吓人，她又赶忙重新拉开。有些烦躁，干脆擦了擦身子，穿上衣服走出来。

丈夫在家时每晚都要拉她一块儿在浴缸洗澡，她总不习惯，老闹得丈夫不畅快。

几年前，他们还跟下边村子里的人们一样种地下苦力的时候，她和丈夫经常在南边河里洗澡。就是在那条小河里，莲把自己给了丈夫。莲曾几次想说服丈夫一起到小南河洗。丈夫总是瞪大了眼睛骂她没出息。自从丈夫开了加工厂，自从盖起了这幢小楼，丈夫就变了一个人儿。"咱们要过过城里人的日子。"丈夫经常这么说。莲一天一天变得越来越不能习惯了，丈夫气气地说："你变了一个人儿。"莲在心里怨怨地说："你才变了一个人儿。"

莲身上湿乎乎地站在阳台上，最先看到的又是小南河。不管多么黑，莲总能看到那条清亮的小南河。

那时候莲还是个姑娘。她和现在的丈夫旗都在果树队干活。下工好久了，他们两个才从果园里走出来。走到小南河天已经黑了，看不见人影。旗说洗洗吧，莲脸通红，好久没说话，低着头想了好一会儿，终于一转身把旗撇在那儿，自己跑到上边拐弯的河道里……莲心里扑腾扑腾地跳，跳得她手足打战浑身无力，她知道要发生什么，果然，刚刚倒在水里，原来在下边的旗便不知从哪里蹿出来，一下子扑倒在水里，呛了她好几口水。还没等她清醒过来，身子便软软地倒在了他的怀里。那时候她吃惊地感到，在水里，人的皮肤原来那么清爽、凉润、绵软……

莲带好了门，下了楼梯便向小南河走。天很黑，走到小南河，莲竟出了一身汗，听见河水"唰啦啦"地流淌，莲心里便有些激动，几年没有来了。急急忙忙脱了衣服，扑倒在清亮的河水里，伸开四肢，头枕着细沙，任水流从皮肤上，从每一个部位轻轻地滑过去。她闭上了眼睛。身子轻飘飘地被水托着，似乎又回到了那些激动人心的日子。丈夫依旧那么年轻，那么热情、火爆，水花四溅，莲感到无数只手在她身上轻轻地抚摸，她已经忘了自己，只以为又是几年前那个令人魂魄摇动的黄昏——她枕着细沙，枕着水流睡了，睡得很美。

水大了她没有醒，雨"扑嗒扑嗒"地下，她依旧没有醒。水冲着她往下走，偶尔翻一翻身，她以为是在床上，呛了几口水，似乎也叫了几声。

第二天午后，村里有人看到一个白白的东西在河湾里浮着，有些耀眼，走到跟前吓了一跳。这会儿她真的变了一个人儿，像气吹的一般，浑身雪白透亮，只是当人们把她抬起来的时候，不知是从她嘴里还是从鼻孔坠下一股长长的红色水线，风一吹，拉得很长。

船

两个人急慌慌地贴着墙根儿往海滩走。男的问："又打你了？"

女的轻声答："没。"

"怎么没打？"

"去西山拉砂子去了。"

男的轻舒了一口气，又问："咋这时才出来？"女的一边走，一边拉住男人的胳膊："这时候才出来？我没孩子吗！"

男的不作声了，前边有人走过来。两个人惶惶隐在草垛后面。等那人走过去，刚要出来往前走，前边路口"腾腾腾"拐过来一辆拖拉机。车灯转着圈儿扫进来，女的从草垛顶上眯眼看过去，低声叫了一声："糟了，他回来了。"

拖拉机"砰砰"地开过去。男的问："咋办？"

女的没吱声，一会儿低头从草垛后头走出来："走吧。"

两个人来到海边，风很大，吹得有些凉。海滩上平平的竟毫无遮拦。海混沌一片，女的有些怕，向男的偎过来，男的搂紧女的肩膀。海里有几只小舢板，随潮水忽下忽上地飘。男的忽然来了灵感："走，上船。"

女的看了看男的，男的已经往水里走了。水大概很凉，男的趔趄了一下，却回过身，背起女的又往水里走。水渐渐没上来，裤子全扑湿了，女的说："放下我。"男的说："就到了。"说着男的已经攀住了船沿儿，猛向后一拉，船飘过来，冲得两人差点跌倒，女的一翻身爬上船，又回手拉男的。男的攀上船以后，就势向女的压下去，女的轻叫一声。两个人的身子这时都在轻轻地抖。

"你不怕？"男的托着女的头，眼盯着她的眼问。女的眼睛眨都不眨，她知道怕什么。

"怕。"

"那咋办？"男的又问。

女的搂紧男的脖子，把头扎在男人怀里，好久才颤声叹一声："老天——"

起风了，天愈发黑，潮浪狂吼着一波一波地向小船扑上来。两个人仍旧扭在船上，竟睡了。

醒来时已是第二日。看看四周，苍茫茫一片汪洋，竟见不到一点边际。两个人的眼睛都瞪得老大，你看我，我看你，明白过来后，两个人一齐抱住对方的头号哭。

"咋办？"哭过一会儿男的抬头问。

女的掠掠乱了的头发，看看大海，泪眼茫然无神。"咋办？"摇摇头又伏在船板上哭。哭过一会儿抬头怔怔地看男的，一头扑进男的怀里，"天——"

船在水上如一只瓢，一会儿被推上浪尖，一会儿又被扑下谷底。两个人搂得紧紧地躺在上面，脸上都又有了笑。

"老天这会儿成全咱了。"女的说。

……男的看着天，嘴动了动说不出话。

"我就是放不下孩子。"女的又说。男的眼里竟有泪，女的看了，用牙咬了嘴唇，坐起来："不行，咱得活。"

男的也坐起来："活？咋活？"

海浪掀得小船翻上翻下，随时都有被吞没的可能，船上无橹无舵。

女的又看了看四周，忽然盯住男的问："你身上有火？"

男的忽然记起一夜一天竟没抽一口烟，便掏出烟和火。女的将烟打落，夺过火，脱下外衣，划火点着，站起来，高高地举起。

男的一下明白了女的意思，从女的手里一把夺过燃着的衣服举起来，嘴里却问："有道儿吗？哪儿有船啊！"

女的说："没道儿就老实点，引不来船咱就该……"说着泪又流出来。

一件一件地脱，一件一件地点。两个人的衣服全扒了，都只剩下裤头儿，船却依旧连影子都没有。

两个人紧紧抱着横躺在船上，都有些昏晕，男的气喘得很粗，女的在呜咽。

一夜过去。

猛一抬头，女的"嗷"地叫一声。男的抬眼一看，船竟又飘回了他们村前的海滩！

岸上站着许多人在冲他们看。两个人依旧搂着，只把头低下去。

男的问："你怕？"女的头仰了仰，眼皮吃力地挣开看男的，好一会儿才喃喃地吐出几个字："怕……怕啥？"

两个人便相扶着要站起来，刚抬起身子便又扑倒下去。

岸上一片狂呼。

鱼

文斗是个盲汉，却偏又喜欢钓鱼，总是天不亮就摸到村东塘口。那里的鱼似乎都在等着他，鱼线一甩出去，很快便会"噼噼啪啪"地提上来。也怪，太阳出来以前，钓的全是黑鱼，墨漆漆黑，太阳一出来，黑鱼便沉下去了，钓上来的便全是红鱼，火喷喷红，却钓不多，只有三两条。

文斗喜欢鱼，钓鱼似乎并不是钓鱼，而是与它们聚会，每日钓上三五条也便足矣，卖掉，便有了一天的开销。

半晌午了，文斗蹲在集头子那座破栅棚前，眼前依旧只剩下两条鱼，一条红的，一条黑的。文斗心里分得很清楚，鱼一出塘文斗便将它们分作两串，一串红，一串黑，极美的色彩。有这两串鱼，文斗的一天便过得充实。

不断有人问价，文斗仰脸端坐，摇头不语。

临到晌午了，忽然下起了雨。"扑嗒扑嗒"一阵儿便"哗哗"地下起来了。文斗提起两条鱼，侧棱起耳朵听不出什么，便很不情愿地跟着乱糟糟的人们退到了身后的棚棚子里。

文斗退到棚子边上，里边已经闹嚷嚷挤满了人。文斗只得紧靠着棚子檐儿吃力地站着。有人碰了一下他的肩膀，力量很猛，文斗没有立住。身子不由自主地向外冲出来，撞在棚柱上，棚顶毯布上积起的雨水"哗"的一下洒下来，湿了他的半边身子。鱼湿了，文斗心里气恼地想。文斗心里十分沉重，似乎那鱼是两条明艳的绸子，被污水泼头浇过。文斗心里恨死了自己，恨死了老天。

又有人问鱼的价钱，文斗一律答不卖。却又有些犹豫，用手摸摸鱼，心里便觉不那么干净，似乎不配再等下去。

嘻，这糟天！文斗在心里说，明天吧，明天送她两条红绸子。

文斗应着问价的人问：红的，黑的？

喊喊喳喳的人群一刹变得寂无声息，文斗又问：红的黑的？

众人一齐笑。有人说，这老头儿，嘿！又有人说，老头，你别神乎了，哪儿有什么红的黑的？不都是些青鱼梢子！众人又一齐笑。

文斗脸唰的一下白了。好久，气狠狠地猛劲跺脚，却只在心里狠劲地叫：你们，你们不买鱼，干啥要戏弄我！

一条红的，一条黑的，文斗哆嗦着嘟哝着将鱼提起来，不卖，什么价钱也不卖。

有小孩悄声说，他是瞎子……声音很轻很细，文斗仍旧听得十分清楚，小孩不知道，盲汉都长着一双千里耳。

文斗的心被刺痛了，那压低的童音，像一枚尖利的绣花针，刺得文斗心里一个劲地抽动。

雨仍旧在下，下得很大。忽然"咔啦啦"一串焦雷，震得棚子里的人们吱哇乱叫。

文斗就在这雷声中提着两条鱼向雨中走去。刚刚迈出棚子便听到一个女人的声音在叫：大哥，你等等。

文斗猛地停下，心里不由得"扑腾扑腾"猛跳了几下，你——文斗从没有这么激动过，他不知道自己到底想说什么，是你到底来了，还是你怎么今儿这会儿才来？还是别的什么，文斗心里一塌糊涂。

大哥，那女人冲文斗走过来。鱼，还有吗？一条红的一条黑的——

文斗仰起脸，笑眯眯地面对着棚子里的人们的脸，嘴里叫着，有，我给你留着呢，这不，一条红的，一条黑的。

女人的手伸过来，一把抓住文斗的手，抓住文斗手里的鱼，惊喜地叫：哦，一条红的，一条黑的……

文斗天天等这女人，只有今天等得最有价值，这女人天天买文斗的鱼，一红一黑，却只有今天最让文斗激动。

棚子里的人惊愕地看着雨里的一对怪人，惊愕地看着一对怪人脸上奇怪的喜悦。文斗紧紧攥住对方的手，他似乎有些不能自持，浑浊的眼球不停地翻动。在遥远的地方，两条明艳的绸子带着眼前这女人身上的香气撩拨着他。他心里暗自庆幸自己没有白等，这么多天没有白等——这个唯一的明眼的女人！

文斗不知道眼前死死抓住自己的手，抓住自己手里的鱼的女人，和他一样，除了太阳升起时的暗红和太阳沉落下去的墨黑，什么也看不见。

他们，都是盲人。

涧

平儿，平儿——

嘶哑、凄厉的呼叫化作尖厉的风啸，在山涧里形成一个恒定的旋律，盘桓、上升，掠过林梢儿直传到村里，搅得人心惶乱，便骂：平儿，平儿，该死的平儿！

平儿自那日起，便再也得不到安宁。

宛哭了一夜。想起那双搭在平儿身上的大腿，宛心里便禁不住阵阵抽紧。平儿丧天良的，绝情绝义再也比不过平儿。三年前就有人告诉宛，平儿在城里有了相好的，她都不信。及至在省城亲眼看到那双大腿，宛才知道自己有多傻。

宛牙根儿咬得"咯嘣"响。

哭了一夜，宛哭出了主意。她要让平儿知道，让村里人知道，宛还是宛，敢爱敢恨不好欺侮的宛。

她跳下炕，找出好久不用的纸笔，写了一封信，封好。第二天一早就发动起拖拉机，一溜儿烟开到镇上邮局，发走了信之后，接着给平儿拍了一封电报。

她要平儿速速回来，务必回来，秋去冬来，该砍棘柴了。

拖拉机"砰砰砰砰"驶过村巷。人们惊奇地看着这一对儿并不愉快的夫妻忽然这么和谐地忙碌。人们都想平儿可能娘死了心收回来了，城里的野娘儿们终究没有自家炕上的老婆知疼知热。

平儿坐在拖拉机的后斗里，迎着一对对熟悉探究的目光，尴尬而谦恭地打着招呼。宛在前边自顾自地操纵着方向盘，把村人的目光都甩给他。平儿恨恨地想，能得你啊，像个得胜回朝的将军。

出了村子，拖拉机颠簸着拐上盘山路。看着宛包着蓝布头巾，娴熟地操纵着拖拉机的身姿，平儿不禁想起当年那个漂亮、活泼的泼辣姑娘。现在宛老了，身子发胖了，脸也变得黑紫，眼角耷拉下来，脸上再也见不到当年那种勾人魂魄的神采。

拖拉机"砰砰砰"地顺着山路向北山跑。

两个人都不说话。

这条山路宛开着车不知跑过多少趟，今天却又是多么不同，恐怕只有宛自己心里明白。她只顾开车，不愿意跟后面的平儿说一句话。往年上山砍柴，都是她一个人，有时叫上娘家弟弟，今年……这柴呀，柴，还有什么用处。

太阳升起电线杆子高了，当空照着，映得宛眼睛直想流泪。路旁山坡上槐叶都落净了，沟坑填满了半绿的卷成小卷儿的落叶。拐过一道弯，就到了栗树坡。山区少有的平缓的山坡长满了矮墩墩的栗树。树叶都红了，还没有落净，使大山显得富丽而富有诗意。树是一九五八年栽的，这时都有大腿粗了。落下的栗叶、栗壳满坡都是。

宛"吱"的一下刹住车。车后的平儿冷不防身子跳起来，差点蹿出去。"你——"平儿本能地吆喝宛。宛身子伏在方向盘上，脸倾向栗树林，一动不动。平儿也向林子望去，心里禁不住一阵羞愧，脸呼呼地烧红了。

逝去的浪漫岁月，如这破碎的栗壳，只等着腐烂了，早已经不成形状。

平儿跳下车，小心地走到车前，宛满脸是泪。平儿心里不禁一震，他已经好多年没有见宛哭过，宛，他扶住宛搁在方向盘上的手，宛，我，对不住——

宛扳开他的手，牙缝儿里蹦出几个字，我不是来听你忏悔的。说着，把平儿往外一推，"腾"地拉紧油门，松开闸，小拖拉机一下蹿出去好远，后斗轮子差点轧了他的腿。

平儿听见宛的哭骂，丧天良，你等着吧，等着狗咬你的良心。

"腾腾腾"的机器声构成曲调伴着宛哭唱，搅着平儿的心。

平儿再回头看那栗树坡，回想起第一次在这儿跟宛做爱的情景，心里淡淡地有些激动。宛那时是漂亮的，他那时真爱宛。

宛干活真是一把好手。砍棘柴是十分劳力都怵的苦活。棘柴一丛一丛，茂竹一般直直地长着，每根都有大拇指粗。挥动着特制的大头儿镰刀不停地砍，稍不注意手便会被棘针扎得皮破血流。平儿已经好多年不干这活了，自从考上了大学，自家的棘柴都是宛一个人砍。宛砍得过上好的十分劳力，一天能砍两三亩峦子。

平儿爬上虎头岗，宛已经"呼呼"地砍开了。平儿从车后斗拿起镰刀，蹲下摆开姿势，刚要砍，宛从后边走过来，夺过平儿的镰刀，一甩胳膊扔到了坡下的虎跳涧里。

你——平儿不解地看着宛，宛没有理会他，又到前边砍开了。

这一片坡是虎头岗上唯一的一片坡地，足有二亩多，全是宛包的柴峦。这里山高路远没有人愿来，可是柴好柴多。

坡下一百米就是一条千仞古涧，谁也不知有多深，一九五八年曾经有一条犍子牛跑过棘子坡，一纵身跳下去，追上来的人等了一袋烟工夫也没有听见一点响动，便吓得眼晕腿战，慌

175

慌地爬上棘子坡。

平儿愣愣地看着宛砍柴，宛猛然回过头，恶狠狠地说：你看吧，我要让你记一辈子！

平儿压下蹿上来的火气，坐下看宛砍。宛挥动着大头镰"吭吭"地砍，一人多高的棘柴"哗哗"地倒，在她身后摞成一捆捆的柴个子，像一片片战死的尸首。宛真是一把干活的好手，不管怎样，这都令平儿感动。宛是好媳妇。宛一直爱他，很深地爱他。当年，是她放弃了参加高考的机会，替他侍候着有病的母亲，他才有机会去县城复习，去考学，才有今天。几年来，宛一把屎一把尿地侍候老人，直到老人离世。平儿感到自己真像宛骂的那样，让狗吃了良心。

平儿过去夺宛的镰，宛一把将他推开，亮着镰，你再夺我就砍你！宛眼里冒火，瞪得圆圆的，一种冷冷的火，让人心惊胆战。平儿知道，假如他再向前走一步，宛真会将那大头镰冲他砍过来。平儿不觉心里直颤。

天晌午时，宛砍完了满坡的棘柴，累得浑身透湿，头发一绺一绺贴在头皮上。她大喘着瘫倒在草坡上。

平儿赶紧将干粮和水递过去。宛只喝了几口水，便从干粮包里掏出一块面包，撕下一块，眼瞅着天慢吞吞地嚼咽。眼睛里却有豆大的泪珠离离落落滚下来。她仍旧不紧不慢地嚼，把面包和泪水都吞下去了。

平儿走过去，紧挨着宛跪下，伸手去给宛抹泪。宛一动不动。平儿的手抹到宛脸上时心里猛跳了一下，那脸上竟是冰凉冰凉。

宛推开平儿，不紧不慢，却是咬钉嚼铁的劲头，说，丛树平，我宛不是好欺侮的，你要记住这句话。

平儿愣愣地看着宛。宛反复地重复，你要记住这句话。

宛仰起脖子一气把水壶的水喝尽，把水壶扔给平儿，要他到山下灌水。

平儿抱起水壶，一声不吭地走了。

宛望着平儿的背影，咬着牙说，你要记住，宛不是好欺侮的，丛树平！

直看着平儿的影子在坡路上消失了，宛才站起来，整了整散开的上衣扣子，跳上拖拉机，十分冷静地发动起来，逆着坡往上开去。开过刚砍的坡地，便是一段下坡。坡度不大，却布满了嶙嶙怪石。坡下的深涧传出阵阵瘆人的"呜呜"的风声，宛感到一阵毛骨悚然，但是仍旧"呼呼呼"地往前开，山石垫着车轮，拖拉机左打右歪，颠得宛不断地在座椅上上下下跳动，宛感到一阵少有的快意，干脆闭上眼睛，关了机器，让拖拉机循着惯性空挡往下冲。风声"呼呼"地从耳边刮过去，她感到一阵透彻肺腑的爽快。

这时候平儿打水已经回来了，一看宛开着拖拉机正往虎跳涧那段坡地下边冲，一下慌了，水壶一扔，跳起来追着喊：宛，你快刹住，快刹车——

宛听见了平儿的呼叫，那声音似乎十分遥远，十分遥远。她沉浸于一种忘情的境界之中，脑子里正想着涧下该是一种什么样子。那一刻，她也得意地想过，公安局接到她那封信，传唤、逮捕平儿的样子。平儿，她心里叫，等我死了你才知道宛是不好欺侮的！

宛——宛——你快刹车——

宛又听见了平儿的呼叫，她不想听，可那声音太强了，盖过了耳边"呼呼"的风声。宛不自觉地睁开眼睛，前边，再有十几米坡路就断了，无草，无树，无底的深涧，在等候着，静静地等候着。宛感到一股冷气从后背凉凉地直冷到后脑骨。再有一会儿工夫，拖拉机就会像一九五八年那头犍子牛一样一头栽下去，她也就完了。完了，完了。她忽然感到有些后悔，赶忙踩刹车，刹车"吱吱"地叫唤却毫无作用。她哭了，这会儿真完了，后悔已来不及。她干脆又闭上眼，等待那一刻来临。但是，车这时却"咚"地一抖，停住了，宛整个身子跳起来，差点甩出去。

原来深涧的沿儿上有一块漆黑的半截石头，正好卡住了拖拉机的前轮。她抬眼往前一看，眼前不觉一阵发黑。拖拉机前轮向前不过一半，就是黑森森的无底深涧，只能隐隐看到淡淡的一片雾气慢慢地向上升腾、弥散。宛倒抽一口冷气，浑身都软了。坐在座椅上好一会儿不敢动，心里却暗自庆幸老天有眼，埋下这块救命的石头。

转回头，平儿还在呼喊着向这边跑。宛感动得泪流满面。活着，活着，无论怎样也要活着。

她扶住方向盘，想慢慢地把腿从车上撩下来。腿刚刚跨过方向盘，只听见"轰隆"一声巨响，像是整个大地都塌了，她感到身子一抖，还没明白是怎么回事，便随着拖拉机"呜"的一声栽下深涧。只在冲下去的那一刹，宛几乎是本能地发出一声呼叫：

平儿——

县公安局收到宛揭发平儿试图杀害她的信以后当即驱车赶来了。当时，平儿正站在涧沿儿上发愣。

作案手段十分清楚，平儿被逮捕了。

平儿被押上警车，走出好远，还听见涧底升上来一种声音：

平儿——平儿——

声嘶力竭，钩心挠肺。

平儿不顾警察的拦阻撕扯，从摩托警车上站立起来，冲天长嘶：平儿——平儿——

那声音嘶哑、尖厉，一日三匝，在虎跳涧之上，在山峦之间，在村子上空，盘桓……

出岛记

我从长岛本岛搭便船去北隍城岛采访，途经庙岛时，她被当地一位镇长送上船来。那位镇长与我见过面，临下船时把她交代给我，要我路上多照顾她。我那时晕船晕得很厉害，只是"嗯嗯"应着，对她也没有细细打量，只感到是一个刚毕业不久的女学生，个子挺小，倒是十分清秀、白净，说一口南方普通话，轻软、动听。

船继续向北航行，风大浪也大了，我躺在舱里一动都不敢动，稍微翻翻身子便"哇哇"地呕吐，根本无心也无力照看她，她倒是不停地为我忙活，又是帮我擦衣服，又是为我找水漱口，使我感到十分尴尬。船到北隍城岛已是下午五点多了，双脚踏上陆地以后，我才稍感清醒一些，这时才顾得上回头向她道谢，与她寒暄，这时才知道她在杭州一家海洋研究所工作，是到更北边的一个小岛搞海水淡化处理试验的。

吃过晚饭，我们被送到镇招待所住下。招待所是一排五六间平房，大概只有我们两个人住。我住东屋，她住西屋，其余房间都黑着，只有南边几间办公室还亮着灯，有人在吆三喝四地打扑克。乡里人把我们安顿好便走了。我洗了洗脸，感到十分疲累，刚想插门上床休息，听见有人敲门，开门一看，是她。她一进门便嚷着，快把你捡的宝贝石头拿出来我看看。我说你怎么知道我捡了石头？她笑了，你忘了我给你提包了？你得赏我几块。我也笑了，真是聪明。打开皮箱，将自己在长岛半月湾捡来的两大包鹅卵石尽数铺散到床上，她欢喜得"嗷嗷"直叫漂亮。她说她在长岛只待了一个上午，没能到半月湾去，她说无论如何要送她几块。我说我正反悔捡多了，太沉，没法往回带，将那一大包送给她了。她高兴得抱起来就往门外走，嘴里不停地喊着谢谢，脸颊通红。

她在这里等船去更里边的海岛，船要三四天后才能来。闲得没事，白天便随我出去采访。她也很认真，也带一个本子，边听边记，还不时地提一些让人难以回答的问题。当地的老百姓把她也当成记者了，她也不客气，俨然一副大记者的派头，回来还要与我讨论稿子。我说将来稿子发表要署她的名字，她笑了，说那倒不必，稿费给我就行了。她告诉我，她是清华大学化学系毕业的，很讨厌化学，从小就想当作家、当记者，却阴差阳错地搞起了化学。她确实有搞文字工作的天分，提出的问题很有见地。我说，你若做记者，肯定是个不赖的记者。她高兴得直问真的？是实话？若是真的，回去她就改行。

我们所在的小岛不足几平方公里，说是一个乡，实际也就两个村，一二百口人。岛上一个熟人没有，所以，我们两人除了晚上休息的几个小时外，几乎是形影不离。吃过了晚饭，她便来到我的房间，不是胡侃，就是下军棋。她的知识面很宽，而且很有思想。那时候社会上正流行萨特、弗洛伊德等人的著作。她的一些见解和观点很是深刻。由于我们两人的过分"亲密"，小岛上知道我们底细的干部便有些看法，看我们的眼神怪怪的，总是上上下下地打量，总想找出什么似的。乡党委书记是个秃顶的瘦老头，很委婉地跟我提起，说有些村干部打听那个小姑娘是不是记者，咋整天跟在你屁股后头。我知道其中的意思，便有意冷淡与疏远她。

再一次出去采访时，我没有等她，瞅她不注意悄悄溜出了招待所大院。下午回来，一见面她便大发脾气，质问我为什么不守信用，说好了等她却偷偷地溜了。她认为我是嫌她累赘，她感到我瞧不起她。晚饭时，她板着脸埋头吃饭，一句话也没有跟我说。

这天晚上岛上放电影，是《咱们的牛百岁》，我与她都看过了，她便约我到海边散步，我推说头疼，想回招待所休息。

她说，你是不是怕他们说闲话，她说她因此而瞧不起我，他们怎么看和我有什么关系？她说，你们山东人说老实实际是不老实，男人和女人在一起首先想到的是性，你把我也想成男的好了，你不出事我永远不会有事，放心好啦！我没有想到她会如此地直率和泼辣，被她说得脸上火辣辣的，却无话可说。

我们顺着平坦洁净的水泥路向海边走。村子离我们越来越远，路越来越黑，前边就是海边沙滩了，我说往回走吧，她说急什么，脱了鞋提在手上赤脚向沙滩走。我说危险，忙跟上去。海边风很大，虽然是春末夏初，吹到身上也禁不住直打寒噤。海潮"轰轰"地拍打着沙滩，不时有水珠溅到脚上。她说坐一会儿，一屁股坐在沙滩上。

眼前的大海什么也看不见，黑茫茫的，一片混沌，显得阴森而又强大，让你感到不定哪一霎便会有一种可怕的巨大力量将你摄吸进去。她大概是害怕了，只坐了一会儿便站起来，紧紧地拽住我的胳膊向回走。直走到来时的小路，大海已距我们几十米远了，才吐出一口气，说，大海真可怕。我把胳膊从她的手中抽出来，她便笑了，你又怕人了？她说你放心，我不会爱上你的，你有老婆，我家里也有男朋友，而且比你帅，我只是感到跟你还能谈得来。你知道，我已经在长岛大大小小的岛子上待了一个多月，能说话的人太少了，我都快憋死了……

我重新扶住她的胳膊，说：我理解。可能是海边风太凉，她的胳膊直抖。我把外套脱下来，披到她的肩膀上，扶着她往回走。走过露天电影场，走回招待所。到了她宿舍门口，她长舒了一口气，褪下外套塞到我手上，说一声好啦，一步跳到门口台阶上，冲我挥挥手，你的任务完成了，再见，晚安！我有些发愣，也挥挥手，回到宿舍，关上门，心里半天难以平静。

这时我的采访任务已经完成，只是因为有风，船无法出岛，在这里空等。那晚快一点了，老书记来敲门，告诉我第二天有拉沙的船出岛，要我做好准备，早上四点钟有车来接我到码头。第二天早上四点，我提着箱子出来，心想应该跟她告个别，可一抬头，她正站在门口，笑吟吟地看着我。我一惊，你也走？她一笑，我哪有这福分？我送送你！说着便来提我的箱子，我说，天亮还早呢，别送了，你睡吧。她说睡不着了，非要坚持到海边送我。

到海边的吉普车上坐了五个人，满满的，除她之外都是搭船出岛的。她被老书记安排在前排，车上另外几个人都是当地的，叽里呱啦议论什么，我与她都听不清楚。一路上我与她谁也没有说话。分手时，只和她轻轻握了握手，听她说了一句"一路顺风"便转头上船了。船发动起来，要起锚了，听见她在岸上喊，到杭州……我回头朝岸上看，黑黑的什么也看不见。由于机器响，船又掉过头来，后边再也没有听到她喊了什么。

以后真的到过杭州，可是让我到哪里去找她。

杏树

那是个晌午头儿。

我和范跃蹲在土屋前的一棵杏树下纳凉。杏树很大，大概有一搂粗，枝叶繁茂，铺下好大一片阴凉。记不清上边有没有杏，应该是结了，但是青的还是红的则怎么也想不清楚。

蹲久了，眼皮有些乏。听见脚步声，睁开眼，见前边路上，飘飘地走来一个很俊俏的姑娘，一看便知道，也是知青。

我打起精神，努力地蹲好，等着——我想我比范跃帅气吧，她一定会看我两眼。

那姑娘快到跟前了，范跃却站起来向回走了。我高兴地想，范跃这人还是很有自知之明的。

那姑娘走到跟前却并没有看我，两只凤眼只盯住范跃的背影狠狠地挖。

我在心里恨恨地骂了一句。

那姑娘前脚走，花子便摆摆地来了。这时已微微有些风，我蹲在下风头，那味便很浓很浓。我本来火气就很旺，便恨恨地骂："狐臊！"

花子耳朵也很灵，扭过头来，撂了一句："臊，臊也臊不到你头上，吃不到葡萄喊牙酸。"

我哭笑不得，好一个狐臊花子，就你这模样儿，十个绑一块儿倒贴我都不要，不是你那臭队长爹，你能跟我们知青招上边儿！

我进屋时，花子在咬范跃的耳根儿，范跃木木地坐着，不亲热也不厌烦的样子。

花子似乎压根儿没看见我进来，仍与范跃贴得紧紧的。自腰里掏出一双鞋垫儿，肥厚的嘴唇噘了，娇嗔而多情地盯着范跃："你量量合脚不？"

范跃接过去："放那儿吧。"随手放在床上。我说："花子，滚吧，我要睡觉。"

花子的小老鼠眼气狠狠地瞪了我一眼，"呃"地出了口长气，看着范跃，这才站起来向外走。新得闪光的条绒裤腿儿被肥腿撑得绷紧绷紧，每走一步，大腿那儿便擦出极有节奏的"吱——吱——"的响声。

我说："范跃，花子真迷上你了，每次来都换上新条绒

186

裤子。"

范跃摇摇头，笑笑，眼睛温乎乎的："花子是个老实姑娘，都是她爹。"

我长长地叹口气："睡会儿吧。"心里说，范跃要栽在这臭爷儿俩手里。

范跃并没有睡。他自箱底翻出一个杏黄色的塑料本，慢悠悠地翻看。上工的哨子响了，我爬起来，他还在看，我好奇地问："什么宝贝，这么好看？"他脸红了，收起来放回箱子，锁好。

我们这个庄子共五个知青，前边三个都已走了，两个上了大学，一个招工进了县城。论文化水平，范跃是没法比的，黑板报、三秋战报、三夏战报都他一个人办，年底结账，会计也总得求他，可就是让花子缠上了，队长不放他。我就不用提了，刺儿头，队长说，等着吧。

刺儿头归刺儿头，遇事我还是比范跃机灵的。那年大学又来招生，我便做了点手脚，又没有绊腿的，浑水摸鱼，总算也上了大学。临走，范跃说："没啥送你，这个本子给你留个纪念。"

本子很旧，杏黄色的，大概就是那天他看了一个晌午的那个。翻开看看，却并没有日记，只扉页赠言两个字的下边儿，公公正正地抄了阿基米德的守恒定律。就这几十个字竟值得他看一个晌午？

我疑惑地看范跃，范跃却扭头走了。

我离开不长日子，便收到范跃的信，告诉我他与花子结婚了，很幸福的样子，还邮来一包喜糖。我再也无心骂花子和她那队长爹，心想，范跃也许闻不出那狐臭味儿，也许范跃就喜欢闻那味儿。

恢复高考制度那年，范跃一下子考上了我们系，那时我刚刚留校，心想，这下好了，花子缠不住了，花子那队长爹也管不着了，"离了算了！"我盯着老了许多但眼睛仍旧温乎乎的范跃说，心里真想问问他，整日那狐臭味儿熏着不觉难受？

范跃吃惊地看着我，"离？"好久，他摇摇头，"怎么能离呢！"我一下意识到自己办了一件多么蠢的事，顿悟范跃与花子毕竟是夫妻，于是后悔不迭，心也渐冷下来，那些不恭的想法自然再也不曾提及。

范跃留校以后我们便又住到了一间屋子。依范跃的底子，自然样样都比我强，未毕业时已是全系有名的才子，自然也就得了不少糊涂女子的青睐。其中一个极俊的，一步不舍地追。那时我已二十六七，仍无姑娘问津，私下常常火烧火燎。一见那姑娘频频光顾小屋，便春情萌动，以为是冲自己来的，后来见那双一见范跃才闪亮亮地跳的眼睛才知道自己原是自作多情，心里又酸又恼。范跃也许是过来人，对那姑娘很冷。我想，既不是冲自己来的，应该有点自觉性，便站起来酸酸地说："你们谈。"

刚刚挪出门口拐角，范跃也从后边跟出来。我回头一看，那姑娘哀哀地立在门口，大而亮的眼里含了满泡的泪。我说范跃："你干吗？"范跃头也不抬，低声支吾道："我，出去，有点事。"

我心里骂，真他妈死木疙瘩，要给我，早那个了。后来，我干脆搬出宿舍，住到了办公室。我想，我还算君子。

没想到范跃也干脆，竟将花子接了来。

花子越发胖了，像一堆面，小眼睛便更小，脾性却仍如以前，狐臭似乎更厉害，整个屋子都有了那味儿。只是对范跃不再像以前那么温柔，管束极严，不准范跃与我以外的人，尤其是女人来往，倘若见到范跃与别的女人谈几句话，回来便大闹着要回老家去。于是范跃便少了与人来往，教完书便回家，晚饭后便只陪了花子一个人在校园里甜甜地走。

我想，范跃是没救了。借着酒劲，我说："范跃，你是个泥人。"范跃瞪了眼看我。我说："你真爱花子？"那时花子已回家割麦子去了，我便有些放肆。范跃被噎得好久上不来话，只闷闷地喝酒。我有些得意，便得寸进尺："说实话，你就不觉得苦？"憋了好久的话，说出来，大概有些动情，范跃也就有些动情，抬头软软地看我一眼，低下头，说："生活不会是

189

一种感受，但你不能只按自己的好恶……"

我气愤地打断他："所以，我说你是泥人，一点不亏。"

范跃脸彤红。我想我是说重了，再也无话，两个人都闷头喝，一瓶酒只剩下小半瓶了，两个人都有些醉。我还是憋不住："那姑娘……"

一想起那个死死地追着范跃的姑娘，我心里便有些酸，不知是为那姑娘，还是为自己，还是为范跃。我问范跃："你，就一点都不想？"

范跃抬起头，眼睛有些饧，里边跳着一球火："想？不想？说不清楚，人是什么都可以想的，是，什么都可以想的……"

我再也说不出话来。范跃的嗓子已有些嘶哑，我也莫名其妙地想哭。唉，木木的范跃到底是一个泥人呢还是一个哲人？我真有些把握不准。

范跃站起来，打开床头的箱子，自箱底捧出一个本子。我接过来，与十几年前赠我的那个一样，也很旧，淡黄色的，封皮上有一棵杏树，本芯已开始发黄。第一页，工工整整地抄了一首诗——《夏夜的杏树》：

就那样　　铺撒开

满树　　青翠的火红的回味

——一豆灯火

燃着夏夜　　燃着

两弯透湿的上弦月

笼住的不光温馨　　还有

不成熟的苦涩

…………

字写得纤细而娟秀，绝不是范跃的笔迹，更不会是除了自己的名字和范跃的名字之外半个字也不会写的花子所为。我这才恍悟，十几年前那个午后，范跃看了一晌午的原来并不是给我的那个。

我说："范跃，你真能藏啊。"范跃已经醉了。靠在椅背上，眼仍是温乎乎的，只是罩了一层浊而透亮的东西。这温乎乎的小眼睛竟藏匿了一个十几年的故事，我想，能将一个故事藏匿十几年而不露声色的眼睛绝对不是一般的眼睛。

现在，不管怎么说，我都承认，我算一个笨人。十几年前天天在那树下蹲着，竟从来没有留意那树上结没结杏子，倘若结了，是青的还是红的？

苦恋·玉镯

苦　恋

巧岫盘腿坐在门前的敲衣石上，一身皂衣裹着几近风干的躯体，宛如一尊木质的雕塑。

有人弯腰问巧岫：多大年纪了？

巧岫一副没听见的样子，干瘪的嘴巴瘪得更紧，浑浊的老眼依旧出神地瞪着天边淡淡的云彩。

那人依旧问：多大年纪了？

巧岫扭转没有几根头发的头颅，生气地瞅眼问她的人，仍不回答。

问她的人并非真要知道，只为逗她，便伸出指头：一岁？两岁？

巧岫筐底般的皱脸这才绽出一点光亮，嗯哪，一岁。　眼

192

睛依旧盯着天边的白云，独自追逐那些远逝的羔羊。

日月对于巧岫是过于速促，过于残酷了。

村里人自然都明白，巧岫几年以前就已经过了一百好几大寿。不知怎么，这样一个远近闻名的寿星，村里人特别是年轻后生却越来越失却了那份对她应有的恭敬，见了面，只是逗她。而她自己，一大把年纪似乎成了一种难以摆脱的不祥的负担。她总忌讳想把它们全部甩掉，总想把自己和它们割断。偶尔有人赞她几句高寿，她会气得几天吃不下饭。儿孙们劝她，她便一遍遍地嘟哝：我要死了，要死了，明天就要死了……

儿孙的媳妇们传出去，邻居们都笑：像个孩子！

八月，一个重孙的没有过门的媳妇出差到附近的一座城市，顺便来看婆婆，晚上转到她的屋里。重孙的媳妇叫燕儿，在城里长大，在城里工作。燕儿对她，这位相隔几代的老祖宗实际并无什么感情，只是出于礼貌例行公事地来看看她。没想到一进门便被她抱住胳膊，说什么也要上炕坐。

燕儿穿了一件紫红的带金丝的旗袍。巧岫抱住燕儿的胳膊眯眼凑着灯影瞅，嘴里不住地嘟哝：这是么缎子，看这俊，回去给俺买一件行不？

燕儿呆愣了一下，继而想，这老太还挺会逗。

巧岫又抓住燕儿手腕上的翡翠手镯："这是玉镯子，你在哪瞳买的？几块钱？回去给俺捎一对……"

燕儿笑着点头："好，好，老祖宗……"

燕儿耳朵上挂了一副坠子，金的，灯光映着，灿烂耀眼。巧岈那双老眼紧紧盯住看："燕儿，靠过来，我看看你那坠儿。"

燕儿摘下来递给她，巧岈嘴里咕哝着，一遍又一遍地摸弄。

这一夜，巧岈没有睡好。鸡叫三遍便起身，穿好衣服，下炕洗了脸，然后从炕席底下掏出一个土蓝布包，里边包了平时儿孙们给她的零用钱。一层一层解开，点出两张大票，手里攥着，其余的又一层一层包好，依旧放回去，然后盘腿坐在炕沿儿上等。

鸡叫三遍的时候，外屋的座钟"当当"敲了五下，外边天还没有亮。西屋却已经有不少人在说话，呱呱呀呀的，院里也有了自行车的响动。巧岈知道燕儿要走了，心里便"扑腾扑腾"跳得紧。像"出门子"似的，巧岈心里嘀咕。八十年前的那个早晨的光景，似乎就在眼前。灯影晃着，巧岈的脸上便又有了光亮。

西屋说话的声音越来越响，听声音已经走到院里，听见燕儿在说："回屋吧，奶奶、爸、妈、哥哥、嫂……"

燕儿把巧岈这个老祖宗忘了。

巧岈终于耐不住了，叫："燕儿——"

声音喑哑，外边根本听不见。燕儿依旧在说："回屋吧……"听声音已经快出院门了。

巧岫急了，一下子溜下炕，脚没站稳，瘫坐在地上。爬起来，一拐一拐往外踩："燕儿——"

刚迈出门槛，脚下不知什么绊了一下，一个趔趄扑在地上，嘴里还在叫："燕儿——"

燕儿听见了，送燕儿往外走的儿媳、孙子、孙媳都听见了，一齐停住，惊异地回头看。

"哎哟，老祖宗！"

燕儿、儿子、儿媳齐过来扶她。

"燕儿、燕儿。"巧岫叫着，抓住燕儿的胳膊，哆哆嗦嗦地将手里的票子向她手里塞。

燕儿慌忙向后躲闪，攥紧的手拼命推巧岫握钱的手："老太，这怎么行，我……"

巧岫一头一头拼命往燕儿手里和身上能放住东西的地方塞，嘴里不住地嘟哝："你可得给我买来……"

"买……"

燕儿这会儿真呆了。

儿子问："买吗？"

巧岫攀住儿子、儿媳的手，在众人的扶持下站起来，不情愿似的说："买吗？就买燕儿身上穿那袍子，手上戴那镯子，耳上挂那坠儿……"

儿媳问："你买这些东西做啥？你穿？你戴？"

巧岫生气地别过脸："我穿，我戴，咋了？"

儿媳转身推燕儿："走，燕儿。"一边推着燕儿往外走，一边小声嘟哝："我看你是没老好！"

儿子、孙子、孙媳又都随儿媳拥着燕儿往外走。巧岫后边追着叫："燕儿，记住啦，啊——"

燕儿停住。

儿媳推她走："不用听她，老小孩儿！

孙子、孙媳都笑。

巧岫还在后边喊："燕儿，早些捎来，啊——"

燕儿停住，回头冲巧岫喊："记住了，老太——"

巧岫没有听见，还是追着叫。直到听到燕儿又一次说："记住了，老太！"这才停住，喘一口长气，踅回身向回走。刚一挪步，身子便飘起来，叫了一声"燕儿——"，嘴还没有闭紧便瘫到地上。

一家人把燕儿送走回来，巧岫已经硬了。只有眼角那滴豌豆粒大的泪，似乎还有一点热气。

玉　镯

半夜的时候，曾婆悄悄起来，原本就没有脱衣服，于是十分顺当地溜下炕，从被子底下抽出一个早已包好的蓝布包袱，摸一摸，那对玉镯还在，便放心地提起包袱，尖尖的小脚儿尽量放轻，一拐一拐地跺出房门。

走过正间地下，听见东屋儿子、儿媳屋里传来儿子十分香甜的鼾声，"鼩儿——鼩儿——"一声比一声响亮，曾婆就不愿走。这声音曾婆听了七十多年了，从十岁上就开始听，只是那不是儿子的，是大她十岁的男人的。聒得她整宿整宿地难以入眠。后来大了（曾婆是听着这鼾声长大的），曾婆懂得了男人，那"鼩儿——鼩儿——"的鼾声便成了曾婆生活中不可或缺的音律，没有了它，曾婆便感到夜幔特别沉重、冗长，梦也做不安生。

后来，老头儿在那"鼩儿——鼩儿——"的声音中长睡不醒。那年老头儿七十三，正应了那句古话。坎儿，曾婆想到这儿便不由得心里发冷发紧。老头儿走了，那"鼩儿——鼩儿——"的旋律却没有断，体魄强健的儿子使它变得更强、更重。儿子夜夜在睡梦中弹奏着那古老又古老的家传曲儿给母亲安魂。

然而这几日曾婆的心里像塞了一窝蛇，又冷又凉的一团乱绳头儿，搅得曾婆魂不守舍，怎么也难以入眠。

曾婆抹一把浑浊的老眼，挥挥手，像是与儿子告别，慢慢地打开门，一跺一颠地来到院里。

月光明朗地照着，院里靠墙摆了几辆自行车，都用麻袋盖了，霜很重。远道的闺女、外甥，在外边工作的孙子、孙媳都回来了，回来给她这个老祖宗拜寿。想到拜寿这两个字，曾婆心里便像着了重霜，阴阴地发冷。

坎儿，曾婆经过了这么多年的风霜雪雨更加相信那句老话。不光老头儿，西院的树曾、南街的文斗……一张张老脸笑海海地在她眼前晃。她捏紧玉镯，也冲他们笑笑，像白天跟孙子、孙媳妇在一块唠嗑时一样，笑，如粑粑盘子的老脸绽出那种超凡脱俗、无所顾虑、无所畏惧的笑，那是告诉那些死鬼她不害怕。

白天她跟孙媳妇说，人老了，就是一个死，有么怕的？活了这么多年了，再活也是白活，给你们添累，不如早死了好。唬得孙媳妇白嫩的瓜子脸一阵白、一阵黄，一个劲地叫，奶奶你怎么说这么不吉利的话。说得多了，她也笑得脸蛋红扑扑的，说，奶奶，你真伟大。好像那死字，离他们都远远的，只是说说而已。

孙媳妇没有想到，她自己也不知道，这时候她怎么、怎么就不敢想那字，不敢想那句古语了。阴阴的夜里，那字就变作了无底的黑洞，变作了无数的青面獠牙。那"坎儿"就是一道门关。她不觉又打了一个冷战。

她悄悄地向西厢屋走去。孙子、孙媳临时住在那里。燕儿，她在心里轻声地叫，燕儿，奶好对不住你，燕儿。

燕儿，曾婆听见燕儿"嗯——呃——"地咕哝着翻身，像是在说梦话。曾婆从心眼里喜欢这个白白净净，长着双水灵眼睛的孙子媳妇。燕儿身上散发着一种让人心醉的香气，让曾婆想到当年的自己。男人，那死鬼下地一回来就把头拱到她怀里，抽着鼻子"嘘嘘"地吸。曾婆推他一把，他赖着脸又拱上来，说，你身上有一股醉人的香气。曾婆说，俺不搽粉不抹油的，哪来的么头香气？死鬼说就是香，不是粉香、油香，那是……曾婆笑了，红着脸拍死鬼一巴掌，曾婆什么都明白。燕儿手腕上套了一对墨绿的翡翠镯子，曾婆不住地摩弄，嘴里嘟哝，这俊，愿人……燕儿够爽快，撸下来放到曾婆手里，送给你啦，奶奶。

曾婆没听清，没牙的嘴巴笑着问，你说啥？

燕儿笑，又拍拍曾婆捧镯子的手，给您啦！燕儿问她，你年轻时不也戴手镯？

曾婆点点头，手捧着镯子呆了好一会儿，最后竟真的收起来，好好，奶奶这辈子再风光一会儿……

燕儿以为她在闹着玩儿，一点都没在意就留下了，空着腕子走了。曾婆摸一摸包裹，那镯子还在，心里便踏实了许多。她真的要把这镯子带走了，不光为风光一会儿。这是玉，能避邪，她手捏着包裹里的镯子，眼睛便依旧是纯净的月色。她想，有了这玉，坎儿，那门关兴许就不算什么，也兴许就……燕儿，曾婆泪眼瞪住西厢那扇窗子，燕儿，奶奶托你的福了。

三星已经斜了，西院"五害"家的狗猗猗地叫了两声，曾婆的心抖了抖，天就要亮了，那个日子，那个隆重而蜇人的日子踏着曾婆的魂儿就要来了。曾婆的身上已经被霜露打湿，花白的头发紧紧地贴着头皮让她禁不住地打战。

那死鬼，那些老相好又嘿嘿地笑着围上来。鸡叫了，天却越来越黑了，像是要下雨。秋末的最后一场雨。那死鬼，曾婆打了一个冷战，想起那死鬼就是秋末的最后一个夜晚死的，心里就像压上了一座冰坨。

曾婆回头瞅瞅儿子、儿媳和闺女、外甥休息的北屋，她和那死鬼和儿孙们厮守了七十多年的老北屋，心里就禁不住要哭。从十岁上嫁过来，她还是头一次离开这个老屋。她要撇下这个老屋，撇下为她而来的孩子们。娘要走了，若能过去那坎儿，娘就回来。曾婆在心里和儿孙们说。

曾婆转回身"咚咚"地跺着小脚向门外走。

那死鬼又来了，对她说，孩子们给你做寿，你怎么就走了？

曾婆"呸"地吐了一口。她知道他在那边等得不耐烦了，他想让她被那"坎儿"绊倒。曾婆紧捏着玉镯踏着干干净净的夜路向某一个陌生的地方走了。

傍亮的时候，下了一场小雨。一行金莲小脚印清晰地印在通往山外的小路上。一条新闻随着小院里不安的大呼小叫传遍了村子的大街小巷。

那一天，是曾婆的八十四岁生日。八十四！

偷偷出走躲"坎儿"的曾婆提着一个蓝布包袱死在山外的一条小水沟里，手里紧紧捏着那对避邪的玉镯。

空巷

临近巷口，范昌心里想，从叉子巷走，要多绕一半的路，还是走大路吧。想归想，脚下却不由自主地向巷子里走去，像有什么东西吸着。

小巷从这头到那头，弯弯曲曲，不知有多少户，范昌独独记得一户，记得很清楚，不知道什么时候怎么记住的。那个蓝底白字的门牌总在他脑子里转悠。

范昌在机床厂工作，上中班，下班时离天黑还早。正是初秋，法桐树叶落了，云彩稀了，天空空，巷子空空，范昌心里也空空。从巷子里走，只他一个人，鞋跟叩着水泥路面橐橐地响。

范昌个子很高，走路头总低着，像在想心事，其实什么也没有想。一户一户的红门儿、绿门儿、铁板门儿、木栅门儿，从眼前飘过去，像不相干的云彩。可走到那个门口，不知怎么，他一下子抬起头来。门很矮，漆着绿漆，上边镶了两块玻璃，玻璃后边挂了一块白底蓝花的帘子，门旁边不远处是一扇窗子，也很矮小，玻璃后边也挂了同样的帘子。

范昌的眼睛被那帘子吸引了。他想知道帘子后边是什么，可是门总扣着。他知道屋里有人，他一走近门口，那帘子总要轻轻地动。也许是个老婆婆，也许是个瘫子。心里总是闷的。范昌想，他一定能够知道。

天渐渐地冷了，范昌棉衣裹了身子缩了脖子还从那里走。他觉得那帘子后边，有一块烧得红红的炭，老远他就感到暖暖的。他想那门，不定哪日一定会开的。

雪花落了满巷子，弯弯曲曲的巷子像一条深谷，像一条带子。还是中班，范昌一个人在空空的雪巷里走。他心里有些冷。炭火似乎很微弱了，门却总也不开。

雪越下越厚，范昌套了大衣，戴了棉帽，紧紧地袖了手。热气在眉毛上挂出无数的白色冰柱。范昌心里结了冰了。他想，那火死了。

忽一日，那帘子透出一条缝儿，一双绝美的眼睛，像厚厚厚地围了的一眼幽幽的深潭。帘子弹了回去。雪还在喇喇地下，范昌傻傻地站着，雪落了满身、满脸，一会儿化作了水，渗进肌肤，爽爽地痛快。

巷子满了，天空满了，范昌的心也满了，满盛了一潭凉爽爽的幽幽清水。

太阳落得晚了，雪也都化净了。范昌被调了夜班。黑黑地走，黑黑地归。小巷一直在睡着，帘子也不再颤动。范昌心里总是想着雪，沉甸甸的，滋啦儿、滋啦儿热化成清水的大雪片儿……

工友说他有夜盲症，车出的工件老出废品。主任知道了，又给他调换了，范昌又上中班。他高兴得几乎跳起来，他想跳，却没有跳，仍旧低了头，只是不再车废品，专等着换班的工友一到便开溜。

小巷刚刚醒来，大人、孩子、红的、绿的，都挤在门口，洗脸、刷牙、倒夜盆的，挤在半间砖房里做饭的。叉子巷的居民们早饭也炒菜，吱啦儿，吱啦儿，油味儿飘出来，好香好香，唤起范昌好多好多回忆。

那扇小绿门一定开了，范昌心里扑腾扑腾地跳。真想哼个什么歌儿，却总也哼不出什么。只在嘴里"哆来咪——哆来咪——"极笨地哼，脚下却是一跳一跳的，像个孩子。

巷子里的人都扭头看他，他全然不觉。一双双眼睛，像一扇扇门，如不相干的云彩，从他眼前飘过去。

只有一朵，极红的，飘过来。范昌愣了。看不见那双眼睛，只看到一个漂亮的背影，可他知道，那是那块炭火。火红的毛衣，绷得腰身紧紧的。煤球炉子冒着蓝蓝的火苗。她娴熟地挥着铲子在锅前翻炒。一股奇异的香味袅袅地弥漫出来。

小绿门开了，一个俊俏的年轻男子走出来。走到女子身后，抱往女子肩膀："咦——呀呀。"

女子抬起头，伸手轻轻摸了一下男子的脸颊，也叫："咦——呀呀。"

雪，沉甸甸的雪变了冰坨子，压折了潭边的树枝，填了那潭幽幽的水。范昌头木木地向前走去。

女子猛地转过头来，"呀呀——"叫了一声，眼睛瞪成两只玻璃球，脸也倏地如毛衣一般红，掉了铲子，慌慌地拾了奔进屋里。

绿绿的小门复又关上，白底蓝花的帘子，轻轻地晃动。

范昌请求又上了夜班，夜盲症当然依旧没有好。下班的时候天亮还早，走到巷子口犹豫了好久，还是一个人橐橐地往巷子里走。

帘子晨光里如月影里的水，轻轻在颤动。范昌脚没有住，径直走过去。走到岔子口却迷了路。范昌的眼前一抹黑了，他不应该发急。

云彩过于厚了，像要下雨。

唉，黑黑空空的叉子巷，范昌不知几时才能走出去。

玩笑

作家 B 与作家 A 同赴 C 城参加《龙》杂志举办的笔会。A 是在全国获过两次奖的著名作家。B 没有获过全国奖，但在省内也算小有名气。

在火车上，B 鼓了鼓劲对 A 说："老 A，给算一卦吧。"A 的算卦在圈子里堪称一绝，据说为研究易学两年多没有写作。但真要算起来，却慎之又慎，圈子画得极小。B 算是入了圈的，但 A 仍是不肯轻易露招儿。摇摇头，嘿，火车上，这等环境，太喧太杂，哪里还谈得上卦。这样吧，我给你相相面。B 有些失望，但一想，大易家相面也算十分难得的，脸上便又有了喜色。

A 托着下巴，眯眼看得 B 有些不好意思，便笑了："老 B，你近日有桃运。"

B 一笑："老 A，别取笑我啦。"

A 一本正经地说："真的，不是玩笑，我话搁这儿了，信不信由你。"

B 心里便很滋润，如蜜水漾过一般，一路上兴致极高。

到了 C 城，都埋头改稿子，这事便忘了。

一日，吃过午饭回房间时，大厅里一位服务小姐冲 B 笑了笑，B 也一笑，脸却红了。回到屋里，那红还没褪去，那位小姐却又敲门送进一壶水来。小姐极清纯，大眼睛扑扇扑扇的，温柔而又多情。小姐走后，B 一下想起火车上 A 的玩笑，莫非真有桃运敲门？这么想着，B 心里便禁不住一阵阵发颤。

接下来，B 的稿子便改不下去了，有事没事便到大厅里寻那位大眼睛小姐闲扯。小姐原是看过他的小说，言谈中流露出崇拜与敬慕。B 便有些飘飘然。心里想，老 A 这家伙果然行。

晚上，B 邀小姐到宾馆舞厅跳舞，小姐很痛快地答应了。两个人越跳越熟，距离越靠越近，一曲未了，B 便有些不能自持，用力将小姐揽到怀里，小姐却毫不犹豫地一把将他推开，一甩手，扭头走了。

B 呆了，追出去，姑娘早没影儿了。

第二天再见面，B 先脸红了，那姑娘倒自然，仍旧笑，只是笑里有了冷冷的鄙夷。B 回到房里再无心写作，摔折了笔，便走出宾馆，一个人顺海滨小路闲逛。走过一处院落，抬眼一看，竟是 C 城卫生学校。猛然想起中学时的恋人 F 好像分在这里教书，便走进去打听。心里想，老 A 说的桃运也许是在这里。

走到门口，被传达老头喊住，冷冷地打量着他问："找谁？"

B 说："找 F。"

老头抬手冲对面小楼指了指。

B 向小楼走过去，心里竟有些怦怦直跳。

下课的铃声响了，小楼里走出一位穿橘红风衣的女人，腋下夹着一摞书本，胸脯挺得高高的，白皙的脸上那副绣琅眼镜迎着太阳一闪一闪。B 一下认出那就是 F，他当年心中的女神！

B 心跳到了嗓子眼儿，迎着跑过去，喊："F——"

F 看到他，先是一怔，接着便没看见似的，昂首挺胸踩着脚下金黄的法桐树叶咔咔地继续往前走。

B 追上去叫，F 仍旧没有停下来。

B 急了："哎，我是 B 呀，你怎么忘了——"

F 转头狠狠地说："我不认识你！"

B 一下子跌进了冰窟窿里。

第二天是"交卷"的日子，都交了，只剩下 B 还有大半的篇幅没有动，晚上聚餐，没等《龙》杂志主编致完闭会词，B 便醉倒了，让人送回了房间。

上火车时，B 还感到头痛。上车不久，B 便对 A 说："老 A，让你给裁了！"

A 眼一瞪："什么？"

B 说："让你那桃花运给裁了！"

A 听了哈哈大笑："呵呵，你真去寻了？"

笑过，A 一本正经地说："老 B 呀，你呀，简直不算一个作家！"说过便起身去邻铺看一帮人打"够级"去了，一夜再没与 B 搭话。

回家以后，B 头痛了好几日，坐下来刚摊开稿纸便又想起老 A 那句话："你呀，简直不算一个作家！"B 闹不明白 A 指的是什么，但再看那稿子，便感到一钱不值，几下撕个粉碎，扔到窗外。

临发稿了，《龙》杂志主编打电话找 A，问 B 的稿子。

A 说："嘿，你别等了，B 呀，简直没戏！"

话传到 B 耳朵里，B 便蔫了。

此后几年，再没写出一篇稿子。

晕眩

　　于蒙感到自己变成了一条鱼，一条鲤鱼，十分笨拙地在水里游。这种感觉十分清晰，好像他有一双眼睛在水面以上十分冷静地看着自己的身子在水下游动。鳞片的颜色像水底下泡久了的砖头，黑不黑，红不红的，让他感到那么沉闷。

　　两岸洁白的沙坝上的绿柳和茂盛地开着紫花、白花的河芋倒映在水里，使他想起一个词——镜花水月。于蒙拼出全身力气游啊游啊，却总也游不出身边的水流——水流像蜘蛛网似的紧缠着他。水上似乎是一个闷热的阴天，云彩直压到水面，水下丝气不透，于蒙憋得要死，拼命地往外挣跳，却怎么也跳不出水面。

　　于蒙憋口长气，猛地向外一跃，眼前终于撕裂一般地亮了，眨巴着眼睛愣怔了好一会儿，发现自己躺在一间豪华的客房里的一张柔软舒适的席梦思上，并没有变作鱼。于蒙嘴角轻松地动了动，想起自己是醉了。

乍一从梦境中走出来，眼睛和神经都还难以适应。绿荧荧的灯光柔和地照着，眼睛却感到火辣辣地疼。豪华、温馨的客房显得那么空荡、陌生。

他没有想到今晚会是这个样子。慢慢地回味过去，于蒙渐渐悟出，人原本是分出三六九等的，卖鱼的天生就该卖鱼，耍猴的天生就该四处流浪。正雄原本跟自己就不是一路。

在小餐厅里，钱英扳住正雄的肩膀，两个人似乎没有了年龄的界限，兄弟般亲热地边喝边谈。开始还向于蒙举举杯，于蒙也随着沾一沾嘴唇，却总是不能入流，总也搭不上话茬。钱英和正雄似乎要合伙做一笔大生意，倒腾什么电解铝、电解铜。对他们谈的那一切，于蒙一窍不通，也毫无兴趣。一见到正雄和钱英那么亲热的样子，于蒙心里便针扎一般难受。

正雄和钱英你一杯我一杯喝得很野，正雄脖子让酒烧得通红。两个人这时候都忘了坐在一边的于蒙。

于蒙也不客气，干脆自斟自饮。越喝越气，索性站起来，"啪"的一声顿碎了杯子，眼瞪着惊转过脸的正雄，本想说一句什么便拂袖而去，话还没有出口，头便一阵晕眩，慌忙用手去扶椅背，椅子倒了，整个身子泥坍一般倒在地上。

正雄和钱英安顿好于蒙便又回小餐厅去了。于蒙知道他们还有话要谈。于蒙沮丧地吐一口气，从心里感到自己酒量确实不行，怎么也斗不过正雄，斗不过钱英。

于蒙动了动，席梦思颤一颤，他感到整个身子都在飘。他又想起刚才的梦境，真是怪了，怎么做了那样一个梦。也许是又想到学生时代的事，想起正雄那时候整夜整夜在宿舍里向那些城里孩子炫耀、讲述的那条并不存在的神秘美丽的蒙河，和那条河里火红火红的鲤鱼……

蒙河，于蒙苦笑笑，遥远而玄虚的蒙河……

他重新躺好，一侧眼，瞥见那个大信封歪斜着躺在茶几下面的大红地毯上。大概是从沙发上溜下去的。他赶忙坐起来，费了好大劲儿才将它勾起来，压到枕头底下。他开始后悔，自己太天真，现在想来，将它带来有多么可笑。

傍晚，于蒙下班回家刚坐下，外面便有人敲门。于蒙打开门，来人是一个三十多岁的敦实的汉子，样子十分忠厚，长着双豆荚眼睛，一进门就冲他笑："您就是于蒙同志吧？"

于蒙愣了愣，眼前这个人他没有见过，听口音是外地的。来人看出了他的疑惑，主动介绍说："我是从临河来的，姓林，是陈正雄局长的司机，陈局长要我来接你，他在来鸿宾馆等你……"

陈正雄？于蒙心里一跳："陈正雄……"

他高兴得一时不知说什么好，好一会儿才拉住来人的手：

212

"哦，你请坐，请坐……"

来人并不坐："不了，我车门没锁，我在下边等你，楼下靠右边的那辆，桑塔纳。"

司机走了，于蒙绕着屋子转了好几圈儿："哦，陈正雄局长，陈正雄，这小子！"

他连忙找出纸笔，给妻子留了一个纸条儿，告诉她今晚他不回来了："陈正雄，就是我常跟你说的那个陈正雄来了……"

写完条子，他便把自己这几年在报刊上发表的四十几篇论文一篇一篇找出来，按发表顺序排好，放进个大信封。掂量掂量，有半斤多重。四十几篇，近二十万字，他想，正雄看了一定会高兴的，他没有辜负他的一片情意。如今正雄也做了局长，这么年轻的局长，恐怕全省也不会有几个。算起来，正雄已是他们那一届学生中级别最高、管辖权限最大的了。他们两个，一文一武。这算都争了一口气。

几年来，于蒙一直记着毕业离校前一天晚上和正雄在狗不理酒馆喝酒的情景。一想起那天晚上的情景，想起正雄的那句话，不管遇上多大的挫折，于蒙都会忍过去、撑下来。几年过去，总算写了那么一摞文字，这近二十万字的文章，于蒙感到比什么都实在，都值得骄傲。

汽车开上大纬二路时，天已经全黑下来了。这条全市最繁华、最宽、最长的大马路此刻十分地忙碌。华灯初上，加上各种车辆的尾灯，五彩缤纷，让人感到生活是那么丰富多彩，那么美好。

司机说："陈局长可能等急了，来的时候他要我20分钟把你接过去。"

于蒙禁不住笑了："这家伙，脾气还是那么急。"

司机笑笑："唉，你不知道，陈局长啊，干什么都喜欢麻利，在他手底下干事儿，脚底下得生风才行。"

于蒙听着这位三十多岁的老实司机一口一个陈局长地叫着比他至少小五岁的陈正雄，从心里感到好笑，又很为自己的这位同学骄傲，看来，这家伙干得不坏。

于蒙仰脸躺着，头脑似乎清晰了许多，不再那么晕了，可以清楚地分辨出天花板上的花纹。漂亮的吊灯向下喷洒着柔和的光束，空调器嘶嘶地放出温馨的热气。于蒙想想刚才小餐厅的情景，尽管十分模糊，他还是相信自己没有说什么过头的话。他躺着，闭上眼睛，努力想睡一会儿，他知道正雄和钱英短时间内不会回来，但他无法制止自己不去思前想后。

旁边床头橱上放着一条万宝路香烟，对面沙发是一件海军蓝烤花呢高级大衣，大概是正雄的，颜色、款式都很时新。沙发茶几上放了一个塑料旅行方便兜，装了两条三五烟，那大概是钱英带来的。于蒙仍旧在想，正雄这小子怎么跟钱英这老滑头勾到一块儿了？他们之间看来有笔不小的勾当，但是谁利用谁于蒙怎么也想不明白。于蒙心里不知是羡慕、嫉妒还是蔑视，他想，自己永远也不会像正雄那样，他怎么也做不到。

其实，于蒙和正雄的真正交往只是在临近毕业的那两个月。在这之前，他们虽然同住一个宿舍，甚至没有过一次较深的交谈。他们两个不论从长相还是脾性都相差很远。正雄宽肩厚背、五大三粗，长了满脸的粉刺，除了上课大部分时间都在操场上练拳，他的各套拳路打得都不坏，是学校武术协会的理事。而于蒙又瘦又矮不说，性情孤僻，不善交际。要说他们的共同点，恐怕只有贫穷。他们两个年年都是班里的救济对象。也许是这种相近的出身，使他们在决定一生命运的选择中结成了同盟。

那天晚上，于蒙从自习室出来已经是十一点多了。于蒙一个人向宿舍走。拐过操场边时碰上练拳回来的陈正雄。正雄问于蒙："怎么样，想到哪儿？"

于蒙知道是问分配的事，随口答："没想过。"

"没想过？"正雄看着他，"你开玩笑，眼看要卷铺盖走了，你还没想过！"

"真的没想过。"于蒙推推眼镜，瞪着眼睛直看着正雄认真地说，"想与不想一个样，一没关系，二没靠山，想有什么用。"

正雄拍了他一巴掌："你呀，真是呆子，什么火候了你还坐着等，你就等着把你分到中学去？"

正雄劝于蒙先去找找钱英，只要他的工作做通了，别人就好说。

一提钱英，于蒙便皱起了眉头。正雄看出了于蒙的心思："你别糊涂了，钱英怎么就不能去找？管他别人怎么议论，风流不风流与咱有什么关系，再说人家说了就算，你去找他就能管事儿……"

正雄说得很对，钱英尽管有那么多说不清的花花事儿，可他确实始终是系里的铁腕人物，虽是副主任，系主任有事却要请他定夺。怪不得那么多的姑娘往他那里跑，他确实有吸引力，浑身上下都透着中年人才有的那种成熟的魅力。

说到底，于蒙对钱英的厌恶实际并不仅仅是由于那些"风流艳事"，很大程度上是一种畏怯的心理对抗。一想到钱英，想到他那双深凹下去的莫测高深的眼睛，于蒙心里就本能地生出一种自怯、畏缩的心理，于蒙总感到那双眼睛里有一种强硬、粗蛮的光亮使他从来不敢正视。

正雄似乎看透了于蒙的心思，说："走，我领你去。"于蒙还有些犹豫，他已经转过身向操场那边的教工宿舍区走了，于蒙只得硬着头皮跟上去。

宿舍区很静，人们似乎都已经入睡了。楼洞里亮着昏黄的灯光，没有一个人走动。

正雄和于蒙爬上二楼，一抬头见同班的女生陈琬君轻手轻脚地从上边走下来。一见正雄和于蒙，陈琬君先自脸红了，停下来，含糊地问了一句："你们上去？"便匆匆地跑下去了。

正雄和于蒙站下来，直看着她走出楼梯才转回身。正雄冲于蒙眨眨眼睛，骂了一句："这骚货！"

于蒙说："还去吗？"正雄推了他一把："怎么不去？ 越是这时候越要去。"

一开门，钱英先是有些惊讶，接着便显出十足的热情："来来来，正雄，于蒙，快进来，来，坐下。"

于蒙第一次走进这么漂亮、宽敞的屋子，禁不住四处打量。从房子的布置，怎么也看不出钱英是一个人过生活，三居室，都布置得满满的，花哨、漂亮。屋里有一股很浓郁的粉香，于蒙禁不住又想到刚才碰到的陈琬君以及同学们平时传言的那几位常往这里跑的姑娘。他怎么也想象不出那些漂亮姑娘在这里会是一种什么情景。

钱英忙活着冲茶去了。陈正雄倒很随便，很熟悉地走到门边，摘下墙上挂的一把宝剑，将剑唰地抽出来，看一看又插进去。钱英端水走过来，一边倒水一边说："我这刚想睡呢，临毕业了，从早上一睁眼屋里就不断人，晚上不到十二点以后别想躺到床上……"

正雄将剑插回鞘里，重新挂到墙上。走过来，坐回沙发上，直盯着钱英说："我们刚才上楼时碰上陈琬君了……"

于蒙心里不禁一跳，暗自佩服正雄的胆气，不知道钱英会有多么难堪。

钱英只是微微一怔，放下茶壶，眼瞅着正雄，却并不像平时那么硬气，于蒙感觉到，只在里边，有一点微弱的亮光闪了一下，马上便不见了："是啊，她刚从这儿走，哎呀，这些女同学，更难……"秃顶的头晃了晃，一副无奈的样子，冲正雄笑笑，正雄也冲他笑笑，两个人似乎有一种神秘的默契。于蒙感到难以琢磨。

"来来，喝水，喝水。"钱英一手一只杯子端给正雄和于蒙，然后关心地问，"怎么样你们，有什么想法？"两只猫一样的眼睛不看正雄却直盯住于蒙，于蒙感到一阵毛骨悚然，慌忙将眼睛移到别处。这时听正雄说："钱老师，我们今晚来就是想跟你谈谈，主要是于蒙，你得关照关照……"

没等正雄说完，钱英便笑着问于蒙："于蒙，你倒说说，你的意见？"于蒙被问得一愣，抬起头，又看到那双圆圆的放光的眼睛，一时竟不知该怎样回答。这时正雄便接上了话头："钱老师，于蒙的情况不说你还不了解？他的文章写得很好，又有大志，你得扶持扶持，说穿了，他不想教学……"

钱英"哈哈"笑了，夹烟的手点着正雄："你呀，正雄……"收住笑，转向于蒙，"于蒙，你的文章在校刊上我都看过，的确不错，我也认为你最适合的是干文字工作，但最终究竟怎样，我现在还难说，从我个人讲，我是很想帮你的……"

于蒙硬着头皮接住钱英的目光，心里一下子踏实了，钱英的眼睛还是那么圆圆地瞪着，却已经变得温温的，十分慈祥，一时于蒙心里感到自己这么久确实错看了他。

从钱英那里出来，于蒙显得有些激动。几乎改变了对钱英的看法。正雄撇撇嘴："你这个人哪，给你根针就当棒槌认，你以为人都那么简单？钱英这人儿说爽快也够爽快，那要看对谁。你别看他今晚说得那么好，那是支应你的话，这么说，什么时候也栽不了跟头。现在第一步也就这样了，第二步，你得去……"

于蒙好一会儿说不上话来。他没有想到正雄会这样仗义。正雄自己怎样呢？这么长时间竟从没有问过他。于蒙感到一阵愧疚。平日在宿舍里，当那些家在城里的同学个个傲气十足地大谈他们毕业后的美满前程的时候，正雄也常常趾高气扬地谈起他的打算。他似乎铁了心要回临河建设老区，他有个舅老爷在地委干书记……说到这里，正雄便双手抱拳，冲上铺下铺的那些城里同学道："到时候弟兄们可要帮帮老陈的忙，说什么也得让老陈分回去……"于蒙想，现在不知怎样了，那些城里同学哪顾得了他？但看正雄那不急不躁的样子，似乎早有成竹在胸。于蒙问正雄，正雄愣了一下，然后说："我嘛，你不用管，我反正回临河定了，回不回得去还不好说，不过你放心好了，我会有办法的。"说着捅了于蒙一拳，神秘地笑了笑。

现在想来，于蒙感到自己那时真是单纯得可以。正雄的路看来是走对了，于蒙不知道自己眼前的路到底怎样，从上班的第一天起，他似乎就有一种悬空的感觉，这种悬空感时时都在折磨着他。

于蒙怎么也没有想到，正雄会邀了钱英。乍一见面，于蒙愣怔了好一会儿不知说什么好。

钱英倒很主动，站起来十分亲热地拉住于蒙的手："来来，于蒙。"于蒙好一会儿才回过神儿来，费了好大劲儿才硬着头皮伸过手去。

正雄端着茶杯从里屋走出来，钱英和于蒙还没有寒暄完他就走过来，狠劲地一拍于蒙的肩膀："你这家伙。"一把将他按到床上，"坐下，钱老师也坐，嘿，哪里那么多客套。"

于蒙将手里的大信封放在腿上，他发现正雄根本没有注意，心里有些扫兴，他想，有钱英在，今晚是完了，他原本想的那种美妙的气氛只能是梦想……

正雄还是留着小平头，只是稍稍胖了一些，脸也白净了一些，原来那些大大小小的粉刺几乎见不到一点痕迹。穿一件流行的棕红的驼皮夹克，显得文气多了。正雄也在打量于蒙，两个人的眼睛相碰，一齐笑了。正雄诙谐地吐了口烟，问于蒙：
"怎么样？"

于蒙笑笑："你想想，我能怎样？"

钱英这时插进来："于蒙这几年成就不小啊，发了不少文章吧，我见到就好几篇……"

于蒙笑笑："那有什么用？"

正雄从沙发上站起来："怎么样，钱老师，我当初没说错吧，于蒙，你可要好好感谢钱老师啊，哈哈……"

于蒙疑惑地看着正雄，不知说什么好，钱英倒是一副受之无愧的样子，嘴上还是说："哪里，与我无关，取决于于蒙自己……"

正雄收住笑，弹弹烟灰："钱老师，说笑归说笑，于蒙在这儿你还得多帮忙啊。"

钱英也收住笑："你这说哪儿了，于蒙现在是青年理论家了，哪里还用得上我这土埋半截儿的人，我倒是要请你们帮忙了……"

于蒙知道钱英是话里有话，只是不明白正雄这家伙葫芦里卖的什么药。正雄说："钱老师，这你就客气了，现在，嘻，发几篇文章能顶什么用？官升不上去，钱挣不了多少。于蒙，听钱老师说你毕业这么久一直也没有去过学校，这怎么好，一个城里住着，你不去看看老师们不合适。钱老师，于蒙的脾性你知道，不善交际，你得多帮帮他……"

钱英坐起来，伸手从茶几上拿过一盒烟，抽出一支，坐在对面的正雄一伸手，电子打火机啪地蹿出老高的火苗。钱英凑上去吸燃。正雄说："嘻，钱老师，你能不能帮于蒙找个挣钱的活儿干……"

钱英看正雄一眼，吐一口烟："行，怎么不行，这好办，于蒙，给你安排家公司做做文案，一个月去几次，怎么也弄个三千两千的……"

于蒙看着正雄和钱英一应一答地交谈，从心里感到倦乏。他不知道什么时候该回答、该插话。他感到自己已是多余的，他知道他们是在谈他，谈与他有关的事，但他们话题中的他，就像一只排球，在他们二人之间传来传去，他自己，就是观众。他感到疲倦、头晕。他不知道正雄接他来到底是干什么，是来陪钱英，还是仅仅为了在这座四星级的宾馆里吃一顿饭？他看着正雄那饱满、毫无皱褶的放光的脸，一刹那竟感到那么陌生，好像从来也不曾结识过这个人。他知道，正雄已经不是五年前的那个满脸粉刺、成天练拳习武的正雄了。

临毕业的前一天晚上，正雄和于蒙又到狗不理喝酒。那晚，正雄喝醉了，摔碎了碗碟，一个劲地握住于蒙的手絮叨："于蒙，咱说什么也得干出个样儿来，干出个样儿……"正雄鼻涕一把、泪一把地说着，于蒙紧紧抱住他的肩膀扶着他一步一摇地往回走。于蒙也流泪了，不善言谈的于蒙，只在心里暗暗地发狠，他不会忘了正雄的话。那时候的于蒙，从心里感到，这个世界上，只有正雄和他贴得最近，只有正雄是真正的好人，与他情同手足的好人。

离毕业只剩下半个月的时候，正雄突然接到家里的电报，一拆开电报，正雄脸色一沉，于蒙赶忙问："怎么回事？"

正雄连忙抬头笑笑："没什么。"一会儿又说："我舅老爷，要我回去和他商量商量工作单位的事。"

正雄提着行李往外走时，同宿舍的一位同学一把扯住他："伙计，回家可别忘了捎几条你那蒙河红鲤鱼给哥们儿尝尝啊……"

蒙河是一条季节河，这时候哪有什么水，更不用说什么"红鲤鱼"了。于蒙知道，河水浩渺，渔帆飘摇，那条河离现实有多么遥远。

正雄站在门口，脸微微红了一下，好一会儿，挥手打掉那位同学的手："好，你小子等着！"

说过，将行李甩到肩上，头也不回地走了。

正雄一走就是一星期，眼看就要公布方案了，他还没有回来。对于于蒙来说，这真是一段难熬的日子。不少同学都有了着落，满意的无忧无虑地做着离校前的准备工作，早早就把书和行李一包包捆好。不满意的或者咒多骂娘，或者干脆提了东西四处活动。只有于蒙，上下无着，一点线索都没有。同宿舍的几位同学家都在本市，自然有人为他们张罗，他们倒会自在，干脆跑到环城湖里钓鱼、摸蛤蜊去了。离校的日期一天天逼近，于蒙心里火烧火燎，丝毫办法也没有。礼也送了，好话说了不知多少，钱英总是答应没问题，拍着他的肩膀要他回去耐心等待，却总也不给他明确的答复。于蒙已经感觉到，钱英不会给他什么好的答复，他感到钱英似乎有一股什么火气，这股火气他注定要发在于蒙身上。那双不可捉摸的眼睛让于蒙感到不寒而栗。正雄不在，于蒙感到自己是那么孤单无助，他不知道自己应该怎样才好。

有时候，一觉醒来，咬咬牙，心里发狠干脆豁出去了，把钱英那些上不得台面的事一件一件抖搂出来。可是静下来，一想起那双深凹下去的似乎能穿透一切的眼睛，他就感到自己是那么弱小无力。他耿耿于怀的钱英的那些丑事，竟找不出一点事实根据。他真恨不得冲那双眼睛猛揍几拳解解恨，可怜他只能这么想想，这只能在钱英睡着或者他自己睡着时才有可能。他重重地叹一口气，心里悲哀地想，自己真是窝囊，看来只有听天由命，只是有些后悔，当初不该信了正雄的话，去巴结这个家伙。

正雄总算回来了，在公布方案的前两天回来了。一下子变了一个人儿，瘦了一圈儿，脸也变得黝黑，像刚从煤窑里钻出来。一回来就爬上床躺下。同宿舍的那几位家在本市的同学正围着桌子打扑克，见他回来吵着要尝蒙河鲤鱼。

正雄没有答话，只将一只塑料方便袋从包里掏出来，扔到桌上。几个人争抢着撕开，一下子全哑了。于蒙也感到十分尴尬，包里只是一堆用面糊儿包了炸出来的小鱼崽儿，哪有什么"鲤鱼"。那天叫得最凶的那位同学抓起一根小鱼，咬一口，扔掉，仰头冲上铺嚷："陈正雄，这就是你那伟大的蒙河吗？啊——哈哈……"

众人一阵哄笑，正雄一下子坐起来："×你妈，你晓得吗？这就是蒙河的伟大，你他妈再嚷，看我不揍你——"

那位同学伸伸舌头，缩着脖子悄无声地坐下了，另外几个也都不作声了，继续打扑克。

于蒙将那包小鱼提起来，放进壁橱。只有他才能体会出，这些小鱼，不知费去了正雄多少心思。

围着那桌豪华的酒席坐下，看着正雄十分内行地攥着刀叉、甩着餐巾，讲解着每道菜的名称、典故、配料、做法，于蒙忽然又想起那包油炸小鱼崽儿，他想，正雄是记不起来的，此刻，他一定没有想。

晚饭后，宿舍里只剩下正雄和于蒙两个人。

正雄仍旧躺在床上。于蒙收拾好碗筷，顺着侧梯爬上上铺，掀开被角，问正雄回去和他舅老爷谈的结果怎么样，出了什么事儿？正雄像没有听见，仍旧仰面躺着，大而圆的眼睛一动不动地看住天花板。于蒙以为正雄还在为蒙河的事生气，说了句："犯不着跟那些家伙生气。"正雄依旧不答话。他便重新为他盖好被，从侧梯上下来，刚刚着地只听正雄叫了一声：

"于蒙——"

于蒙抬起头来，正雄说："完了，× 他妈，我还得回那个穷山沟去。"

于蒙愣了，好一会儿摸不着头脑："什么？你，你不是要求回去吗？你舅老爷……"

在这之前，于蒙一直替正雄担心，担心分不回去。他怎么也想不明白他怎么竟然对回去这么扫兴。

正雄吐了一口长气，好一会儿，欠起身子，伏在床栏上，眼直盯着于蒙："于蒙，你就真信？就要分手了，我也没法瞒你了，我哪里真想回去，我哪里有什么舅老爷……"

于蒙像被敲了一棍，一下子坐在下铺上。他忽然意识到自己原来并不真认识正雄。这时，正雄又说："这次回去，是我爹病了，肝癌，没几天活了，你知道，我是老大，我必须回去……"

说着，有些哽咽，于蒙赶忙说："别说了。"他能理解，对正雄的一切，这时候他似乎都能理解。他不想再听下去了，拉开门就要往外走。正雄忽地坐起来："等我一下。"几下就从上铺跳下来。

在酒馆里，正雄把什么都说了。

正雄掌握着钱英和班里一位女生的所有情况，有录音带为证。钱英只得答应他把全系最好的一个名额留给正雄。那刻，于蒙感到，正雄是一个了不起的人，一个让人佩服又让人感到可怕的家伙。

最后，正雄有些醉了，抓住于蒙的手："于蒙，你，这四年，我老陈就你这么一个朋友……"

于蒙想抽开手，正雄攥得死紧。于蒙望着正雄烧红的眼睛，心里禁不住打了一个寒战。

就这样，正雄把这个全系最好的名额让给了于蒙。正雄流着泪说："于蒙，你不要推辞，你也不要谢我，我这是迫不得已，于蒙，说句实话，也只有你最配去那个单位……"

于蒙这一生再也不会忘记那个夜晚，不管怎样，这一辈子他都要感激正雄。他现在的一切，没有正雄就不会有。如果事情不发生变化，不是正雄，而是于蒙去了那个山沟，他绝对干不出正雄现在这个样子。只是眼前，正雄的所作所为，他感到难以理解，难以接受。那天晚上，正雄骂得最凶的就是钱英，没有想到，今天他却请了钱英，而且两个人谈得又是那么投机。于蒙头又有些昏沉沉的发木，他感到人是个复杂的东西。此一时，彼一时，似乎只有他自己，长这么大，甚至一直到老死，都只能是一条线，一条恒定不变的线。他想过，这条线在眼前的世界里，是多么不合时宜。可是没有办法——像行星的轨迹，他试过，怎么努力都无法改变。

于蒙蒙蒙眬眬地睡着了，一会儿醒来时已不知是什么时候。钱英和正雄已经回来了，两个人还在外屋客厅里谈着。听钱英问正雄："你估计，大约能……是个什么数儿？"

正雄"哧哧"笑了两声："钱老师，你不要不放心，我告诉你，至少这个数……"

"十万？"

"哈哈。"正雄压低的笑声很有力量，"你的胃口太小了，钱老师……"

于蒙再醒来时，夜已经很深了。钱英正收拾东西要回去。正雄从壁橱里提出一只皮箱，钱英接过去，笑笑："好，不客气了……"

于蒙撩开毛毯，坐起来，也要回去。正雄说："睡吧，明儿再起。"于蒙摇摇头："不必了，我已经好了，再说，明天一早还要上班。"正雄也没有再客气，也从壁橱里拿出一个皮箱给他："小意思。"于蒙接住，没有说话。皮箱里沉甸甸的，不知装了什么，他也没有问。向外走时，他仍旧没有忘记从枕头底下拿出那袋子文章，正雄这会儿倒是看见了："那是什么宝贝儿？"

于蒙笑笑，并没回答，正雄也没有再问。

临出大门，正雄扯住于蒙，低声说："于蒙，还没告诉你，我下个月就要调到市计委了……"

什么？于蒙一惊，你怎么……？

正雄早就明白他要说什么似的，摇摇头："嘻，那穷山沟儿，待着有什么意思，够本儿了……"

这时车开过来了，钱英回头冲正雄招招手便钻进去了，正雄拍了于蒙肩膀一巴掌："走吧，有空儿多到钱英那儿跑跑，他在这个城市路子宽得很……"

汽车开动以后，钱英忽然想起了什么似的："哎——于蒙，说定了啊，我给你安排……"

于蒙像是睡了，低着头似乎没有听见钱英的话。

汽车驶过立交桥，爬上了大纬二路。夜很深了，路上的车仍不见少，不断"呜——呜——"地从旁边闪过去。路灯倒是暗了。各色车灯仍旧色彩迷离地在宽阔的路面上划出一道道炫眼的光流，闪闪灭灭，不断变幻，于蒙用力地闭上眼睛，他感到一阵难以承受的晕眩。

这路，很像一条河，于蒙心里想。

良宵

群星累了，抑或为了突出月亮一齐隐退了。海蓝色的天幕上便只有月亮，月亮显得越发大、越发亮。

好大好亮的月亮啊！

梁胡须颤抖着仰视空中的月亮，昏黄的眼里几乎要流出泪来，多像一个饼啊，梁嘴里重复着，多像一个饼，很像一个饼啊。

身边的怡头仰着也看月亮，你说什么饼啊饼的？

月亮啊，梁扭过头，你不觉得像一个大饼吗？你没有这个体验，你不会有这个体验。梁头摇得很厉害，泪已经滚出来了。

两套一栋的高干住宅楼房。

绿色的铁栅栏上爬满了紫藤。院子显得整洁、幽静。

月光毫无遮拦地泻在院子里，明朗而暧昧。

院子正中的餐桌上，摆满了瓜果、月饼、点心、糖果等，却几乎没有动。儿子、儿媳吃了一点儿便跳舞去了，把孙女留给了怡。邻家今晚请客，不断传来劝酒、让菜的喧嚷和朗朗的内容丰富的笑声。

身后的楼房一片漆黑。儿子、儿媳走后，怡便将灯全熄了。她想自己静静地坐着，可孙女一刻不停地缠她。

奶奶，月亮今天怎么这么大？

今儿是十五。

十五就该大吗？

十五是月亮露脸儿的日子。

为什么要露脸儿？

月亮总在黑影里蹲着心里闷得慌。

孙女让她讲个月亮的故事。讲。有一个小姑娘，在河沿儿上，追月亮跑啊跑……

那首歌、那段旋律便从她心底里升起来，顺着紫荆藤在小院里盘绕回旋——

月亮来月亮走

幺妹轻步出绣楼

顺河流追呀追

231

河流有头路可有头

....

怡唱出了泪。泪珠落在小孙女滑嫩的脸上。小孙女甜甜地睡了。怡轻舒了一口气。她将孙女送进屋里床上，让她安安静静地睡。走出门，仰头看那又大又亮的月亮。像心在那里悬着。露水打湿了椅子面儿，用手擦了擦，凉得厉害，身上起了一层鸡皮疙瘩，心里一阵哆嗦，泪水激出来。人的泪跟潮一样。

月亮为什么这么大这么圆？

运河的水又哗啦哗啦地响起来。码头、舍利宝塔、清真古寺……怡烦闷地站起来，年轻时的记忆怎么也抹不掉。也怪，好多年不想的事了，今天落黑，桌子一摆出来，那首歌便又在脑子里响起来。

梁仰头向上看，山顶上那座碑显得很矮，只露出一截脖颈。一千多级台阶，一级一级向天边延伸。这么看，天也不高了，月亮也仅仅与纪念碑齐肩。明明知道那不会是真的，可眼睛就告诉自己就是那么高。一千多级台阶，多高的汉子在顶上站了，从下面看也成了矬子。

台阶两边全是柏树。风一吹沙沙地响。影子全铺在石阶上。梁爬得很累。凑近边上的围廊，刚想坐下，一股奇异的香味从哪里传过来。梁抽了抽鼻子，心里痒丝丝地发颤。梁抬起头，前边台阶上有一个矮小的人影在往上爬。月亮当空照着，月光好像洒在人的心上，梁板结了多年的心里又有些潮热，似乎又有了年轻时的一种感觉。

昆嵛山的秋夜真是美极了。

林子里偶尔传出几声什么鸟的低哑而短促的欢叫。空气中充溢着一种初秋才有的半湿半干的草的醉人的气味和将要成熟的山果的甜香。这是一段让人心醉的日子。

月亮在树梢上悬着，像一盏灯笼，眼前的一切便都影影绰绰，十分神秘魅人。

那时候梁刚刚参加队伍不久，宿在一个老山户家。弟兄们都睡了，他值更。身后的鼾声响起很久了，大山似乎也在酣睡，很沉很沉。梁悄悄地向门前那片桃林挪过去。老山户的女儿花女站在那里。一种区别于山野里所有气味的奇香，撩拨着梁的心，痒酥酥的。梁想他今晚要干点什么，非干不可了。

花女眼瞅着天外不知在想什么。月亮照着她的脸显得十分白皙。丰满的轮廓散溢出一股温热的香气。梁想起白天花女高耸的胸部心里便火烧火燎。那地方一定是很大的很暄的。梁脚步重了些，气也有些堵，手心湿得厉害。花女还是全神贯注地站在那儿，入定了一般。梁想这是等他了。血便一下涌上来，心里想搂住她那是一种什么滋味，便一步蹿上去将花女紧紧地箍住。

花女轻轻叫了一声，挣过身，"啪"地扇了他一个嘴巴。

梁加快了步子，心里有些激动。前边那女人爬得好吃力啊。自挨了花女一巴掌那个夜晚以后至今，包括新婚之夜，他再也没有那样激动过。死去的妻子常埋怨他是冷血动物，他只是笑笑说一句我是外冷内热属暖瓶的。他的热情都留在了那个山庵前的夜晚。

但是今晚，为什么这么易于激动，是这明朗的月光，还是那醉人的香味？想到那醉人的芬芳气息，梁红了脸，要真是这样，自己是不是有些不正经了。梁想了想，有力地摇了摇头。他承认这种气味是有吸引力的。但吸引他的不全是这，一个年逾花甲的老人不会为一种气味而痴迷。梁好几天以前就有预感。他知道要发生点什么。吃过了晚饭，他谢绝了儿子、儿媳以至孙子们的邀请，他要自己出来走一走，要自己爬爬这一千多级台阶。非要爬上去不可，心里似乎有一层积存了很久很久的封土，走到山根下才觉舒松了些。

离那女人已经很近了，只差几级台阶。月光照着，看得十分清楚。女人年纪已经很大，但身段仍旧好看，是个整洁、漂亮、华贵的老太太。

梁喘得厉害，尽力地放轻些脚步。自从老伴死后，好多年没有单独与女人一起走过。一千多级台阶，几百米哪，只他与一个女人在爬。往年的仲秋夜他几乎都是在疗养所过的。月亮总是清冷的。今晚的月亮却像冬夜里远远亮着的一盏灯笼，心里暖乎乎的。

女人腿很沉的样子，双手拄在膝盖上一步一步向上挪。忽然脚下一滑，向后仰过来。梁赶忙迎上去，用右手搀住她的腰。

怡转头冲梁笑了笑。梁心里一顿，很生动、很漂亮的一张脸。微白的头发稍稍有些波浪地向脑后缩起。眼睛像冬日里被雪围了的一眼幽幽的深潭。鼻子微微翘起。一笑，从唇间便闪出一线齐爽的可人的白光。

两个人搀扶着往上走。

怎么这么晚一个人来这儿？

一个人清静。

你呢？

一样。

梁用力地扶住怡柔弱纤细的胳膊，怡走得便稳些。怡显得极其自然，似乎梁就该着这么搀着她，一点异样都没有。人一老，一些界线便淡了。梁想，她别是把我当成什么了。梁觉得自己长得太粗了些，还像个农民样，心里便又想，要是有人这时见了，错以为这是一对儿，总要觉得好笑的。

到了山顶，一千多级台阶支撑的是一个广场般的大平台，洁净平滑。平台上用铁栏围了的纪念碑这时才见出那么孔武、高大。风自八面吹过来。平台的几个角已经有年轻人一伙伙占了喝酒。月亮已经升到中天了，似乎没有刚出来时大了，变得白润、光亮，这时才一片。远处一溜儿拉开的城区，灯光璀璨，像一条星河。月亮走得很快，似乎听得见轧轧滚动的声音。怡又哼起了那首歌：

　　月亮来月亮走

　　幺妹轻步出绣楼

　　顺河流追呀追

　　河流有头路可有头

　　…………

唱得十分动情。梁也不自觉地唱起来。

怡很吃惊，你也会唱？

梁激动地盯着月亮，会唱，几十年了，还没忘。

你怎么会的？

我？我在临清驻防时……

在临清驻防？怡心里扑通一跳。

梁仍旧自顾自地说下去。那时候，临清是京杭大运河上有名的水陆码头，号称小天津。我们刚刚占领那里，天天去码头听"码班"唱词。其中一个码班演员极漂亮，唱得也叫绝，和一个男演员一块儿唱这首歌。那真是一对儿。后来听说那演员跟了我们一个团长，那男演员一气之下坐船下了江南。

怡一句话也不说，梁便停下来，转过头见怡盯着月亮，眼泪水涟涟地淌。心里觉得有些怪。

那晚上，月亮好大好红好亮，像早晨刚露脸的太阳，把运河的水都染得通红透亮。

梁问，你是说哪儿？临清啊，怡答。你也去过临清？我……我在临清上过学。

说着，泪又不住地流。梁想，碰到她的什么心事了，便不说了。

月亮像个什么？像个饼。怎么会像一个饼？

你没有这个体验，你不会有这个体验。

小时候，梁的妈妈常常搂了梁坐在门前的捶衣石上指着空中的月亮讲饼与懒汉的故事。

梁听得入痴入迷。什么时候妈妈能给我烙一个就好了。小眼睛一直瞪着空中的月亮。那饼怎么那么大呢，焦黄的酥香的大饼，咬一口一定又香又甜的。

十来岁的时候，村里支前烙了好多饼，自家却一点都不能吃。梁便想，当兵是不错的差使。死求活赖当了兵。

到了部队，梁自然是小兄弟。连长问他想干什么，他便毫不犹豫地答："要做火头军。"连长哈哈大笑，把他送到了炊事班。

攻打济南城的时候，梁已是炊事班长了。那时候人多马多兵多，粮草供应不上去。梁便想了办法，烙了大饼用绳串了，烙够串好以后，领着弟兄们往上送，东城门已经攻下来了，弟兄们却大都伤亡了。班长以上的干部只剩下他一个人。

弟兄们死了，我却立了功，连升三级。

梁说得很动情，泪水在眼圈里转悠，弟兄们就埋在这山下边。

月亮渐渐地向西坠去，只剩下一竿子高了。怡便又唱那首歌，把梁的泪唱干了，自己的眼里却又含满了泪。

你说，怡问梁，那个码班男演员坐船下江南了？梁说，是。

不，怡盯着下沉的月亮，说，他死了，走的第二天便遇上了风暴死了。

死了？

死了。那个女演员与他自小在一块儿长大。他比女演员大四岁。他上大学二年级那年，女演员拼命地追他。双方家里都不同意。女演员说跑吧，男演员便放弃了学业同她一起沿运河跑上来。走到临清没有钱了，他们便唱起了码班。你们驻到临清以后，天天有兵来看码班。他们俩是最叫绝的一对儿。团长来了。女演员便迷上了军装。一天夜里，团长把她领走了。离开临清没一年，她又想唱，团长不让。她想男演员又想得厉害，便又偷偷坐船下了江南。到家才知道那男演员在离开码班第二天便翻船溺死了。

梁紧瞅着怡屏住了气一动不敢动。怡的眼里涨满了泪水，稍一动便会涌出来。

怡忽然问梁，你说，什么是幸福？

梁想起昆嵛山的那个秋夜，想起大饼，回答不出。

怡又问，你觉得自己可幸福？

梁想了想，食有鱼，出有车，幸福吗？还是回答不出。

怡又问，老喽，你说月亮是个饼？

梁又有些激动，是的，你无法理解。

怡说，我能理解。肚子空了，便想那月亮是个喷香焦黄的大饼。月亮亏了，才知道圆满的时候是多么好。可是，圆满总不会长久。月亮亏了还可以再满，随水流走的东西便不会再有。

梁不解地看怡。怡瞪着斜沉下去的月亮。很久，眼泪已经漫溢出来。好一会儿，怡说，我，就是那个码班演员……

你？梁吃惊地瞪住怡。

怡掏出一块手帕擦了擦眼。梁看着就要沉下去的月亮。似乎悟到了什么。伸出右手搂住怡瘦削的肩膀。

山下松涛一片。

两个老人紧紧依靠着顺一级一级台阶向山下走去。从山上往下看，两个人像两只滚在一起的蚂蚁。

一辆皇冠轿车在山下停着。怡的儿子穿着大红羽绒服迎着台阶往上跑，惊诧地站住了。

走完最后一级台阶，两个人一齐松开手。愣怔怔好久的怡的儿子跑上来搀住怡向小汽车走去。梁忽然想起什么似的，还没迈开步，怡也转过身，两个人互相看看，原来并不相识便都有些尴尬。还是怡先笑笑，说了声"谢谢"便转过身走了。

梁感到有些手足无措。怡的儿子走到车门时，转回身狠狠地瞪了梁一眼。梁脸烧红了，他把我当成什么了。转回身便向回走。踩着咔啦啦响的法桐树叶，自己怨恨自己夜里都说了些什么呢。可再想想，也真有些怪，两个人就像早就相识似的，老太太不也把什么都说了？

小汽车"呜"的一声开跑了，梁转回头，模模糊糊见到好像怡向他挥了挥手。

这高贵的老太太，梁望着早已不见影儿了的小汽车，在心里像怡对他那样，说了一声"谢谢"。

小汽车里，怡闭上眼，那灯笼一般的月亮又升起来，那首歌又开始在脑子里回旋。

老歌

冬天的早晨。

花女穿了一件肥厚的蓝花对襟儿棉袄，下摆向前突出去，远看像怀胎几月的孕妇。倒是衬得脸更清秀、更白嫩了。

满满的一桶水，花女提着晃晃悠悠地在坡路上走，坡路很长，两边全是雪。坡的下边靠右一点，是一口潭。砸碎了冰，只露一个水桶大的窟窿。整个北山完小的十几口教师，都是吃的这里的水。水自然靠花女一个人来提。

坡的顶上，便是方圆十几里唯一的一所完全小学。学校大门旁边是一棵老柳树。柳树几乎与花女般粗。柳树上系了一口钟，手腕粗的钟绳拖得很长很长。柳树的后边便是一排三间的厨房。一间花女住，一间灶屋，一间餐室。收拾得自然停停当当，如花女本人一样。再往后，便是办公室、教室，一色的青砖黑瓦，大概有五六排。

坡度不大，中间的雪踩硬了，很滑，花女一步一步走得很慢，水还是不断地泼洒出来。吃力是有些吃力，可是习惯了，花女也便觉得不算什么。教师们都还没有醒，太阳还没有出来，只能见到四周极白的雪。花女感到世界真洁净，嘴里呼出的白气暖暖地飘出去。

一堵墙暖烘烘地堵过来。花女眼前一下黑了许多，腿便不由自主地停住了。等那只大手伸过来，将水桶提过去走出好远，花女才嘘出一口气，半边身子觉得轻松了些，酸麻的手抬起来，甩一甩，仰了头望着那汉子轻松地爬。

宇桦的到来，使花女常常想起一个人，觉得很像。很高挺的鼻梁，扫帚眉，人中儿那儿分得很开。胡子也很旺黑。就是眼睛不那么火辣，绵绵的不敢看人，心里觉得不那么满足。

花女妈死得早。本来父女俩是住在小庄，离北山有四里多。后来因为得罪了人，便领了花女住到了石门山后的山庵里。

花女爹是有名的"山迷"。除了山和山货，别的都很糊涂。就连花女生辰属相都记不住。到花女懂事时，别人问起花女的生辰属相，他却怎么也答不出。支吾了半天，一会儿说属蛇，一会儿说属兔。为这事，花女后来常常闷得很苦。

花女爹虽则糊涂，却极爱交朋友。时常引了一些人来家里，悄没声地不知讲些什么。有时候也领些兵来，带了枪、刀什么的，就放在屋中央的磨盘上，嘀哩当啷地响。

那时花女已有十四五岁光景，身子却已经很发了，头年的花褂子已经拘得很紧。

那些兵们都很年轻，黑黑的却挺精神。见了花女，眼睛便馋馋地追着看，却并不怎样。花女好长时间搞不明白他们是些什么兵，后来想想，准是八路。

来得常了，便也认识一些。

秋后的晚上，月亮已经没有了，绵延起伏的群山黑成了一个。天上只有几颗星星在内，远处有不知什么野兽在嗥叫。花女睡不着，走出来，倚在门口一棵树上望着星星想山外的世界。

一阵很轻的脚步从树后边传过来。秋风吹响了树叶，带着一种奇怪的撩人的香味儿。花女一动不动，那脚步声近了，风被挡住了，暖乎乎的有些憋气。忽然两只胳膊抄过来，花女被箍在了树上。一只手很重地抹在她胸脯上，像点了一把火，自胸脯向全身都烧着了。花女气憋得厉害，却猛地抽出手，扭头扬起来，"啪"地扇在那张黑黑的脸上。那火辣辣的眼睛只一闪便没了。

这一夜，花女翻来覆去睡不着，胸前总像有东西在烧着，摸一摸，手也灼得厉害。

山风呼呼地刮着山前的树林，山外传来一种很怪的辨不出什么的嗥叫。

早上醒来，那几个兵早已走了，父亲也上山去了。花女起身走出门，摸摸那棵树，拾起一块石头便打对面树上叽叽喳喳的山雀。

这些事在以前，花女是很少想的，只一心算计把饭做好。十几口教师都是四十岁以上的男人，不是偷眼看她的身子，便是用力板了脸，花女便觉得日子难熬得很。

偶尔一个人坐在院子里，看着天外的星星，也只是哼哼那支不知谁教给她的很老很老的歌儿：

> 青蛇呀白蛇呀两相好
> 双双飞到蓬莱岛
> 岛上有草能成仙
> 岛外有水好洗澡
> …………

哼着哼着便想起自己的生辰属相，想起自己一辈子就在这小山沟沟里，一个人永远也出不了山外，永远也见不到蓬莱岛，便觉得自己这辈子很闷很苦，眼泪便不住地掉下来。

自从宝桂来了，花女便觉得眼前明朗了似的，属蛇属兔什么的便也有些淡忘了，倒是常常想起在山庵子里住时的那些事。

宝桂自山外来。穿一双老口儿鞋，一身黑色制服裤褂，说话带弯儿，喊钟叫打铃儿。天天从早到晚抱了那大绳子在柳树下"当——当——"地敲。脸面正冲了厨房的门，花女便冲他笑，他的脸便红，钟也敲得有些乱。

提上水来，教师们都还没有醒。宝桂回屋看看表，便开始敲钟。这时花女也将饭打入锅里，开始坐下拉火。一边拉火一边望宝桂敲钟。

冬天的早晨，雪地里，柳树的枝僵硬地垂了，显得十分萧索。宝桂个子很高，他背本来就有些驼，肩又缩了，抱着胳膊粗的钟绳不紧不慢地拽，远看像一张大弓。花女便不由自主地笑。笑得心里痒痒，便想，山外人挺有趣，山外不知是个什么样儿，什么时候叫他来问问。

这时厨房后门"吱"地开了，校长王光瘦小的身子挤进来。

花女扭过头，也冲他笑，他却不笑，小窄刀脸极板，花女也便收住了，心里有些气。

按理王光不该这样。戚老师，就是原校长，也就是花女死去的丈夫，是王光的老师。花女尽管比戚老师小那么多，可总是他的太太呀。花女的风箱拉得便有些响。

王光在厨房里转了一圈儿，最后站定了，瞪着打完了钟向回走的宝桂，小眼睛鼓得很大。花女只管低头拉火，火苗映得脸红红的。王光转过来十分仔细地看了一会儿，便不声不响地又自后门回去了。

到了春天，天自然亮得早。家雀儿老早儿便叽叽喳喳地吵。坡路不滑了，花女提水便不再那么吃力，几次说不用来了，宝桂还是不言声地提了便走。教师们这时也起得早了。宝桂提了水，很长的腰背弓得更厉害，花女跟在后边便觉得有些不好意思。偏有些愿搭话的，迎上来与宝桂说话。

"宝桂，做好事呢……"

宝桂耳根都红了，也应道："做好事。"教师们便相互递了眼神"哧哧"地笑。

这时候，王光走过来，穿一件褪了色的红运动衣，脚步很轻地直走到宝桂跟前，叫："宝桂！"

宝桂吓了一跳，连忙站住，抬起头，好久才"嗯"地应了声，手里的桶还提着，水晃得很厉害，无数的小水流顺桶沿儿淌出来，"吧吧"地落在地上。

花女赶紧跑上去："给我吧。"

宝桂这才想起什么似的，"哦哦"应着将桶递给花女。

花女提了桶向厨房走去，后边王光的声音很响，火火地问宝桂："几点了，这是工作吗？"

钟声响了，花女点着了火，懒懒地拉，心里像撒了盐卤。

杨花飘起，北山完小便有一个热闹的日子。花女一直也没有搞明白比她大近二十岁的戚老师到底有什么功劳，每到那个日子，全校师生都要抬了祭品去坟前祭悼。花女自然要占一个显要的位置，与队列隔出一点距离，紧靠了坟堆，像碑石一般默立。王光则正对了花女站着，尖声念一通不知什么，接着便是哭。从王光到老师到学生一齐地抹泪，不知哭些什么。尽管花女怎么也想不清晰那老头子的模样儿，一听到那一片悲切的哭泣，眼睛也不觉酸涩起来，泪也顺其自然地淌出来。

今年的"日子"更其隆重。学校专门到山外请了纸匠，扎了碑楼、牌坊、花篮、花圈等，直直地把个坟堆压成一座花山。王光在坟前念着稿子便哭起来，后边的教师、学生也都跟着哭起来。

花女却没哭，一点都没有流泪。别人哭的时候，她正想父亲死时怎么把她给了这个半老头儿，怎么也想不清楚。

那天晚上很黑，老头儿走了十几里路把她领了来，就在厨房后边王光现在住的那间屋子里，点了一盏豆油灯。王光念了几句什么，大家便一齐叫起来。灯光很暗，光晕以外十分模糊，只见到十几双眼睛，白亮白亮，花女不觉浑身一战，便起了一层小米疙瘩。

等那老头儿把灯吹灭冲她缓缓地压过来的时候，她便又想起那些白亮亮的眼睛，怎么也赶不走，腿便不自觉得抽缩。

往回走的时候，王光叫住她。王光的脸上还有泪痕，眼睛也有些红，她心里便觉得有些沉重，不知王光要对她说些什么。王光的小眼睛在她脸上转悠了好几圈儿，才说："你不该不掉泪。"她这才一愣，抬起头，摸摸脸："我没哭？"

王光很薄的嘴唇闭得紧紧的，看了一眼戚老师的坟，鼻孔长长地出了一股气，似乎要说，希望你要对得住戚老师，却没有说，只回头深情地白了花女一眼，便走了。

花女望着远去的一长列师生的队伍，又抬起手摸摸脸，从心里觉得对不住戚老师。眼泪便哗哗地往外流，腿也有些软了。

回到学校天已快黑了，刚走到坡下边儿，只见宝桂一晃一晃地走过来，老远就站住，脸红着，说："老师们等着吃饭呢，你快点打面去吧。"

花女这才记起晚饭还没有做，赶忙往回赶。后边宝桂低声叫道："我已烧上水了。"花女脚下顿了一下，却没有停住。

饥馑年月，定量八两，所谓"打面"也就是玉米糊糊，一人一碗，男子汉没有够的。

吃过晚饭，天已经黑了。

花女关上门，照例从墙角竹筐里挑出两个很大的土豆，蹲到灶前，用木棍扒开还烧着的草灰，刚要把土豆送进去，想起王光今天到区里开会去了，不会来吃，犹豫了一下，还是送进去了。

教师们都"办公"去了，校园里很静，整个大山都很静。花女端了凳子坐在院里刮土豆。月亮刚刚升起来，宝桂蹲在他那小屋门口，弓了腰低着头不知在干什么，月影里像一块黑石头。花女心里想那碗糊糊不知早到哪里去了。花女几次抬头想过去，终于没有站起来。身后灶里"叭叭"响了两声，飘出一股淡淡的甜香。

花女土豆刮完了，宝桂还是没有动一动。花女望望后边透着灯光的办公室，低头拾起一块小石子，瞄准宝桂的头便投过去。宝桂一激灵，抬起头，眯瞪了好一会儿，才看清是花女，憨憨地笑了。

花女也笑了，心里喃喃地说：这么困。轻轻招招手："过来一下。"花女走进屋好一会儿，宝桂才慢慢地踱过来。走到厨房门口，屋里很黑，只有灶膛里火苗一闪一闪，宝桂便站到门口。花女只得走出来，用力地招招手："来呀。"

宝桂回头看了看，才跨进去。花女正两手不停地捣弄着两个黑乎乎的东西，嘴里一边"嘶嘶"吸着气，一边叫着："快接住，快接住……"

宝桂赶紧迎上去，接在手里，看清是烧熟的土豆，眼睛瞪着花女愣了好半晌，刚要说什么，厨房后门"吱呀"一声开了。两个人都愣了，只见王光笑眯眯地走进来，一边嘘嘘地吸着鼻子，一边装模作样地吆喝："什么好东西啊，这么香！"

宝桂惶惶地站起来，脸上一跳一跳的。花女怔怔地蹲着，脸红得厉害，却不知说什么好。

王光不紧不慢地走过来，煞有介事地蹲下，借了灶里的火，瞅着地上两只焦黄、喷香的土豆，好久才站起来，小眼睛滴溜溜地看看宝桂，看看花女，好像刚刚发现了什么似的，"哦哦、哦哦"了两声，什么也没有说，便从后门出去了。

叩门的声音很轻，出去好一会儿花女和宝桂才反应过来，四只眼睛黑影里很亮而又惶悚地对着看。宝桂终于低下头看也不看土豆一眼便出去了。花女想要说什么却又止住，只瞅了眼宝桂，狠狠地将那两颗土豆踢到了灶门口。

这一夜，花女自然没有睡好。

好像是一片竹林，很旺盛的一片竹子，一会儿却没了，地上是一堆堆的乱绳头儿。一会儿竟又慢慢竖起来，原来是一撮一撮的蛇头，嘴都张着向前探出来，芯子"咕咕"地狂舞，足足有一两百条，有绿有红的排山倒海的一片蛇的队伍，"吱吱吱吱"地叫，眼看就要漫过大柳树，眼看就要漫上来……

花女蒙头浇了一盆冰水似的，一下坐起来。一片漆黑。打了一个冷战，身上，床单都是黏湿湿的。知道是梦。外边有风，窗户纸被吹得"吱吱"地响。

那么多的蛇漫过坡路，不知是什么兆头。花女头上还是冷森森的，蒙头躺下，想起昨晚的事，长长地叹了口气，心里一阵空荡，王光不会这么放过她的。

王光的办公室兼卧室就在厨房后边，几步便到了。

王光正摆弄一支笔玩，花女站了好一会儿，他才抬起头，一脸的温厚，瞅着花女，问："宝桂呢？ 怎么不一块儿来？"花女脸一下子紫涨起来，真想一转身出去，却没有动。心里恨透了。王光却转了话题，说："自从戚老师去世以后，我们没有照顾好你，觉得对不住戚老师。"说着，声音似乎有些颤，便停住了。花女闹不清王光是什么意思，嗓子眼儿便也有些堵。

办公室静得很，两个人喘气好像无数根丝弦。

好大一会儿工夫，王光才清了清嗓子，放低声似乎有些神秘地说："你和宝桂的事教师们反应很强烈，学校不得不处理……"尖厉厉的小眼睛直逼着花女，递过来一张纸。

花女头一下木了，到后山喂猪，和宝桂的事……再看看王光，眼睛直冲她笑着定定地看，似乎等着她说什么。花女头扬了扬，嘴唇动了两下，真有话要说，却又停住，想起十几年前戚老头把她领来那个晚上暗影里王光就是这么望着她笑，眼睛白森森的。花女接过那张纸，扭过身子向外走去。

办公室门外聚了一堆人，花女开门便"嗡"的一声散开。

花女走过去，便又聚起来，叽叽喳喳讲些什么，花女似乎都能听见。

回到厨房，花女不知该干什么，那张纸也掉了，便扑倒在炕上，再也不想起来。

晚上下了场小雨，早上睁开眼天还没有大亮。头一动便"玎玎"地叫，像有东西在击。一群家雀儿在窗外一跳一跳地啄食。花女一下子记起晚上似乎做了梦，什么梦却怎么也想不起来。

太阳已经升起老高，光线透过窗户纸直直地照着床前的小木桌。钟却总也没有响。花女头疼得厉害，此刻，她倒真希望见到宝桂，听到他的钟声也好。

她爬起来，钟绳沮丧地垂着，宝桂小屋门前却站了好些人，有学生也有老师，厨房门前也稀稀落落的有一些人。花女赶忙溜下炕，走到门口却又不敢出去。

门口几个人正在议论什么。

…………

"昨晚上一夜没回来。"

"跑哪儿了？"

"兴许跑回山外老家去了。"

…………

花女心里"咚"地一沉，退回来。门外一阵怪笑："一边吃着土豆，一边那个呢，嘻嘻……"

花女像被人击了一棍，血一阵往上涌。好会儿才透过气来，心里便狠狠地骂宝桂。十几年前那双火辣辣的眼睛便又闪出来。花女望望窗外，长长地叹口气，要真是那双眼睛就好了。

两只土豆躺在灶前，已经发黑了，皮也开始皱起来。花女走过去用脚踩得稀烂，然后拾起来扔进了灶里。

花女感到很累很累，便又回到炕上躺下。一躺到炕上便开始想那不知是蛇还是兔的属相。用力地想，想得头疼也想不清楚，两滴泪便从眼里滚出来。用枕巾擦了，咬牙爬起来。空了一天的肚子像有个勺子在挖，顿了顿，还是溜下炕，收拾了一个小包袱，从后门走出去。出了学校后门便是一座小山，绕过小山，回头看看，小屋门前的人也散了，只剩下几个学生在空地上打闹。老柳树静静地立着，很粗的敲钟的绳子这时候看像一条带子，似乎被风刮起正轻轻地飘。

花女头有些晕，喘得很厉害，还是咬咬牙往前走。再翻一座小山便到猪场了，猪场对面便是从小住过的山庵。山路很窄、很陡，她忽然停下来，掠掠头发，向东拐过去。那里是戚老师的墓地。墓地在一片槐树林的下边，稀稀地栽了几棵松树，地上很厚旺的去年没有乱掉的茅草，泛着耀眼的黄白的颜色。"花山"还没有被雨浇尽，花圈的骨骸狼藉地摆着。花女走过去，愣了很久，忽然"扑咚"一声跪下，"呜啊呜"地哭起来。

太阳烤着湿地冒出一股湿热的潮气。花女擦擦泪，将包袱放开。里边尽放了一包纸，有黄的有白的。费了好大劲才擦火点着。

火苗一跳一跳地烧起来。花女眼瞅着火苗眼泪仍旧止不住，干脆放开声，又"呜啊呜"地哭。

哭得累了，眼前开始有些恍惚，火苗似乎一下子大起来，抱成一团向坟头烧去，一会儿整个山也都着起来。

火苗轰轰地向上升腾，树枝噼啪地不停地爆响，花女额头也烤出汗来，滴答滴答地落下来。隐约听见有人叫她："花女——花女——"声音很弱，似乎很熟悉，却想不起来是谁的声音。轻飘飘地转过身来，只见一个人从远处不紧不慢地走过来，边走边喊，却总也不见靠近。那身架好像是宝桂，高高的个子，背有些驼，那头却像戚老师，头发雪白雪白的，像蓬蓬的白叶草，眉目却总也看不清，总也不会是那双火辣辣的眼睛。

花女想喊，却喊不出来，嗓子哑了，"嘶嘶"地叫不出声来。用足力喊出来，却不知喊了什么，出了一身的汗，头发都湿了，那人却没有了。

做梦吧，花女想，火苗似乎小了，坟堆也没有着，只是坟前的几丛草着了，慢慢地向上蔓延。

坟堆上的"花山"似乎动了动，窸窸窣窣地响，花女见到一截翠绿的竹子似的东西从那下边滑出来。好漂亮的一截竹子，绿得十分可爱，花女好久好久没有见过这么绿的竹子了。

那竹子好像被什么东西牵着，花女恍恍惚惚的，仍然能够感到那竹子是冲她滑过来了，很快地滑过来，好像花女身上有什么东西在吸着它。只见黄白的枯草两边摇摆着，却听不见一丝响动。花女头有些晕眩，稍微定定神，那东西竟没了，一点影子都见不到，一切又都复归于静寂。

太阳烤着闭紧的眼皮，眼前便遮起一层半透明的红色幕幔，变得五彩缤纷。大概又是梦吧，怎么这么快便没了。花女不愿意再去想，头皮"咚咚"地跳着疼，她感到整个身子都很累很累，索性躺下来，躺倒在松软的黄白的茅草上。

花女似乎觉得已经回到了山庵子前边的那片草地上。草叶划动着脸皮痒酥酥的，便想起小时候的很多事，不自觉地哼起那首很老很老的歌儿：青蛇呀白蛇呀两相好……

这样哼着，那个秋天的夜晚便又被推到眼前。那双火辣辣的眼睛便也闪出来。那火辣劲是十分诱人的，花女甜蜜地想着。胸前这时觉得有些痒，冷飕飕的，她用手去摸，手却弹回来，像被开水烫了下似的。胸脯那儿针刺般地疼了一下，全身便像通了电流，痒酥酥的，只一会儿便完了，那截绿竹子般的东西，只一闪便又没了。

　　花女似乎知道发生了什么，却懒得动一动，仍然闭眼躺着。她忽然记起早上那个梦，好像是十几年前那个晚上的事。那小伙子手里握了一条蛇塞进她的胸脯里。

　　正晌午了，太阳很白很白地在坟地上空照着。花女脸上已有些紫涨，身上有些发木，胸脯那儿烧得厉害，眼皮觉得十分的厚重，不愿意动一动。风这时吹过来，坟地周围的树木、杂草一齐扑簌簌地喧叫，花女的嘴也便轻轻地嚅动，于是坟地上空便回旋着一种纤细的近乎蜂叫的声音。那该是那首很老很老的歌。

落英缤纷

一

曾爷揉着微微作痛的太阳穴走下楼梯的时候，公司大院的人们已经下班走了。夜幕四合，水泥铺地的大院里显得十分清冷。北面的三家厂子还灯光通亮，有轰轰的机器声在山坡上鸣响。

灰白色的"尼桑"轿车在门口等候多时了。见曾爷从楼上下来，司机灰子从车里钻出来。曾爷挥挥手："家去吧，我自己走。"灰子懂事地缩回身驾车一溜烟儿跑了。

曾爷走出公司大院，望着远去的轿车一眨一眨的尾灯，长长地出了口气。冬日的傍晚，空气很清冷，周围的山岚黑黑的一围山脊，像有暗浪浮动。天很蓝，让人心里发空。身后机器"空空"的喧响渐渐地远去，只有那白炽灯的巨大光晕在山坡上笼罩，那是山乡的眼睛，也是曾爷心中的明珠。

白天暖和得厉害，路上的冰冻化了，这时候又重新冻起来，塄塄坎坎很难走。夜晚的山村很静，有狗在"汪汪"吠叫。曾爷胳膊有些发沉："这鬼东西挺沉。"曾爷将手里的黑色高压电警棒倒倒手，紫黑的棱角分明如刀凿一般的脸上松动了一下。当年的红卫兵团长，今天无所不能的曾爷竟握起了电棒，曾爷望望夜空，粗重地出了口气。

曾爷下了土坡，犹豫了一会儿，便向东边梢街走去。

狗吠声渐渐地近了。曾爷不怕狗，全村的狗他都打过。哪一条听了他的脚步声都要停住，温温地白上一眼，夹上尾巴呜噜呜噜地逃回去。梢街的狗，同曾爷就更熟了，只要听到曾爷那落音很重的脚步声或者看到曾爷那高大的身影，满街筒子的狗便规规矩矩地站在自家门口，摇着尾巴，十分小心地抬起湿润的动情的眼睛，哼哼叫着欢迎曾爷。

今天不知怎么，曾爷的脚步声比往日重了许多，狗吠声仍旧不断。曾爷刚刚折过街面，一条黑花狗便"嗷"的一声蹿上来。曾爷身子一闪躲过去，这时候后边已经蹿上来一群。曾爷头发唰地一下炸起，追着那条黑花狗便打，黑花狗急了，一下蹿跳起来。一股热乎乎的腥气扑上来，红艳艳的狗嘴张得老大，曾爷脚下一踢，顺手将电棒向狗嘴里捅过去。黑花狗"呜"的一声跌下去。这时后边的狗也都蹿上来，他挥动电棒，又砸倒了几个，后边的几条才"嗷嗷"尖叫着退回去。

曾爷喘着粗气，原地站着看了一会儿，才又转身往前走。心里的火仍旧没有熄下来。

寡妇孙玉家的狗还好，见他过来了，绵绵地看两眼，"呜呜"扫着尾巴向院里跑。

曾爷却并没有像往日那样推门进去。他手扶着铁栅栏站在那里，高耸的鼻翼呼呼地出着气，两只眼球鼓得很圆。窗纱上很清晰地映出乡长那硕大而秃顶的驴头，碗碟叮当，传出乡长那"嚯嚯"的破盆一般的笑声。

曾爷握着电棒的手出了一层黏汗。右手扶着的铁栅栏的箭头向前弯过去。曾爷低声骂了一句，转过身向回走。

梢街往南的几排房子，全是近几年盖起的新屋。宽大的窗子里透出温乎乎的灯光。曾爷紧了紧身上羽绒服的扣子，还是感到冷。停下，点上一支烟，嘴角露出一丝古怪的浅笑。冬夜的街上没有一个行人，曾爷一边走着，一边打量那些窗口，那些曾经给过他欢愉，他也给过她们钱财的娘儿们不知现在在干什么。炕头上笼着的绝不会是他心里这时的感觉。"些狗日的。"曾爷心里骂了一句。全村的人谁也没有想到这个给他们带来福祉的、无所不能的、刚刚娶了一房俊媳妇的曾爷竟一个人在冬夜里徘徊。

曾爷真想跺一跺脚，但还是忍了，慢慢地又向前走。他要跺一跺脚，这些温暖的灯火便会熄灭。

二

曾爷的房子在村子中间，曾爷自己设计的样子，集辉煌、精雅于一体。这时候，同往常一样，仍是黑乎乎一片，连广灯都没有开，显得十分阴森。曾爷心里便如压上了一块黑石板。往常一回来，曾爷便气咻咻地将门灯、壁灯全都打开，今晚他再也没有那种兴致，推开大门便向楼上走。

院子里只有厨房还亮着灯，厨娘阿珊见他回来便迎出来："饭……"还没说完便被曾爷一挥手打断了："我吃过了。"阿珊低头转身向回走，却又被曾爷喊住：

"还没有起来？"

阿珊看看黑乎乎的楼上，看看曾爷的脸，低声说："没呢，晌午送去的汤也没喝。"

曾爷骂了一句，转过身便要上楼，却被阿珊轻轻扯住。曾爷转过身，圆圆的眼球盯住阿珊。这张脸胖了许多，但还是有几分姿色。那双追随了曾爷十几年的眼睛，似乎永远包含了一层水，一看到这包水曾爷的心便软了。

"到我屋里来吧？"阿珊紧紧盯住曾爷的眼睛，声音近乎耳语。

曾爷拨开她的手，还是转过身向楼上走了。阿珊直望着曾爷走上二楼阳台，曾爷也没有回头看一看，便幽幽地转过身走回厨房。

这座楼院是在曾爷祖上留下的宅基上盖起的。院里现在还长着一棵老椿树，是曾爷的爷爷栽下的。前些时，曾爷曾请了"宅子"看了看，"宅子"建议他搬一搬。他不信鬼神，但接连发生的一些事又使他脊背常常发毛。他已经相好了地面，就在公司大院后边，山墙与公司连起来，这样什么都方便。可是眼前，对这些，他似乎又没有了那些兴头。

卧室的门仍旧关着。曾爷慢慢推开，拉开灯，年轻、俊俏的曾婆仍旧侧身躺在床上。青黑的头发将白皙的脸盖住。屋里一股温馨的气息，使曾爷心里的火气消了一些。他走过来，将手伸进那堆青黑的头发下，仍是冰凉冰凉的，曾爷身上唰地又冷下来，"小淫妇。"曾爷心里骂道。一股火气涌上来，挥手又想打下去，却停在半空。大红锦被裹着的年轻苗条的躯体在轻轻地颤动，曾爷怎么也禁不住心里的爱怜。坚硬的嘴角扯了扯便转过身，向隔壁的沙发走过去。

只要一躺下，只要一闭上眼睛，曾爷便看到无数的黄浪子在屋里四处串游。他心里很清楚，这是精神作用。黄浪子再神也不会穿过那一层层紧闭的门户爬上三楼。但心里仍是禁不住发怵。人也真是怪，长了四十几岁了从来也没有怕过什么，现在竟然胆子这样小。曾爷睁开眼睛，屋里照旧什么也没有，只有外面微弱的月光渗进来，划出一条白色的格子，投在眼前的地下。不知什么在窸窸窣窣地响。是猫吗？曾爷屋里不曾养猫，楼上楼下门都关了。曾爷觉得脊背有些湿，手便握紧了卧在身边的高压电棒。

梢街后边的车家胡同里，两边的墙都向中间挤，似乎很快就会倒下来。曾爷脖领被父亲拽着一步一步向前走。刚刚下过雨，地上水没过脚面子，冰凉刺骨。父亲手里提着刀，脸拉下好长。娘在后边嘤嘤地哭，肩上拖着绳子。胡同很快走到头了，前面两道山墙已经触到了一起。曾爷突然跪下，转过身哭叫："我不敢了，再也不敢了。"父亲却并不答应，按住他的头，猛地挥起大刀。曾爷"哇"的一声哭叫，一下坐起来。手里的电棒扔出去好远。

外边真的传来一声声的哭叫：

"不敢了，我再也不敢了……"

尖细、嘶哑。曾爷知道这是痴子阿勇。曾爷仄起耳朵，听见里边卧室也传出低哑的"嘤嘤"的哭声。

一闭上眼，父亲和娘的影子便又闪出来，曾爷便睁开眼。几十年的事，怎么也忘不了。"那能怨我吗？"曾爷家里是地主，祖上很是富足。曾爷一生下来，右额上带着一口大痣。请人算了，说是克父母。父亲和娘便将他送到很远的一个佃户家里。"这能怪我吗？"曾爷指挥他的"兵团"打回来的时候，原本没有置他们于死地的打算，他只是想让父母看看这个克他们的儿子的厉害。他没有想到他的红卫兵战士竟那样彻底，那白木刀竟也那么厉害。

事情发生的前一天晚上，曾爷还想回家看看，走近门口，见屋里黑漆漆的一点声息都没有。推开大门，从门缝向里望去，院里竟然长着一片茂盛的夹竹桃，连路径都没有。那晚上月光特别地好，曾爷望着，月亮竟暗了下去。一会儿一点光亮没有了，眼前只有那一片晶亮闪烁的夹竹桃的花瓣。

曾爷浑身一阵冷飕，心便收了回来，缩成一个铁球。

回到营地躺下，曾爷曾梦过黄浪子。之后，大叫着醒来，天已亮了。那件事发生以后，梦便忘了。直到结婚的那天，再也没有想起过。

"不敢了，我再也不敢……"

痴子阿勇仍旧在门前吆喝、哭叫，声音传出好远好远，使这难挨的冬夜显得凄厉而恐怖。

三

几乎是在一夜之间，从蒙眬中睁开惺忪睡眼的陈驾夼人，一下子发现曾爷身上闪耀着一种能给他们带来福祉的神光。一向鄙视曾爷、诅咒曾爷，能变着调地念几句仁义经的山里人，忽然一下子对曾爷那般地虔诚，以至近乎膜拜。

至今，老辈的陈驾岙人同青年们谈起曾爷还说，曾爷是何等人物？曾爷是上过报纸、上过电视的，没有曾爷谁知道还有个北山乡？谁知道还有个陈驾岙？呔，他妈的没有曾爷，你今天会当上工人？你今天能骑摩托戴手表，能吃香的喝辣的？

那时候，好心的陈驾岙人，心里都压着沉重的心事。曾爷已经四十多了，还没有媳妇。村里有几个媳妇和曾爷要好，也还体面，曾爷也喜欢，但那远不是自己的。十几年前从山外跟来的那个阿珊，眉眼也还数得过去，就是大了点，也四十多了。再说，曾爷好像也不喜欢，追着曾爷十几年，曾爷也没想过娶她。

这几年生活好了，姑娘媳妇们也都打扮得妖冶、漂亮。营养丰富的饭食和牛羊奶汁的滋润，使那些刚刚挺起胸脯的姑娘们更见丰满、水灵。曾爷的名声和曾爷那高大的身板，刚毅、棱角分明、男子汉味十足的面相，使不少山里女子倾心。但曾爷是见过世面的，领到他屋里的漂亮姑娘不计其数，曾爷一个也没相中。

好心的山里人忘了，曾爷是什么样人物，哪里用得上他们。

四

山凹地，六月中已是十分炎热。

曾爷自己开车去山前村检查新羊培育情况。中午，在曾爷委托的代办人王有礼家喝酒。

　　酒至半酣。王有礼端着酒杯将肥嘴凑到曾爷耳边。一股温热酸臭的气息熏得曾爷往后直仰。王有礼也跟着向前凑了凑那肥胖的身子，一对被酒烧得通红的浑浊的小眼睛温柔地盯着曾爷："曾爷，给你看个人物。"

　　曾爷听了，推了他一把："去去去，别来巴结我，我看上谁是谁。"

　　王有礼赶忙抓住曾爷的手，说："这个人物不同凡俗，漏下你可不要怨我。"

　　曾爷"嗤"地一笑："妈的你山前能有个什么好人物，让你说得这么玄乎？"

　　"你等等，你等等。"只穿一件白色圆领套头汗衫的王有礼，放下杯子挺着透亮的肚皮便下了炕，一边往外间走，一边喊："巧英，巧英……"一会儿真的领进一个水灵粉白满身香气的姑娘来。

　　姑娘一进门便冲曾爷甜笑："曾爷，你好。"上身穿着米黄色蝙蝠短袖衫，下身是一件白色牛仔裤。

　　曾爷端起酒杯，被酒烧红的大眼鼓着在姑娘身上上上下下地扫描，嘴里咕哝着："嗬，真没发现，山前还有这么时髦的闺女。"

姑娘脸红:"曾爷过奖了。"

曾爷将目光收回来,端起酒杯,一仰脖将酒喝尽。

旁边的王有礼赶紧碰了碰姑娘的胳膊:"还不赶快给曾爷倒酒。"

曾爷顺手抄过瓶子:"不用了。"自己斟满。端起来,冲王有礼晃了晃:"老王,你能帮我找个好老婆,我,给你,三万!"

炕前立着的姑娘脸窘得通红,王有礼挥挥手让她下去了。这边抓住曾爷的胳膊:"曾爷,你看这姑娘……"

曾爷转过身子,拍拍王有礼的肩膀:"我的大兄弟,快喝酒吧,我说过。我看中谁是谁。"

午后,曾爷要去另一个村子。王有礼出来送他。刚刚出门,迎面一个穿一身素花连衣裙的姑娘,挑一担水款款地走过来。曾爷立在灰白色"尼桑"旁边盯着姑娘看,姑娘低着头从车旁擦过去。

曾爷剔着牙问王有礼:"谁家的闺女?"

王有礼撇撇嘴:"谁家?董小扣家。"

"董小扣?""就是董会山啊。"

"就是收破烂那个董会山?"曾爷直望着那姑娘走进街头拐进一座旧门楼里,"董会山竟有这么个漂亮闺女。"一边说着,一边打开车门钻进去。刚刚坐下,又转头对王有礼说:

"你叫董会山来，我跟他说句话。"

一会儿，王有礼领出一个背微驼的小老头来。小老头脸黝黑，两只黄浊的小眼睛像两条小泥鱼挤在瘦挺的鼻梁骨两边。小老头走过来，见了车里的曾爷，低首叫道："曾爷来咱庄儿啦。"

曾爷说："进来坐吧。"

王有礼打开车门，董会山却怎么也不肯进去："这……"曾爷看到那双由解放鞋底和尼龙绳改造的凉鞋，心里不觉一怔。才几天曾爷也穿过这样的"凉鞋"，才几天哪，那鞋子已离曾爷多么遥远。

曾爷将身子向座背靠了靠，猛力吸一口烟。看看董会山还在那儿站着，便叫："有礼，你们一块进来。"

董会山挤进车里，轻轻坐在松软的坐垫上，身首无着地向前倾着。

午后太阳还很毒。车外有风，车内却极闷热。曾爷打开空调阀门，有冷气在车厢内回荡，董会山凉快得直吐长气。

王有礼看看曾爷的眼色，转过身对董会山说："老董，曾爷找你商量件事。"

董会山连忙哈住腰，仰头望望曾爷，赶紧移开望着王有礼，说："啥事？曾爷看得起咱，尽管吩咐。"

曾爷嘴里衔着烟，一直没有说话。那双鼓得厉害的大眼直盯着董会山。

王有礼掏出烟，自己点上一支，递给董会山一支。趁着董会山接烟的空，曾爷冲王有礼努努嘴。王有礼吸一口烟，转头对董会山说："老董，你家大闺女……"

董会山双手食指、拇指捏住烟，仰起脸："你是说水仙啊？"

"是啊，她，……曾爷……"王有礼望望曾爷，笑眯眯地将两只食指冲董会山比画。

董会山"嘿嘿"笑了一会儿，低头就王有礼的火将烟吸着，"咝拉咝拉"地吸了两口，眼睛紧盯着烟头儿，毫无韧力的眼皮眨巴了好一会儿才抬起头说："曾爷的话，没说的，只是……"

曾爷直起身子打断他："咱明打明说吧，你要多少？"

董会山似乎有些慌乱："曾爷，这、这说哪儿话呢？"

王有礼赶紧接上话："老董，曾爷是个爽快人，你就直说吧，多少？"

曾爷伸出三个指头，董会山掩不住脸上的喜色，又不明白似的看王有礼。"三千。"王有礼望着董会山肯定地说。

"不，"曾爷摇下玻璃，扔出烟头，"三万。"

董会山可怜巴巴地盯住曾爷，擎烟的手一个劲打战："唉，这、这咋说呢？曾爷看得起咱，咱没说的，就是……就是……

唉！"董会山一拍腿，抬起头望着曾爷，又望望王有礼，"我，我回去跟她妈商量商量吧。"

王有礼看看曾爷，曾爷脸上有些愠色，烟吸得很猛。王有礼堵住董会山，刚要说什么，便被曾爷打断了："叫他去吧。"

一会儿，那破旧门楼里走出一个四十多岁的白胖女人。脸如盆花，小腹前挺，身高马大。

"这就是董小扣家银花。"王有礼刚刚说完，那边便已走过来了。满脸是笑，走到车跟前身子倾下来："哎呀曾爷，大老远地来了咋不屋里坐一会儿？"

王有礼连忙钻出车，曾爷也转过身子对着她。王有礼说："老董回去跟你说了？"

银花说："哎呀，大兄弟，别提那个死牛筋，他能干个事？"

"那，那事儿……"王有礼笑眯眯地瞅着她的脸。

银花说："曾爷的话，还有啥说的？"

曾爷紧紧盯住这个风风火火的女人，说："进车里坐吧。"

银花拉开车门："曾爷，家去坐吧，就在门口了。"

王有礼后边推了她一把："进去坐吧，曾爷还有事急着走呢。"

银花钻进车里，王有礼看看曾爷，转过脸对银花说："你家大闺女跟曾爷……"银花忙接口："哎呀，不用说了，曾爷看得起那丑丫头算她造化。"

曾爷把烟头扔出窗外，对银花说："刚才跟老董也说了，这个数。"又伸出那三个指头。银花似乎不解地望望旁边的王有礼。王有礼诡谲地笑笑："三千。""三万！"曾爷眼睐着银花一字一板地说。

银花眉梢都是喜色，腾腾直跳，却又做出羞惭的样子："哎呀曾爷，你看得起我们就算造化了，这钱断断不敢要。"

王有礼顺口堵上一句："怎么是钱呢，是曾爷的定礼。"

曾爷又伸出两个指头："再加两万，五万，就这么定了……"

望着银花喜滋滋的样子，曾爷心里感到从没有过的快活。开车往回走的时候，望着路边一闪而过的土地和在土地里耕耘劳作的农民，想着退回几年自己还和他们一样地贫穷，一样地在下苦力，曾爷一下子想起一句名言：给我一个支点，我便能撬起地球。

五

曾爷没有想到，许多他想不到的东西，正尾随在他的车屁股后头，慢慢地向他碾压过来。

那是一个辉煌而古怪、神秘而又令人恐惧的日子。一切似乎都是从那一天开始的。陈驾夼人恐怕很难忘记那个日子。

早上，太阳刚刚出来，村里便响起六声重炮，震得家家屋顶泥沙"唰唰"而落。在通往山外的那条黄泥路上，奇特、壮大的迎亲队伍正浩浩荡荡而来。最前边是六辆崭新的红色摩托。摩托后边是几挂高头大马拉着的金碧辉煌的大车。大车上是红、绿、黄三色吹鼓队伍。大车后边是两乘轿子。轿子后边是一红一绿两方托着蒙有红布的方盘的队伍。方队后是两辆披红挂绿的卡车。再后边是浩浩荡荡不知哪里的那么多的人簇拥着这支不知崭新还是陈旧的队伍。古老而浪漫的吹鼓乐飘荡在整个昆嵛大山。村民们齐挤在村口，牲畜鸡狗一齐竖起了耳朵。曾爷的喜日，是全村以至整个山乡人以至所有牲灵的节日。谁都没有心思注意，那个尾随在浩浩荡荡的队伍后边的一个飘摇恍惚的影子。

年轻的曾婆被人牵着第一次踏进这座辉煌豪华的楼院的时候，"阿嚏"一声打了一个很响的喷嚏。有人发现，那红盖头下边，有串串水珠滴落。那红色锦缎的鞋面，濡湿一片，有如血花一般鲜艳。整座楼院只有红盖头下的曾婆感到了那个翩翩而来的神秘而又无情的东西。

觥筹交错。豪饮狂欢。那个影子像一片羽毛无声无息地飘进曾爷的院落。

"咣啷"一声脆响，人们一齐扭过头来。一个衣衫褴褛脏发纷披却长着一副洁白牙齿的小伙子正冲人们狞笑，脚下横着一口长一米左右，宽阔仅有一尺的小木棺。人们不由得倒吸一口冷气。小伙子弯腰抽出木棺前的一个小栓子，顿时，一股奇异的令人昏晕的臊臭弥漫整座楼院。人们还没来得及掩上鼻子，便有十数头红黄的黄浪子飞蹿而来，左冲右撞，上蹿下跳。人们惊呼尖叫，东躲西闪，桌倾椅翻，杯盘落地，整座楼院，乱成一团。也有大胆的挥动碗筷打去，还没落下那东西早没影了。

小伙子叉腿站在院里，哈哈狂笑，声音粗戾狂野，震动整个村寨。

楼上的曾爷，这一切看得十分清楚。那小伙子进院的时候，曾爷曾想喊人将他揍出去。还没挪动，那群黄浪子便蹿出来了。一看到黄浪子，曾爷浑身一激灵，便不想动了。曾爷一下子想起十几年前的那个晚上那个奇怪的梦。那些黄浪子似乎就是这么四散着奔向不知哪里去了。这疯家伙又是谁呢？随着那放浪的狂笑，曾爷心里一阵阵发冷发怵。一只黑色的蝙蝠正从遥远的天边飞来。

直到刚刚由民兵连长擢升为村主任的王骏，领了几个小伙子挥舞着木棒大呼小叫地将那疯子轰出去，人们才嘘出一口气。好久，整座楼院一点声息都没有，直到王骏他们回来，坐下气吁吁地说"这鬼疯子"时，人们才从惊悸中醒来，纷纷重新落座，嘴里也跟着重复："这鬼疯子。""真他妈的鬼疯子。"

只是，声音很小、很弱。那奇特的臊臭味还没有消去，人们一眨眼似乎还能见到那红黄的闪电般的影子。

曾爷自幼宣称自己是唯物主义者，对狐鬼妖神一概不信。尽管在那一刹，曾爷不自觉地恍惚、惊惧，但很快随着那臊臭味的消失而自然调整过来，神采如初。

夜晚，当贺喜的人们散去之后，一向精力充沛的曾爷忽然感到浑身疲累酸软。但想到卧室里躺着的漂亮媳妇，白天的一切便即刻消失，嘴角上便又泛起那种自信、快适的笑意。

曾爷悄悄推开卧室门。新娘仰靠在沙发上睡了。漂亮白皙的脸蛋上挂着两行泪水。曾爷伸手将泪水擦去，姑娘竟一动不动。曾爷便弓下身子将她抱起。曾爷的脸紧贴在姑娘暄软的胸口。那里"咚咚"跳得厉害，声震耳鼓，姑娘身上散出的温热香甜的气息，使曾爷心里生出一种痒酥酥的快感，这是曾爷的又一项胜利，又一项收获，比什么都宝贵的收获。曾爷总觉得一些东西在别人得来是那么难而在他手里却是那么容易。曾爷醉心地笑了，世界上原来并无什么难事，对于曾爷来说，起码，在陈驾夼没有什么难事。

曾爷将新娘放到床上，刚要去解扣子，却见那双紧闭的睫毛很长的眼睛里泪水泉涌一般地渗出来，曾爷手便停住了，再也没有兴致。

对于女人，曾爷的经历是很丰富的。与曾爷有过接触的陈驾帘女人都知道，曾爷的要求很细微，有时候正玩得高兴他会一挥手走了。水仙当然不知道，但曾爷知道水仙。从他的丰富的体验中他知道，水仙心里有事抑或有人。想到这一点，曾爷恨不得即刻将那婆娘掐死。

但是，水仙毕竟是曾爷见到的少有的漂亮女人。曾爷还是无法抵御她的美丽的诱惑。曾爷发狠地扑过去，将水仙的衣服撕开，将集聚了好久的精力尽情地发泄。最后，曾爷大喘着大汗淋漓地躺倒在一边，感到从未有过的疲累。新娘始终一动不动，到现在仍旧那样躺着。曾爷感到自己似乎是在鼓一个气球，刚刚鼓起一点，一下子瘪了，再也鼓不起来。

第二天一天水仙也没有起来，再过天就要回门了。晚上，曾爷走过去，拨开被子，水仙本就柔嫩的脸，被汗水、泪水浸淹得更见红润、水灵。曾爷把脸贴上去，甜香、温热的气息使曾爷喉头发哽，禁不住伏下身子，将嘴唇贴上去，发狂地亲吻。水仙仍旧一动不动。曾爷用力地拨拢住她的头，她眼睛仍旧不睁一睁。曾爷便用力地将她的头拨拢来拨拢去，问她怎么不动一动，怎么不说话，怎么一点反应都没有。痴了吗？死了吗？还是不说话、不动弹。曾爷一巴掌打过去。那修长的睫毛下便又滚出一串串的珠子。曾爷便住下手，重新伏下身子。你告诉我，你有什么心事，有什么难处，你告诉我。她睁开眼，眼很大，很动人。却很快又闭上，只排出泪水。曾爷便用手去扒那眼皮，只能见到红红的眼肉和白得瘆人的眼白，竟是那么丑陋。曾爷便放开手，叹口气，猛力将她的头拨回去。

曾爷走出房门，站在阳台上。楼下厨房旁边阿珊的屋里还亮着灯。阿珊永远在等着他。曾爷已经不是山外那个野孩子，不再容易为阿珊那丰腴的嘴唇动情。好些日子已经随着阿珊脸上的皱纹的增多而永远过去了。但此刻，他心里倒是真有一种念头，要到她屋里去。犹豫了半天，还是折回来，从酒柜里拿出一瓶酒。

曾爷刚刚喝了两口，那声音便在外边响起来——

"不敢了，不敢了，我再也不敢……"

曾爷忽然心跳得厉害，头上像有铁锤敲击，一挑一挑地疼。曾爷"嗷嗷"叫着抱头在屋里疯转。直至那声音从夜空中渐渐逝去。

第二天是回门的日子。曾爷只让灰子一个人开车去把银花接来。他自己搬到公司去了，晚上也没有回来。除了阿珊以外，曾爷的炕头不少，但到底在谁那里，谁也不知道。

银花走后，水仙便坐起来。但仍是不愿动弹，只是坐在沙发上发呆。走时银花告诉曾爷："你尽管回去吧，再不听用你就揍她。"

晚上，曾爷不再感到那么吃力，便将她搂紧，问她前几日哭什么，问她有什么心事。她一概不答，也不挣扎，任曾爷搓揉、摆布。曾爷用尽了他的手腕儿、办法，仍是毫无动静。"你他妈的你是石头吗？"曾爷心里的火又腾起来，一把将她推出去，掀起被子跳下床。

曾爷真想像以前揍阿珊、揍小寡妇那样狠揍她一顿。可是放不下拳头。曾爷又将酒拿出来，那个声音竟又响起来。曾爷的头便又开始疼。曾爷将桌上的闹钟、杯子、盘子扫下去，提了酒瓶便跑下楼梯，厨房里灯影闪了闪，阿珊跑出来，一把拽住他，他甩开她，开了大门便寻着那声音追出去。那声音只在前边响，却见不到影子。追到村头什么也没有，只有窸窸窣窣的小动物跑动的声音，曾爷的头忽然簌簌地麻炸起来。

曾爷还是被阿珊拖了去。躺在阿珊的床上，阿珊紧紧偎在他的怀里，泪水将他的胸前濡湿了一大片。阿珊的灯永远亮着，曾爷说关上吧，阿珊赶忙跳起来阻拦："不！"他只好闭上眼。一闭上眼那些黄浪子便瞪着蓝莹莹的眼睛蹑手蹑脚地钻出来。曾爷猛地睁开眼，那些蓝幽幽的眼睛便消失了。曾爷不相信是错觉，推起阿珊，问她可听见猫跳的声音。阿珊瞪着泪眼看着他，奇怪地摇头："哪里有猫啊？"曾爷心里感到火辣辣地灼痛。第二天，曾爷在阿珊屋里躺了一天。

六

那个尾随迎亲队伍飘进村子的阴影，自从那天以后便天天夜里在曾爷的房前房后逡巡、游荡。那声音天天夜里折磨着曾爷，只要一听到那声音，曾爷的头便疼得厉害。深受曾爷恩典的村主任王骏，请了好几个大夫，给曾爷吃了十几服中药也没有解决问题。王骏便与曾爷商量："曾爷，咱请个先生看看吧。"一提先生曾爷便皱紧了又粗又长的眉头。他从来就没有信过什么先生。小时候将山外那个拆字先生的"宝匣子"踩得稀乱，那个先生一边"唉唉"哭叫一边大骂："好个臭小子，早晚有一天你要用得着我……"真的要用得着他们了？曾爷已不愿再想那么多。头疼、黄浪子、疯子啊……难道真他妈的得罪了哪门子神仙？曾爷点燃一支烟，转过身去。王骏便转出来，吩咐人去请先生。先生说，曾爷不用求神，屋里就有一尊神。从此，曾爷便对水仙格外好。但水仙似乎并不领曾爷的情，仍如往昔一样慵懒无神。半个多月过去了，曾爷的头还是疼。曾爷心里便骂，他妈的什么神，狗神！要王骏领人把那先生揍了一顿。

曾爷悟出了根本的法子还是治治那疯子。疯子实际他妈的什么也不是，就是一个与他作对的疯子。曾爷想应该好好揍他一顿。

王骏不知从哪里为曾爷搞了一根高压电棒。曾爷每次要出门，总要带上。但是从来也不曾碰上那疯子，总是刚刚进屋坐下，那声音便在门外响起来。曾爷便叫人叫来王骏。

王骏一进门，便冲曾爷笑着问："曾爷，您找我？"

曾爷只管抽烟，眉拧得很紧。王骏便弓了腰摸到曾爷身旁的沙发坐下："曾爷，我知道，你找我还是那疯子的事。"

曾爷扔掉烟头："你还知道？！"

王骏赔笑低下头："唉，他妈的这个疯子太难缠，像兔子一样。我找了十几个小伙子，天天东堵西截，就是抓不着他。我亲自带着他们端着枪撵，眼看着撵出山外去了，回过头他早已经回来了。"

王骏抬起头，眼睛怯愣愣地看着曾爷："这家伙邪乎着呢，曾爷，村里人都传那小子会功夫还是会法术……"

曾爷气得狠劲瞪了王骏一眼："狗屁功夫，法术！一帮子尿泥！"

曾爷猛劲吸了几口烟，站起来，立了好一会儿，说："我知道这小了要什么。"说着起身打开保险柜，取出一个沉甸甸的蓝色袋子，"给他，这小子准保远走高……"

这时候里边卧室窸窸窣窣一阵响动，曾爷侧耳听了听，这才递给王骏。

王骏掂了掂沉重的包裹袋子，看看曾爷，说："你放心吧，曾爷。"

那蓝色的沉甸甸的袋子果然见效，第二天夜里那声音便从村子里消失了。

这时候已经到了八月。曾爷从国外引进的生产线已经开始组装。那条黄泥路上成天车来车往。曾爷只得忘却家里的不快，全副精力投入到接待、调度、计划、安排上来。

晚上，欢送外国技师回国的酒宴还没有结束，曾爷便又觉得头疼目眩。强打精神，勉强陪到席散，由灰子搀扶着送回家。刚刚踏上楼梯，却又停住，一股异香在院子里回荡。曾爷便退下来，只见墙根下似乎长出一株花枝纷披的花树。曾爷心里一咯噔。走过去用脚碰一碰，真的是一株花，落下的露珠将鞋袜打湿。低头折下一枝，凑到院里花灯下边一看，是白色的夹竹桃。花瓣嫩白如雪如脂，被露水湿了，灯光下熠熠闪光。曾爷浑身上下不觉一凉。十几年前的那一幕又映在眼前。

这时候，曾爷的头竟不疼了，感到少有的轻松。曾爷想，这座院子又要发生一点什么事。但他没有声张，反倒显得十分沉静。慢慢地转回头，像丢失了什么似的低头往外走。临到大门口，站下来，点上一支烟，转回身，看着黑乎乎一片的楼院，站了一会儿，才又转回头向大门外走。

跟在后边的灰子很是纳闷，临上车了，才讷讷地问："曾爷，这……"

曾爷没有理会，自己拉开车门钻进去，声音很低地说："去公司。"

这是一个灾难之夜。黑蝙蝠在半空"吱吱嘎嘎"地翻飞，整个夜空漆黑一片。那声音不知是在空中还是在地下嘶叫。月亮蹲在西天边，像烧红的碾盘，一动不动。全村的狗都在狂吠。那株白色的夹竹桃，在角落里喝着露水，被风吹着摇曳着疯长。白色的花瓣在漆黑的夜里如一树银稞。

灰子将曾爷送到办公室便走了，曾爷办公室里灯光亮了一夜。

七

第二天早上，外国技师要上车了，却不见曾爷下来。见上边亮着灯，王骏和几位厂长陪外国专家来到公司大门口等着。等了一会儿，外国专家明显有些不悦。王骏看看表，让灰子上楼喊喊曾爷。灰子跑上楼，一会儿便跌跌撞撞地跑下来。拽过王骏便向一边拖。脸煞白，嘴唇哆哆嗦嗦话也说不清楚。

"不，不好了，曾爷……"

声音很低，但在场的人却都听得十分清楚。

"曾爷怎么了？"一齐围上来，连那个外国专家也给惊傻了，跟着围上来。

王骏安排人把外国技师送走，回头冲大家摆摆手，便拉着灰子又跑上楼。

曾爷伏在写字台上一动不动。王骏走上去："曾爷，曾爷……"摇晃着肩膀叫了几声，一点动静也没有。一摸额头，已经凉硬如铁。

"曾爷没了"的消息，很快便在北山乡家家户户村民间飞走。人们一下子惊呆了，正在转动的机器也都"嗡"的一声停下来。如同初民第一次发现日食一样，北山乡的人们一下子陷入了茫然无着的惊惧、忧虑之中。

人们不敢相信，昨天还调兵遣将、运筹帷幄的大能人——曾爷一晚上便没了，人们不敢相信，可是这是必须接受的事实。于是，在惊惧、悲戚的同时，老实巴交的山民们便开始忧虑，由曾爷而来的一切会不会发生什么变故。

整个北山乡，罩上了一块沉重的黑云彩。

王骏从楼上下来，便给公安局打了电话报案。

一会儿，黄泥路上驶来一辆三轮摩托。车速很快带起一路尘土。摩托开到公司大院，人们好奇地跟进来。车停下，从上边跳下三个穿制服的警察。村主任王骏早等在那里，伸手拉住前边一个年纪大些的警察便往楼上跑。

太阳爬上楼顶了，三个警察才从楼上下来。这时候陈驾峁的人几乎全挤进了院子。院子里黑压压的四处都是人。王骏跑到前边，吆喝着"让开点，让开点"，把三个警察送上摩托车。一个年轻警察发动了摩托车，从人们让出的一条空路开出大院，一溜烟走了。

警察走后，人们一齐回过身把村主任王骏围起来。王骏哭丧着脸低声宣布：曾爷死于脑出血，正常死亡。

八

听到曾爷暴死的消息，水仙"嗷"的一声从床上跳下来，身子摇晃了几下便昏倒在地上。

阿珊喊来左右邻舍，几个人措弄了半天，水仙才算缓过气来。

众人松过一口气，眼瞅着水仙蜡黄的脸慢慢地有了血色。水仙眼睛猛地睁开，坐起来，捏住喉咙便向楼下跑。刚刚跑过楼梯拐角，便"哇"的一声吐出一堆雪白的秽物，正浇在那株白色的夹竹桃上。

夹竹桃晃了两晃，有几枝花枝被劈落下来。

这时已近午后，但太阳依旧很毒。曾婆扶在栏杆上，直看到花叶被太阳烤蔫了，才直起身，脸上却泛出少有的桃晕。

九

当惊惧、忧虑的阴云覆盖陈驾岕的时候，那个给陈驾岕人带来不祥的影子也跟着折回了村子。

这个夜晚显得特别可怖。天上一颗星星都没有。风裹着尘土在半空中飞扬。

阿珊好像预感到什么，坐在床沿上望着昏昏睡去的水仙，心想这个女人和自己一样命苦。

似乎也是这样黑的一个夜晚，阿珊从山外那个小村庄随曾爷跑出来，将近二十年，随曾爷在外闯荡，最后成了他的一个厨娘，仅是一个厨娘。

阿珊想着，不觉流下泪来。她掏出手帕擦了擦，心里想，明天，她该走了。

这时，那个嘶哑的声音突然疯狂地叫起来："不敢了，不敢了，我再也不敢……"

阿珊浑身一阵战栗。

水仙一下从床上坐起来，死死盯着窗外，那个声嘶力竭的声音还在楼院的上空飘荡。

"不敢了，我再也不敢了……"

阿珊转身向楼下走去。水仙转过红润的脸低声吩咐阿珊把大门上紧。

疯子阿勇在街上狂叫了一夜。

村主任王骏和那十几个小伙子，费尽了心机，在大街小巷围追堵截，疯子阿勇总能轻易地摆脱。人们天天见到疯子阿勇在曾爷门前跌足呼号，却谁也摸不准他的行踪。人们这时候已经摸不准疯子阿勇到底是个什么怪物了。疯子阿勇的存在是不是与神奇的黄浪子有关，还有，曾爷的死，人们总怀疑与黄浪子和疯子阿勇有关。神秘莫测的阿勇在人们心目中有如妖魔。

只要听到那声嘶叫，只要听到那"轰轰"的打门声，人们心里便会不自觉地战栗。一个关于曾爷和黄浪子和夹竹桃的神秘而恐怖的传说在村民中间惶惶不安地流传。

曾家大门也关得十分紧。不论是疯子阿勇，还是瞅着空子敲几下的王骏与银花，都没有得到一点回应。曾爷死了两三天了，除了阿勇的疯叫，门前竟是十分的冷落。

工厂的生产自然一日萧条过一日。总经理不在了，生前连一个副经理也没有培养。老实巴交的村民们闲得发愁，谁能像曾爷那样有本事？这是一个大公司，要跟外国人打交道。而王骏、乡长、王有礼还有曾婆的妈妈银花，尽管迈不进曾婆的门槛，也没有心思过问公司的生产，但却仍旧很忙。整日在乡里和公司大院以至几个厂子之间穿梭、奔忙。村民们总以为他们是在为曾爷料理后事。

第四天早上，人们醒来后都感到有些奇怪，村子竟然那样地静寂，那声音似乎一下子消失了。

人们不敢相信地低声互相探问，直到又过了一个安静的夜晚之后，人们才都吐出一口气，相信那灾难的声音终于消弭了。

于是，上工的上工，下地的下地，放羊的放羊，整个陈驾夼又有了一个热闹的日子。

十

确信疯子阿勇已经离开了村子，人们才想起还有好多要做而没有做的事情。

曾爷死后留下的公司的继承权和财产归属问题，这时已经公开化了。像当年人们关心曾爷的婚事一样，人们又都有了一件难以排解的心事。

冷落了几天的曾爷门前，一下子门庭若市。曾爷亲自设计的大铁门又"咚咚"地响起来。

中午，一点风也没有，硬实的街面热得发烫。王骏陪着秃顶乡长来到曾爷门前。王骏"咚咚"擂了阵发烫的铁门之后，仍无动静，便趴在门缝冲里边喊："阿珊，阿珊……"

乡长躲在门边的一处阴凉地，眼瞅着大门，不停地擦着头顶上的汗珠。

王骏嗓子喊哑了，阿珊也没有应声。"妈了个巴子，"王骏气得冲大门踹了一脚，转过身对乡长说，"这家人恐怕都死了。"

乡长闷声闷气地说："他妈的要是都死了还好了。"

王骏盯着铁门看了好一会儿，又走过去扒着门缝冲里边看了看，这才摇摇头，向回走去。

王骏和乡长刚走，一辆红色出租轿车"吱"的一声停在曾爷门口。山前村的王有礼和银花从里边钻出来。

王有礼走在前边，推推门，转过身对更见白胖、穿一身灰底碎花柔姿纱衣裤的银花说："你喊喊吧，水仙听你的。"

银花"嘻嘻"一笑，摆摆地走过去，扒着门缝冲里边喊叫："水仙，水仙，我是你妈呢，开开门，你妈来看你呢。"叫着，声音竟有些发颤。

然而巍峨而雅静的楼院仍是一点声息没有。银花喊了十几声，捏住嗓子，冲蹲在车旁树下的王有礼说："这死丫头，还生我的气呢。"

王有礼站起来，过去扒着门缝看了看，又敲了敲门，然后侧着耳朵听，仍是毫无动静："真他妈的怪了。"

在毒日里站了一会儿，两个人的衣服都汗透了。银花说："不行，我头晕了。"王有礼抬头看看白炽炽的太阳，又回头看看静寂的楼院："走吧，等会儿再来。"

两个人悻悻地钻进了汽车。

银花和王有礼再转回来的时候，正赶上王骏和李乡长又在那里叫门。

见银花从车里出来，王骏上去拉住她："正好，来，你来叫水仙开开门，李乡长有事要与她说。"

银花赶忙转过身，抓住李乡长的手，满脸赔笑："李乡长，难得你抬举她。"说着，眼圈儿竟有些红。

李乡长被银花松软湿润的手握得浑身发颤，眼瞅着银花白胖的脸，许久才说："嗯，抬举什么，你过去叫她开开门吧，我有事要见她。"

银花眼望着李乡长的脸，摇着李乡长的手："好说，乡长，好说。"似乎有些恋恋不舍地松开手，转过身走到门前，扒住门缝冲里边叫喊。

王有礼站在银花身后，李乡长与银花说话时，他已经掏出了"万宝路"。银花刚一转身，他便拱手递上一支："李乡长，忙啊，抽支烟。"一边递上，一边"啪"地按着了电子打火机。

李乡长凑上王有礼递上来的火，用力吸一口，转脸问村长王骏："这位，是……"

没等王骏答话，王有礼便自我介绍："我是曾爷山前分场的场长，王有礼，嘿嘿。"

王有礼没说完，王骏便扭身走了。李乡长看看王有礼，看看走到门前的王骏，一边吐烟，一边"哦哦"了两声。

王有礼见乡长没有睬他，气得脸通红。赶紧又赔下笑脸："李乡长，嘿嘿，您多指教。"说着，随手将一个精致的烟盒塞进乡长的右边衣兜里。

那边，银花和王骏捶打着大门，喊了好一会儿，仍是不见一点响动。

"他妈的。"晒得满脸通红、热汗直淌的银花，一边捶打大门，一边低声骂着。擦把汗，又叫："水仙哪，水仙——"

铁门如铁山，纹丝不动。

李乡长盯着大门，眉头皱得很紧，王骏凑上来："是不是又发生了什么事？"

李乡长看看天，好一会儿，才说："嗯，找个梯子。"

一会儿王骏领人扛来了梯子，两个小伙子爬上梯子，战战兢兢地翻过墙去，打开了大门。

这时候，大门口已经挤满了人。一向老实巴交听见阿勇的疯叫就打战的山民们这时候变得那样大胆。大门一开，人们一齐跟涌进来。

刚进门槛，人们一下子愣住了，几天没有开门，整个院子里竟长满了夹竹桃，密密麻麻，不见一点空地，不漏一个角落。花瓣是红色的，艳红艳红，芳香扑鼻。

院子四围房门都大开着，却不见一个人影。

银花带头冲进去，踩断了几棵夹竹桃。后边王骏、李乡长、王有礼也跟着走过去。快到楼梯了，银花突然一声尖叫，停住，脸煞白。

一道已经干了的血迹从楼梯上延伸下来，一直到墙角一株奇大的夹竹桃下。

人们又都停住了，有的悄悄地退出去。银花慌了，哭叫着"水仙，水仙哪"跑上楼梯。后边王骏、王有礼、李乡长也都跟着跑上去。一闯进客厅，人们一齐停住，倒吸了一口冷气。

"疯阿勇?!"人们一齐难以相信地叫了一声。

真的是疯子阿勇。已经死了,眼睛圆瞪着,舌尖挤出唇外,已经风干,像一瓣夹竹桃。脖子被一根深绿色的尼龙绳吊在天花板上,风一吹动,整个身子便悠悠地晃动。

"水仙呢?水仙呢?"银花吓得挀挲着手,眼睛直呆呆地问。

冷静了一会儿,人们顺着血迹直寻到卧室。血迹是从床上淌下来的,床上似乎有一个人躺着,红缎子被面盖得很严。银花叫着"水仙哪"扑过去,一把掀开被子,眼睛一下直了,"啊——水仙哪,你上哪儿去了?啊哈哈……"一下子瘫倒在地上,捶打着地板哭叫。

王骏、李乡长、王有礼犹豫了好一会儿,才走过去,后边的人也跟着挤过来。王骏手颤抖着掀开被子,原来被下并没有人,只有一块砖头大小的石头,石头边上有一片一片干了的暗红色血迹,几个人脸煞白,面面相觑,这时有人叫了一声:"那下边有纸条儿?"

王骏愣了愣,看了看周围的几个人便又走过去搬开石头,拾起那张沾着血迹的印有"昆崙畜牧产品开发总公司"红头的信笺。银花听说有纸条留下,立刻止了哭声,一下跳起来,挤到床前一把夺过那张信笺,看了几眼便扔了,又瘫倒在地上哭叫:"哎呀水仙这个没良心的杀千刀,你这不是宰了老娘嘛,啊呀呀老天……"

王骏赶忙拾起那张纸，李乡长和王有礼也都挤过来争着要看。王骏两手紧紧攥着纸的两角，小心地展开来，只见上面写着几行十分潦草、歪斜的字：

我走了，你们不要找，找也没有，公司和财产我已经写信给法院了，全都给阿珊……

几个人都傻眼了，瞪着眼睛你看我，我看你，还是王骏聪明，忽然想起什么似的，"出去，出去。"挥动着双手拼命往外轰赶跟进来的村民。村民们根本不理会。阿珊呢，阿珊呢？人们这才想起阿珊，争先恐后地跑下楼来找阿珊。乡长、王有礼、王骏几个拼命往前挤，却总也挤不到前头。

厨房门大开着，里边的菜都成了干草，锅也长了黄锈，阿珊呢？谁也没有想到，几天以前阿珊便从这个村子消失了。

"水仙哪，水仙——"银花从楼梯上跑下来，披头散发哭叫着跑出去。夹竹桃在她脚下"啪啪"地扑倒，无数花瓣随着她的脚步飞起又落下。

蝴蝶

太阳极辣。油星似的汗珠，在满仓老汉稀稀的头顶上渗了出来，慢慢地汇集在一起，在他那光光的却沾满了草灰、泥尘的前额上，冲出一条条泥道道来。

他的身上，也感到痒辣辣的。

时世真变了，这样哪里能割？他回头看看，好大时辰才砍下竹筐底那么一块儿。绿绿的齐茅，像一把把老韭菜，躺倒在他的身后，草汁在太阳光下油油地闪亮。"还有一拃可长呢，作孽。"立冬还有一个月，哪是砍青儿的时候！嫩嫩的草是很滑、很软的，一把抓松了，差一点砍在手上。他索性将镰刀一扔，跌坐在身后的草茬上。

往年，这时候，漫坡都是黄灿灿、绿油油的，可现在，满山只他这儿一块绿地，都是光秃秃的："都怕被人抢……"

抢，妈的，时世真变了，又兴抢了。他一瞅到那片齐展展的草茬，心里就火扑扑地憋气："满满一车呢。"他原想秋后砍了，给棠儿换件嫁妆，没想……

还亏了五婶，要不是昨晚五婶的骂，说不定，今晚全抢光了。但一想五婶，他还是想骂。"泼货。"他心里愤愤的。他毕竟是比她长十岁，做了婶娘也不该那样儿，"老不死的，草都让人抢光了，还躺窝里懒睡……"像骂几岁的孩子。他是在家懒吗？五十好几了，他几多懒过？他真想痛痛快快地骂一场，但她是婶娘，五叔的婆娘，见了面，他还得乖乖地喊。"泼货"，他只能在心里骂，在她迈出门槛时啐一口。

棠儿的事，也坏在她。"不管怎么说，我是她爹，能没个打算，用你显摆……"

他大口大口地吐着烟。"咕咚"一口，吞到肚里，又"噗"地一下吐出。烟，浓浓的，蓝白蓝白的，把他包缠了起来。他感到眼睛有些辣，揉了揉，眼前却飞过来两只蝴蝶，肥肥的，身子有些笨，那子，一定少不了呢。他想下去看看，但屁股终于没有动。

那时候棠儿真调皮，话真多，什么话都跟他说，他也是真愿听，一回家就把她抱在膝上讲。那蝴蝶子，她总是咯嘣咯嘣吃不够。那年他用葫芦花捏了两只，她却要命不让杀。找来个小蝈笼，养起来。"留着做媳妇呢。"

"谁做媳妇？"

"我呢，五婆说了，春姑做媳妇时就吃蝶子……"

他觉得好笑，又觉得很甜蜜。他还没想到女儿做媳妇那么远。"给谁做媳妇？"

"五婆说虎哥呢，虎哥笨，我要跟华哥……"

"嚯？哈哈哈……"他把她举起来，眼里笑出泪。

眼睛辣辣的，那是烟在作孽。一晃，棠儿真该做媳妇了，二十五，五婶家的春姑才二十三，却已有了孩子了……

"都是你这老糊涂。"他又想起五婶的骂。

"你不听听人家说你啥，二混成哩。"

他硬硬的脖子一下变紫了，眼睛瞪得鸡蛋大："混成，说我是混成……"他真想撕扯了五婶，可他知道，那不是五婶的过。棠儿哭了，哭着跑到了西屋。

混成是全乡出了名的，他女儿春香也是全乡出了名的。他把女儿养到三十七，一直到他死，都跟女儿一铺炕……

"混成，说我是混成。"妈的，他暴怒了，脚跺得地板咚咚地响。

那夜，父女俩都没睡，但都没拉灯。听着女儿西屋轻轻的啜泣，他的心阵阵地发紧，他真想起身过去跟她好好说说，可是最后，他终于没有动。

他怪五婶心太硬，这不该当着棠儿的面说。可话又说回来，传得这样紧，棠儿能不知道？

他真恨那些压街头的婆娘，他，满仓，堂堂地做过青救会长的满仓，怎么能跟混成比，是的，棠儿是大了，挑得好多，也不都怪他不同意，但他并不想把棠儿留家里。棠儿是他的闺女啊，他怎么能跟混成比！

那夜是很长的。夜色褪去时，他走下地，棠儿已睡了，歪倒在炕沿上。他轻轻拉过被子给她盖上，给她擦去脸上的泪。他的手一跳，棠儿的眼角，几根清晰晰的褶纹儿……

他的心像被冰刺蜇了一下，唰地凉麻了，接着是辣辣、酸酸的。"是我该死啊。"他想起死去的老伴，老泪悄悄地往外流。老伴死时也是这样儿，侧卧着，但眼角却没有纹……

他退出西屋，一滴酸涩的泪从眼角顺着深深的褶纹滚出。

他揉揉眼，拾起镰，刚想起身，腰却岔了气，钻心地痛。"不管用了呢。"他赶紧又蹲下，轻轻地捶着腰骨，嘴里"哦哦"地哼唤着。

"慢割啊仓叔，急个啥。"他吓一跳，一抬眼，金虎正冲他笑。金虎真是个好汉子，矮是矮点，但却敦实着呢，你看那方方的脸，黑红黑红的，真正的庄稼人。那腱子，一块是一块。那腿，比牛腿还壮实……

棠儿你真糊涂，爹的眼准着呢。那时棠儿刚毕业，他想托人介绍给金虎，棠儿要命不同意，话倒说得好："还小，早着呢。"也是，那时才刚二十，可后来……他真生棠儿的气。

"苦了你呢，上山还得看孩子，都怪那棠儿……"

"没啥，应该的嘛，今儿兴许能成呢。"

"谁知道，那孩子偏……"老仓不由自主地向北望去，该走到洪桥了吧？他心里仍有些迷惘。

"快叫爷。"金虎一边推着车，一边逗着车上的孩子。"仓爷好。""哦，好好……"他笑得眼都有些湿了，这孩子真可爱，有点像小时的棠儿呢。

他真后悔，赶在了五婶后头，全街的小伙子，数金虎最合他的意，最能和他合得来："真正的庄稼人呢……"

"你忙吧，仓叔，我去收收秋地瓜。"

"你总是赶在头里……"这孩子真出息，春姑算是有福哪，找下这么个好人。棠儿福薄……不，不，他扭了下自己的腿，后悔怎么起了这样的念头。不，棠儿福在后头哩，她能找个比金虎还有出息的……

他想起那个汽车司机。

小伙子长得倒不讨人烦，像个本分人呢。干啥？开汽车，还是县劳模。不管是干啥，摆弄那玩意儿可是险乎着。东村方书记的儿不是轧死了人？甩下老婆，拉着一窝孩子，苦啊……他脸上的皱纹，又开始收敛。

五婶在问他。那小伙子还有棠儿，都眼巴巴地瞪着他。那会儿，真尴尬，他的脸有些烧，只一个劲吐着烟，没有回答。五婶急了，双手一拍："怎么样呢？你呀！"他抬起头，瞪了她一眼："咋……嘿，咱不管，随……随她。"他真满意，自己这巧妙的回答。他一瞥眼，看见棠儿眼里颤颤的泪，但他还是溜下炕沿儿。

那小伙子懂事着哩，连忙给他递过鞋。他？望了他一眼，长得挺可人。临了，还邀他上他家耍。我能去吗，啐……

但那小伙子可以呢，只是开汽车……

"开汽车咋？一月纯挣一两千呢，老糊涂。"五婶点着他的额头骂。那指头很硬，真有点疼，他瞪了她一眼，但终于没理她。但他心里骂："你才老糊涂，女人家，你能看个啥？那是咋赚的一两千，拼着命哩，是劳模顶个啥，说不上哪时出个事故……再说，他成日在外拉脚，撇下家里一个妇道人家……"

棠儿不说话，阴着脸，几天不理他。但他不生气，难怪呢，听五婶说两个是同学，说不准相上好几年了。棠儿，还是有眼力，但还是小呢，女孩家，看得浅着呢。爹不是反对你恋爱，爹不是那种老脑筋，可咱是找个人过日子，一辈子靠得住。爹早就说过，找就要找虎哥那样的，咱不图财，虎哥那样的才实在。

尽管棠儿一听这话就甩身走开，但他看得出棠儿不会出事，她想得开，棠儿是庄稼人的闺女，日子长了，心就踏实了。

"老啰，不管用啰。"腰疼还没消，手也有些麻，他又想起那个小聂。

那双手，割草倒是蛮快的，就是太白了，有些刺眼，哪像个正路的庄稼人。什么经理？庄稼人开什么工厂？他不是个本分人呢，庄稼人都去开工厂，城里人干啥？不本分，那样是不会长久的，庄稼人就应该好好地务弄庄稼。

一开始，他还以为是个"工作人"呢，看那扮相，还穿西服，要是个工作人员也可，棠儿配得上，但他算个啥呢？庄稼人不是庄稼人，城里人……啐，差远哩，棠儿跟上他，能享福？小白脸有啥用？庄稼人还得讲实在，太白相的人是不能过日子的。

他有些生棠儿的气了。以往，他总以为棠儿是聪明的，能找下个好女婿。他最希望的就是金虎。上次完事以后，他几次在她跟前提过金虎，她总是嫌金虎死脑筋，就会地里死作。但女人家，他总以为，嘴上苦，心上甜着哩。当年，棠儿妈不也常骂自己笨撅头儿？没想到，棠儿越来越糊涂，跟上一棵水葱，你能靠得住吗？

叫爹，嘴甜得很。但老仓听来，心里恶心。一见面就喊爹，软骨头。老仓认为受了侮辱。"我还没说一句话呢！"推草？不敢劳驾。老仓拨开了他和棠儿，自己推上满满一车草，一句话也不说。到家以后，草放下，也不收拾，老仓便掉头向山里回。棠儿叫："爹，你还回去干啥？"

干啥？还要我陪上他？他知道，棠儿是要哭的，但他还是一头不回地走了，这事，是迁就不得的。

"爹，你回嘛，人家要走了。"棠儿追上来。那口烟是很浓的，呛得他直咳嗽，但头仍是别着："我要收草去，你回吧！"

过分了，现在想。棠儿一扭身，一句话也没说便走了，他看见，棠儿一甩手，抹了一把泪。

他的心也一软，眼也有些酸：回吗？不能回，那样的人，怎么能靠得住？

傍晚回家时，他已走了，棠儿眼红红的，一句话也不说。他想跟她好好说说，但嘴总也张不开。

就是从那儿吧，棠儿生分了，脸上再也没有笑。老仓真后悔，该跟她说呢，爹是疼着你……

"咕咚"一口，烟是有些辣，但老仓感到肚里舒服，痒丝丝，饱胀胀的，满实在。再控一锅，却怎么也点不着，索性全倒了。"这秋叶子。"他心里有些气。这孩子倔着呢。你就不想想你爹，人家骂我老混成，我心里好受？再说，这一次次，真的都因为我？

小聂的事结束以后，好久，棠儿的脸一直绷着，再也听不见她的笑声，话也极少，但活却不少做。"在怄气哩。"老仓

298

想，"气头过去就好了，女孩家。"但一年了，棠儿的脾气越来越古怪。

那个小成有什么不好？老仓早就相中了，身高马大，腰圆膀阔，往正间一站，像根梁呢。他是个石匠，抡得大锤呼呼响。饭桌上，他刚一张口，棠儿就一推碗走了，连饭也不吃，就上山去了。他不明白，为啥好好的一个姑娘成了这个样："不愿意你就说嘛。"我是你爹，他感到棠儿脾气真有些怪了，一见了她，心里就有些打怵。

大概是嫌小成没文化吧？文化，庄稼人文化不文化有啥用？你再文化还不是个农民。我一个字不识，庄稼照样种得好。但"就是要找个有文化的，只要本分，我也不是那样的死脑筋。可你……"一想起昨晚的事，他就感到阵阵的伤心。

"那小伙儿比小成强呢，活计跟金虎不相上下……"他还没说完，棠儿碗便放下了，她又要走，老仓心里一阵火，但他只轻声说："你坐下，我有事说。他是庙庄的，离家远点，远点就远点，人好，本分，实在……"

棠儿碗一推："本分，实在，你就知道本分实在……"说着唰地立起身，冲得板凳"吱吱"响。

老仓压下的火"腾"地又起来了："好啊，你能顶你爹了，你大了呢，我就知道本分实在，盛不下你了呢，不本分实在你上城里去做太太去……"

那话真狠呢，老仓真后悔，不知怎么就说出了口，棠儿哭着跑回了西屋。

五婶的耳朵尖着哩，五婶一边骂着他一边劝着棠儿。他不忌恨五婶，他心里难受。他自己收拾完地上的碗筷，想起死去的老伴，眼睛就发酸，他真想大哭一场，但他是个男子汉，是个当爹的。年轻时当着老伴哭过，可现在……

他不忌恨棠儿，棠儿也苦。可你这是为啥呢，老是那个样儿，你就不想想你爹，拉扯你这么大，容易吗，图个啥？真的像人家说的那样留你家里养老吗？老仓知道棠儿不会这么想，但他想不通棠儿脾气怎么就变得这么坏。爹知道你心里苦，你就不能跟爹说说，爹真的像人家说的，是个死牛筋？

他真伤心，棠儿怎么就变生分了呢？

亏了五婶，"那泼货，嘴能着呢"。她走了棠儿再没哭，今早上，她又打发春姑陪着棠儿一块儿去庙庄。

棠儿还是听话的，还是去了。早上走时，眼睛红肿红肿的，老仓心里一软，低声嘱咐说："别强扭着……"他想说，看看合适就答应，看不顺眼就别……但没说完，西院拖拉机响了，他的话棠儿没听见，就被春姑拉出了门。推出自行车，走到街上，棠儿又回过头来，像有话说，但还是扭头走了。

快到了吧？到庙庄三十里，十点能到地？老仓向北望望，心里好受些，但他心里是清楚的，棠儿不会答应的。

镰钝了，草砍不齐整。他一用力，镰头砍到了一根树根上，"腾"地蹦了一下，落在了他左手上，左手食指破了，杀心地疼。他赶紧捏住，从脚前拔起一棵苦荠菜，挤一挤，敷在上面。

那年也是这时候，棠儿放秋假，父女俩砍草。他的手砍破了，棠儿跑了老远才找来一棵苦荠菜，一边给他敷着，一边告诉他，华子给她写求爱信呢，脸上红红的。当时心里真好受，孩子大了呢，长得又像一朵花。但嘴上却正色道："孩子家，学邪呢，不好好念书……"棠儿嘴一噘，眼白着："你当我理他，我不干呢，他光捣蛋，学习差着哩……"

棠儿是有志气的，从小就有自己的打算。可你想啥就不能跟爹说？

他又向北望望，他真希望天快些黑，棠儿看中看不中都不打紧，要紧的是这一刻他真想棠儿，他想跟棠儿说，爹是疼着你，爹给你攒着钱呢，他要跟棠儿好好谈谈，他想起五婶骂他的话，真的回头想想，这几年自己也变生分了，回家就铁着脸。

要好好跟棠儿谈谈。他有些兴奋。那只蝴蝶又飞回来了，好肥呢，他把镰放下，向那只蝴蝶轻脚走去……

路真长，从来没走过这么长的坡，从山下到山上足有一里多吧。棠儿有些累，从来没感到这么累过。回头看看，春姑落下老远。她拂一下额前的头发，靠着车停下……

车真多，一辆一辆各式各样的汽车，鸣叫着"唰唰"地从她跟前驶过。太阳正高，白炽炽的光直直地刺着她的眼，刺痒得她眯起眼凝视着每一辆车，她希望见到那辆……哦，她的心又有些跳呢，几年不见了，那辆暗绿色的车厢板边边角角都带着灰屑的解放牌大卡车，可是没有呢，没有……

刚才在洪桥，她问春姑，你感到幸福吗？说出口她也觉得不好意思了，太老了，还像个学生说话。可春姑却没反应，大大咧咧地说："嘿，还幸福呢，咱庄稼人就是过日子呗，还啥幸福不幸福……"心里一阵难过，春姑的眼再也不像在一起上学时那么深，那么好看了，除了眼前的东西，里边什么也没有……

过日子，是啊，庄稼人就是过日子，棠儿何尝忘了自己是个庄稼姑娘？开汽车的赵毅，她的心又在跳，两年多啊！刚毕业时，她曾想除了他谁也不嫁，但几年的庄户生活，使她清醒地认识到自己是个庄稼姑娘，要过日子，要和苦命的父亲过日子！她爱他是很深的，那次她大哭了一场，她真生父亲的气。

她知道，父亲也喜欢，只是因为他开汽车，开汽车是不安全呢（她的心里掠过一阵阴影，上天保佑啊，他的技术是全县受过奖的）。她理解了父亲，但爱是不讲谅解的。仍然想他。

那些日子，每次接到赵毅的信，她都想过，像电影里那些厉害人儿那样，抛开家里的束缚，去争取自己的幸福。但她没有，她不能。她是棠儿，小沟儿里的棠儿。她懂得爱，她理解爱。正因如此，她没有去，她仍然待在父亲的身边。她知道自己是个庄户女，要过日子。她心里有爱，但她不会超出现实的限度去追求，她不愿意那样而隔断与父亲的爱，因为那样，对她来说是不幸福的，她只希望，父亲能理解她，找一个她满意的过日子的人，她没有过多的奢望。

那个小聂，有啥不好？她真佩服他的经营能力，他一点都不差于城里的厂长呢。长得白点，穿得好的，爹嫌扎眼也难怪，初一来，她也觉得有些特别，庄户里穿西服的还没有呢！一想起那天下午的事，她心里就酸酸的，她真生爹的气，看那态度像人家欠他的。她知道爹是觉得他嘴太甜，不本分，不实在。可啥叫本分，啥叫实在，像金虎那样在家死作就叫本分？金虎才不本分呢！春姑让他管得严严的，就知道抠，为了开点边边地，别家的草场都给刨了呢！比比金虎，小聂能吃苦着哩，听五婶的妹妹讲，一个人扛麻包，一晌扛四十趟，在厂里黑天白日不分班地干，人家才是在干正事呢。那白相，是让汗拔的……

她真生爹的气，不同意也不能那样啊，连见都不愿见，还有那次小赵来，你不管，什么事呢，你能不管，你让闺女怎么在人前抬头呢？

她明白，爹永远不是那些压街头的婆娘说的那种人，但她一见了爹就生气，你总以为闺女是个孩子呢……你不想想，闺女大了，是大人了，跟女儿同年的都已有了孩子呢，想到这些棠儿心里便酸酸地难受。

一辆汽车"呜"地驶过去，惊飞了路边的一只蝴蝶。她真怀念孩子时的生活。那时候跟爹什么都能说，爹也什么都对她说，爹也总愿跟她说，可现在爹的脸总是板着："他总以为我是在挑呢，也不本分了呢……"

想起昨晚那句话，棠儿又一阵难过。"上城里去做太太去。"爹说得真狠真绝呢。那一刻，像针刺一样，她的心真疼。那些婆娘们传说棠儿要到城里给人续房呢，父亲也这么说。棠儿真的嫁不出了，真的剩家里了吗？她的眼睛一阵酸涩。

春姑追上来了，她身子真虚，脸上汗直冒，有些黄。"歇歇吧，还早呢。"春姑也真是苦。在洪桥桥头一个卖衣服的小摊上，一件童装真好，"给波儿买一件吧。"春姑也极兴奋："真俊呢。""买吧。"可一会儿她就拽着棠儿走。棠儿这才想起，她兜里是从不带钱的，棠儿说："来，买吧，我这儿有。""不了，再说吧。"春姑脸红红的，很尴尬，棠儿知道，她是怕金虎，棠儿一摆手："不要紧，算我买给波儿的。""这……"看得出春姑很高兴，但却那样不好意思。

她真不明白，爹怎么就那样糊涂，同样是出力，人家小聂有钱，而金虎一分钱都卡得那么紧。她曾问春姑："金虎就管得那么严？""其实还不是没有钱！"春姑是明白的，但家里，金虎是男子汉。金虎真忙啊，棠儿苦笑笑，又是管钱，又是管山里，这也叫"男子汉"？

　　可金虎在爹眼里是真正的男子汉，是择婿标准，小聂不同意，又找来了小成，还有这个不知名字、没见面的人。

　　小时候同金虎一起到后山拾草，因为金虎砍了人家的树枝，一伙几个的镰刀、抓子、草篓都让后山人背去了，金虎只会"呜呜"哭，最后还是棠儿去和他们吵，才要回来。

　　爹是不记得的，她，最看不起金虎，不是老实，是窝囊，他不实在。她知道爹想让她过安稳日子，可那就安稳吗？你不想想闺女是啥样脾气？小时候只要与金虎在一起，两个人准打架，在中学时，班长也是那样的，她感到真憋气。

　　小聂的事伤了她的心，这以后爹一提起本分，她就生气。爹真不理解她，她不想自己撇开父亲去"追求"，但总要心里满意，爹想的，她永远也不会满意，她曾绝望了，曾经想，再不找了……

　　过分了呢，现在想。昨晚她不该对爹发那么大脾气。但爹，这两年咋变得这么犟？五婶说："你爹也憋气呢，他为你着急。"真的，对妈，棠儿一点印象都没有，长这么大，爹为她受了多少苦，她心里酸酸的。听五婶说，他偷偷攒了一千多块钱呢，可自己冬天连件棉裤都舍不得穿。

她又想起小时候的事。那时跟爹一个被窝，天天晚上，爹一边给她捉虱子，一边听她讲"故事"，她什么都讲，爹什么都听……

可这两年，几年了呢，没跟爹好好谈过，她只知爹疼她，但两个人心里隔着堵墙。

"我真笨呢。"有什么不能跟爹说？春姑说，快到庙庄了，翻过一座山就到了。她的心有些跳。真累，但心里不空，那人怎样呢？她一下记起父亲走时说过半截话，当时她想回去问问爹，春姑拉她走了……爹说的是什么呢？

那人什么样儿呢？她知道又是老实、本分，但她仍希望有点不同，她今年二十五了，春姑都有孩子了呢。她希望着能快点回家，不管成与不成。"回去跟爹好好谈谈。"她想，"爹有些偏，但说透了，爹会明白的……"

坡真陡，春姑让她落在后面，棠儿心里有些慌，喘气都有点憋得慌。一辆车驰过，扬下一阵煤屑，眯了她的眼睛。她又想起那个赵毅，眼酸酸的，可那赵毅的影子却总也赶不掉。她心里感到很难受，转回头，那车已跑远了，看不见什么颜色了。前面又一辆，是暗绿色解放。她心跳得厉害，推着车往前跑。在"人"字形的交叉道口上，又是下坡，那车开得真快呢，是小赵吧，他相信自己的技术。那年分手时，她送给他一只铁做的蝴蝶，他说他要镶在车顶上。红色的蝴蝶，啊，车顶上真有一只蝴蝶，她的血一下涌到头顶，不顾一切地向前冲去，快到岔路口，她犹豫了一下，但还是冲了过去，她好像看到小赵在向她笑呢。就在那一刹，她身后感到一阵强劲的风，来不及回头，眼前一黑，头"轰"的一下，便什么也不知道了……

睁开眼，春姑正在哭，后边停着两辆车。那车顶镶的不是蝴蝶，是只鸟儿。她想动动身子，只觉得下身在往下沉坠着，手也有些沉，"我真笨呢……"她想说，却喊不出来，一股血涌上来，嘴里咸咸的，冒出一股红扑扑的血沫儿。"棠儿，棠儿。"春姑又在哭。她听得见，不是赵毅呢，赵毅在哪儿？见不到了……一滴泪，从她充血的眼角滚出来。那个不知名儿的小伙儿什么样儿？还有爹，爹呢？她睁开眼，爹不在，她真想爹……蝴蝶飞过来了，蝴蝶子真香，可爹，爹呢？她有好多好多话要跟他说。她用力睁开眼，眼皮真沉，春姑在哭吗？雾真大，爹呢？她想动，一股血又涌上来，她说："等……我还要……"血沫儿冒出来，好大的一堆。

老仓来时，天已黑了，西天边一片红霞。春姑只记得棠儿留下的那半句话："我还要……"他重复着，棠儿还要干什么呢？

晚霞真红呢，红得刺眼，满仓向那边走去。那边，那只蝴蝶又飞来了，好大的蝴蝶……

舞蹁跹

新单位在小巷的深处。

一扇铁制的小门，只能容得两人错身走过。我一脚跌进去，几乎撞在一棵大树上。原来门里比街面低下足有二尺。门边一棵大石榴树，半搂粗。很高，叶子已多半落了，向东向南曲曲弯弯伸过去的枝杈也都枯了，呈黑紫的颜色。甬道是水泥铺的，坑坑坎坎，不长便拐弯儿了。甬道右边是低矮的平房，左边则是一座不知起于什么年代的水泥楼房。楼房雨檐下边的水泥平台上，聚集了一群衣着不整、一看就是乡下上来告状的村民，不分男女老幼，挤挨在不知哪里搞来的破烂的凉席、草垫以至纸箱皮上。他们或坐或躺，或闭目养神，或拉呱说话，或打扑克或下象棋，脸上并无悲苦与愁郁，倒显得从容而又自在，仿佛明日便有好事在等着。

拐过墙角，是一个还算阔敞的小天井。迎面是一座红砖尖顶楼房，楼门口挂着一块白底红字的大牌子，这就是我的新单位了。进出大楼的大都是衣着破旧、一看就是上访的访客。我心里一阵失望，心里沉重地感到，自己这一步是不是又走错了。

不知什么地方传来一阵柔软的歌声。我登上台阶，原来天井西边有一条小胡同。胡同中央燃着一堆暖暖的火。火苗一跳一跳。一个苗条、漂亮的姑娘正在那里围火起舞、哼唱。我心里一亮，一下想起艾斯美拉达，真的，这姑娘的美，并不亚于艾斯美拉达，远胜过挂历上那些明星美女。唱腔柔和细软，让人感到缠绵缱绻，而歌词则是古典戏曲与流行歌曲相糅。火苗很旺，红艳艳的，顶部呈蓝白色，随着姑娘有节奏的舞步，扑扑地弹跳。姑娘穿着一件月白色的上衣，被米色直筒裤裹紧的稍有点向外凸突的臀部十分自如地扭动着。月白色的上衣，在腰际与臀部之间，形成两条流动的褶皱，如水纹一般闪跳、颤动，让人一下想到出水芙蓉。整个院内都很静。除了几个上访农民的走动声以外，唯有姑娘的歌声和舞步以及火苗噼啪的爆裂声合成的声部。院内的一切似都被这小胡同传出的声部逮住了。进进出出的告状的、办事的以及大楼里的干部，也都不自主地驻足，直眼痴痴地看。

我心里有一种东西在融化。刚才那种灰颓的心理，似乎被歌声、舞姿以及那两道水纹般颤动的褶皱，一阵风似的掠光了。只是，我很纳闷。这大楼里的无数扇窗户为什么都是这么平静。我那些未来的同事，为什么都对此不闻不问？那姑娘，又为什么好好的要在这里舞唱？这是一个谜。

姑娘向我这边扭过来。忽然，歌声、舞步一下停住了。我看到她的脸一下绯红，转过身，低声哼唱着，半扭不扭害羞似的向墙角走去。我很吃惊。姑娘走到墙角又转头看了我一眼，我一怔，一下看到她下颌那颗豆粒般大的黑痣，是她！我心里一阵迷惑，我不知道这位漂亮的姑娘到底是一个怎样的人，聪明的骗子抑或糊涂的乞丐……

那是在离这儿很远的一个早点部。刚刚坐下，我便感到一股火辣辣的目光自对面射过来。对面坐着一个穿一件露着棉絮的黑大衣，头戴一顶沾满油污的男人棉帽的女子，眼睛死死地瞅住我手里的油条。我慌慌地吞了几口，把余下的全部留在桌上。走到门口，我下意识地回转头，那女人脱了棉帽正大口大口地向嘴里填塞着油条。似乎发现我盯她，她抬起头，我心里一动，她的眼睛原来那样黑、那样大，脸上尽管沾满了油灰，但仍有一种难掩的漂亮，左下颌一颗豆粒大小的痣，更是平添了几分生动与妩媚。

外面，小巷的那一边，不时传来汽车的笛鸣声，再向那边，一座二十八层的顶部带旋转餐厅的摩天大楼，正在"嘟嘟"的哨音的呼唤下，拔地而起。我心里有一种说不出来的沉重。原来的那种失望，还有刚才那种陶醉都没有了。我转过身，又看了看那红红的大字，似乎要把它刻在心里。

我被分在二科，专管来信的登记、批转。二科办公室在一楼，窗外是一墩毛竹，竹子长得极旺，时至深秋了，依然乌青青的，竹枝墨绿墨绿，闪着亮色，似乎用手一掐，便能淌出水来。毛竹外边向左一点，便是那位姑娘跳舞的小胡同。但奇怪的是，我来这里上班几天了，却再也没有听到那姑娘甜美的歌声，再也见不到那姑娘的影子。从我的座位上向外探头望去，便能见到那堆炭灰，我的脑子里便又升起那团蓝白相间的火苗，眼前便又出现那姑娘迷人的微笑和那粒妩媚的黑痣。我心里时常骂自己没出息，但总也不能使自己"出息"起来。我总感到，没有了那姑娘，没有她的歌声和舞姿，这院落便又成了一座"大宅"，死一般的静寂，与我刚刚离开的那座无异。在部队时，战友就我说是一个胆汁质、耐不得寂寞的人。也许我并不是真的那样没出息，而是追寻一种活生生的东西。人都是活的，为什么要装成死的呢。物是死的，心应该是活的。

办公室里连我四个人，宽大的房子，一个人占据一个角落。上班的时间一句闲话也是说不得的。尤其他们几个，论年纪都是我的尊长前辈。而工作——看信、登记、批转，单调而又机械。剩下的时间只能看报、喝茶、写字，战友告诉我在机

311

关一定要练一手好字。然而我，战友也说过，是不甘于寂寞的。虽则表面上老实，心里却总在野跑着。又喝不惯茶，又觉得自己的字蛮好。所以，余下的时间就转头看那一丛竹，看那一堆炭灰，不自觉地又想起那姑娘……

这座楼的北面，大概是一座小学校。每到九点半，就从那里传来一阵运动进行曲。心这时才可以猛跳几下，兴奋一阵儿。但毕竟不是小孩子，时间一长便又寂寞难耐。在那姑娘总不来的时候，我便常常想，也许我就不该任性，不该不甘寂寞，应该学会改造自己。也许当初我就不该走出那座"老宅"而来到这里。

绿瓦灰墙，雕梁画栋，飞檐斗拱。典型的东方古典建筑群，典雅恢弘地耸立在大马路边上。转业前，每次从那里走过，我总要不由自主地扭过头去，敬而仰之，心想，有朝一日，能到这里边工作才不枉活了一世。而一旦进去，却又死挤着要出来。其实，那一切离我都很远，很远。进去大门，要穿过两座牌坊，绕过大殿，再折过曲曲回廊，才是我的工作间，一座土地庙般低矮、破旧的小屋。墙角堆满了脏污、破碎的陶片。门旁边，一张蒙灰的三抽桌，一把木椅，便是我的工作台了。馆长拉开抽屉，拿出一瓶黏合剂什么的，还有镊子、扳手、卡尺、图纸……将那堆破碎的陶片，一块一块地拼合，一件一件地修复，这就是我的工作。把那些陶片上红褐色的不知什么干硬的东西，一点一点地用工作刀刮去，再涂上一层黏合剂，照图纸黏合在一起。一堆又一堆的陶片，永远也黏合不完的破碎，不知怎的，一见那些陶片，我便想到骷髅，心里总犯恶心。

窗外是阴着的似乎永远也看不见太阳的窄窄的天。空中是不知是蜘蛛还是喜蛛拉成的丝网还是灰网，一道道、一串串，看不清原来也许十分精美的雕饰。古人真是伟大，怎么创造这么多的陶片，这么多……坐在小屋里，我常常感到害怕，我总疑惧电影、电视上那个只有二百多年历史，没有一块陶片的国家，会突然一颗原子弹轰将过来。望着屋梁，我会担心从那蛛网、灰网间的模糊的雕饰中突然掉下一柄沉重的青铜剑，直穿进我的头颅。我怕有一天，我自己也变成了文物。有一天，发起狠来，我拉起工作刀，把桌上刚刚修复的一件"鬲"，一下推到了地上。"啪"的一声，那在地下沉埋了几千年的东西原来如此脆弱，一下子碎成了再也无法连缀的陶片。我修炼了好久的耐性也崩溃了。我必须离开这里，不然早晚我会疯掉。

听说我要调走，馆长拍拍我的肩，从眼镜框上方仁慈地望着我，"你干得蛮好嘛，干下去满有前途……"我只有苦笑。我再也无法忍受这种天天与几千年的破碎的死物相厮守的生活，我想，最合适的，我还是去做与人打交道的工作。

现在想来，也许我当初就不该砸碎那个鬲，更不该托人说服馆长，托人联系到这个"做人的工作"的地方。

北面小学校的运动进行曲又开始了。几乎同时，窗外也传来那熟悉的柔柔、软软的歌声。办公室里的三位前辈，不约而同地放下报纸、茶杯，扭转头，穿过玻璃和竹枝，向天井看去。是她。还是穿着那身衣服，只是脸似乎黑瘦了些。她双臂极其利索地与双腿的扭动相配合，一伸一曲，看似随意却是十分优美动人，扑闪着黑葡萄般幽深多情的眼睛，冲大楼内一扇扇窗子扭摆，左下颌的那颗黑痣，随着嘴角的一收一合，妩媚地一跳一跳。上访的郊区农民以及大楼里的人们，不知从哪里慢慢地聚拢在天井边上，盯着她看。她的舞，她的唱，她的扭动都太美了，但此刻，不知怎的，我感到特别难受。科长很舒服地挥舞着双臂打了一个长长的哈欠，摸了摸秃了的头顶，推开桌上的报纸、茶杯，站起来，凑近窗玻璃，眨动着那对蝌蚪般的小眼睛，十分仔细地瞅了瞅，这才转过身，说"歇会儿，走哟，出去瞧瞧"。

我随着两位"前辈"跟着科长出来的时候，那姑娘正向台阶扭来。那黑黑的大眼睛斜棱着冲我们眨动时，那温软的目光与我对视了一下，一颤，接着便收住了双脚，歌声、舞扭一下子都终止了。

人们惊愕地看着她，好久才喊出来："咦？跳啊，跳啊……"她没听见似的管自弓下柔软的腰身，提起身旁的手提包便向拐角走去。

"回来呀，兰子"，高大的科长，站在我旁边，扯着旷达的嗓门，打着哈哈吆喝。姑娘（我这才知道她叫兰子）猛地转回头，狠狠地瞪了科长一眼。站在台阶上的"观众""嗷——"地一阵叫好。科长并不恼，也讪笑着："这家伙，越来越怪了。"

我知道兰子的离去是因为我的出现，心里不觉有些诧异。她是那么放浪，为什么那点儿小事儿她竟这样羞怯。再者，她为什么会这么放浪、这么泼呢？我感到难过、困惑。几位同事都对我说过，她有神经病，但我觉得，她的表情、言语，还有那舞姿、那歌声，虽有些非常人的蛮野、放浪，但也绝非一个痴人所能做出。那唱词，表面看似混乱，实则内在的逻辑性极其清晰。

我转回身，大家又都回到了办公桌前，拿起报纸、笔，抑或茶杯，我仔细地打量着那块牌子，那几个鲜红的大字。那洁白的牌子和那鲜红的大字，不知什么时候被什么东西涂上了一抹黑灰，但那字依然十分清晰、鲜亮、显赫。我望望那一扇扇窗口，心里一阵愤懑。我不明白这里的人们都是干什么的，为什么不能早一点帮助他们解决。我不明白这些人（包括我的秃顶的科长和几位前辈）为什么宁肯看他们的笑话也不肯帮他们做点事。

下午，科长、副科长都开会去了，办公室只剩下我和另一位"前辈"，人们都叫他老吴。这是一个不错的闽南小老头儿。瘦瘦、小小、白白净净的，戴一副精致的铜框眼镜，永远穿着那套对襟中式外套。说一口变味儿的闽南话。我试探地向他询问那些事，他向上推了推镜框，低声说："哎呀，小李，你不知道呀……"

我真的不知道。我是冤枉了这一扇扇窗户里的人们的。兰子的事情人们并非不给她办。我心里越发沉重。兰子的美丽是能够打动一切人的。但她自己对此却并不珍惜。三年前，村里的主任把她叫到村办公室，插上门要看她的腰带。兰子不从。村主任一边疯狂地捂住她的嘴，一边在她的耳边轻轻地告诉她，事成之后，兰子家里欠队上的三千元钱就免了……

我不知道是兰子家里实在困难，还是这个混蛋主任力量过于强大，我不知道兰子当时是不顾一切地挣扎，还是默默地忍受住那家伙的蹂躏……不管怎样，我总感到兰子对自己的美丽太不珍惜。当这位主任又和别的姑娘"好"上时，却怎么也不承认那三千元钱的许诺。兰子是村里有名的能干的泼辣姑娘，她来到市里告了他。村主任被处理了，判了三年。

老吴特别说明，就是我们科长下去调查处理的。我不由得对科长那高大的身躯、秃秃的头顶连同那蝌蚪般的小眼睛，肃然起敬。而兰子那三千元钱却仍是没有得到。只为此，三年多，兰子一直都在这里"泡"。这就是兰子，美丽的愚钝的兰子！我心里又像压着无数骷髅、陶片，那年代久远的粘满了泥土、尘埃的破碎的陶片……

老前辈郑重地嘱咐我："这姑娘可能缠了，不择手段呢，你可注意着点儿。"说完，便从镜框的上沿儿，用眼白死死地瞅住我。我的脸倏地烧红了。

但我仍是禁不住兰子的美丽的诱惑。

每每与我碰面，兰子便低下头，而我却总愿红着脸偷偷地看她。有时候她也唱，也跳，也扭，但只要我一出现，马上便停下了。这十分显眼，我觉得整座大楼的眼睛都在盯着我，只要我一走动，人们便不约而同地抬起头来。我感到苦恼，我没有了自由。

第二天一上班，科长便让两位"前辈"到隔壁坐一会儿。我心里想，科长要与我谈话。果然，科长走过来，很亲近地拉把椅子坐在我对面。我欠了欠身子，尴尬地笑笑。我知道科长要与我谈什么，虽然并没有什么。科长手里捧着烤花保温茶杯，"咕咚"一口，挤挤小蝌蚪眼睛，嘘了口气才说："小李呀，来这么长时间了，感觉怎么样？"我望着他那沁汗的秃顶，又想起那被我打碎的"鬲"，我想原本就不该将它打碎，原本就不该离开那儿。

"谈谈嘛。"科长压低了嗓门儿，声音极轻极细。我不知道说什么好，感觉怎么样？刚才那些想法是不能谈的。我笑笑，"还可以吧"。科长"哈哈"笑了："可以，可以就好，我就怕你不习惯。"科长说话历来利索，从不打咦咦呀呀的官腔。他问我在部队时的情况，说他也是从部队转来的，刚来总不习惯，总也坐不住。我无法想象，科长会如何地不习惯，我总感到，这里是科长生存的最佳环境。科长"咕咚"一口，把茶吞下去，抹抹嘴巴，站起来，亲热地拍拍我的肩："好好干，慢慢就会习惯的，哈哈，坐功是要练的，没事儿时要好好学习呀，不要东瞅西望。"这最后一句才是最重要的。

我真佩服科长的谈话艺术。可学什么呢？我苦笑了，总难习惯，我无法保证，今后我不再向外东张西望。对科长说的"会习惯"的话，我感到并无把握。

科长坐下刚刚拖过报纸，外面便传来一阵喧嚷声，是两个女人叫骂、扭打的声音。我心一颤，是兰子，我听得出她的脆硬而尖利的声音。

科长很快放下茶杯，站起来，一边往外走，一边叫着："又是兰子这家伙……"

我出来的时候，台阶上已经站满了人。台阶下面，那丛竹子旁边，兰子正和一个四十多岁的衣着破烂、头发灰白的小个子妇人扭打在地上。两个人都满把揪住对方的头发，嘴里不住地叫骂。兰子年轻自然是有力的，总是压在上边。那双大而黑的眼睛，不再那样柔顺、多情，而是闪着一股直硬、粗蛮的光，牙根紧紧咬着叫嚣："再骂，叫你再骂，穷鬼！"

身下的妇人尖叫了一声，双手也随之揪紧了兰子的头发，但嘴里仍不停歇地骂着："婊子，臭婊子……"

兰子身子猛地向上一耸，双手狠劲地揪起身下妇人的头发，"谁是婊子，谁是婊子"双眼瞪得如两颗即刻就要迸出的弹丸，恨不得一下将那妇人的头颅穿透。好看的上衣缩了上去，露出了红丝线织成的腰带和腰带以上白嫩得出奇的肌肤。人们都呆了似的看着，忘情地瞅着兰子的身体，瞅着她的露出来的雪白的皮肉。

科长总是清醒的。科长拨开人们，站到前边，"兰子，松开"。兰子似乎没有听见，仍在扭打、叫骂。

那小妇人已经渐渐没了气力，只一个劲地骂"婊子"。科长一见兰子理都不理，声音便高了："松开，听见没有？！"本就旷达的腔调更高了，震得人们都清醒了。

兰子转过头，哼了声什么，却仍又回过身去扭打。

科长似乎真的火了，"起不起？不起，小李，打电话喊派出所"。派出所几个字十分响亮，十分清晰。两个人一齐住了手，眼珠转着向这边瞅，而手却仍是紧紧揪住对方的头发。

兰子好久才清醒了似的，忽然大叫道："派出所，派出所算个屁。"人们"哈哈哈"地一阵大笑。两个人又向外滚打。

科长的脸连同秃顶都涨紫了。"小李，小李……"两只蝌蚪般的小眼睛四处搜寻着找我。我赶忙挤过去，想都没想便走向兰子。兰子似乎知道我要来，抬头迎着我。我伸手拉她的胳膊，她便乖乖地松了手，站起来，却忽然"呜呜——"地哭了，嘴里不住地骂："谁是婊子？谁是婊子？"我第一次听她哭，竟是那样悲切，心里一阵酸，赶忙拽住她往墙角拖过去。

兰子似乎对科长有一种本能的仇视。她边走边抹泪边又转回头冲科长喊叫，似乎骂她婊子的不是那个小妇人，而是科长。我猛地抖了一下她的胳膊，低声说："别闹了！"听了我的话，她便只是呜呜地哭着，乖乖跟我走向拐角。

我走出拐角，人们还没有散去。人们都在看着我，仿佛干了一件见不得人的事儿。我低着头，我知道科长也在瞪我。我的脸感到刺辣辣地，我自己也不知道怎么就没有去打电话，而是去拽住了兰子的胳膊。主要是这一点，我显得和兰子过于亲近了。我登上台阶的时候，科长高大的身躯猛地转过去，向里走去。我抬起头，人们还在看我，似乎我与兰子一样，也成了一个怪物。

但自此以后，我便得了兰子的青睐。碰面以后，兰子也不再羞怯，有事没事便跟我搭讪。

那天，我下班晚了。刚一出大门，兰子便从门旁大石榴树后蹿出来："哥哥，你怎么这时候才走？"我一愣，心里不由得一阵热。她正冲我甜甜地笑，那眼神太迷人了。我支吾了两句不知什么。我真希望天能一下黑下来。

兰子似乎明白我的心情，"看得出，你是个好人儿，咯咯咯"说着便向我身边凑过来，手似乎还要拉住我的胳膊，"帮帮我吧……"她那水汪汪的眼睛紧紧地瞅住我，"帮帮我，我有冤案呢……"

"冤案？"我一愣，"不是解决了吗？"

"解决？哈哈，解决，他们都是昏官。哈哈，解决，你问问谁得过一分钱？"

我赶忙说："那主任，不是早抓起来了吗？"

"哈哈，抓起来，抓起来关我什么事，我不要抓起来，我要钱……"她咬着牙根瞪着我，眼白很大，一只手紧紧抓住我的胳膊，另一只手捏成拳头冲我晃。

我心里"咯噔"一下，她的脑子是不是真有毛病。我似乎又回到了那个小屋里，心里十分沉重。我愣愣地看着她，好久才说："兰子，你，你要珍惜自己。"

兰子一愣，旋即又"咯咯"笑了，"珍惜，咯……珍惜，我咋不知道珍惜，你放心，我会珍惜。"忽然她住了口，一本正经地看着我，我的脸呼呼地烧着，竟不由自主地向左右路上看了看。好在天色晚了，没有什么人。她忽又"咯咯"笑了，"真是个老实人儿，咯咯咯，好啊，"她似乎很失望，手一挥，

"不麻烦你了，走吧。"那一刹儿，我忽然想，退回去几百年，兰子准是一个女头领。而我呢，我觉得太窝囊，竟也那样听话，乖乖地顺墙根儿走了。

星期六，机关安排到市府礼堂看电影。那位福建老前辈，我的党小组组长老吴，叫住我，"小李，咱俩儿一块儿走"。这是头一遭儿，我知道，党小组组长要与我"谈话"。

老吴推了推镜框，右手亲昵地抓紧我的左胳膊，"哎呀，小李，你咋这么不识相哟"。我知道老吴说的是什么，可我自己又实在不知该说什么。脸憋得发烧，只支吾道"我……我……"老吴似乎并不要求我回答，只一个劲地说下去："那女人是近不得的哟，你怎么能不听科长的话，科长是为你好，小李呀，你可要注意，不要自毁了前程……"

我几乎要哭了，从心里感激这位前辈的教诲。我一个农村孩子，从当兵、提干，到转业，一直到这阵儿上……虽说二十六七岁了，可还是个孩子，管不住自己。"对象嘛，是不缺的。"老吴真是个好人，我一辈子也忘不了，可我……我打心眼儿里怀疑自己是为了对象，可总是，总是禁不住……我想我是没有前程的，起码不会像科长，还有副科长，还有老吴这么有前程。我想哭。

谁也没有跟兰子谈话，她照样跳舞、扭唱，再也不避讳我。没人的时候，她便冲我身上凑。经了老吴的指点，我有些冷静了，便沉住脸，"你回家吧，在这儿不会有什么结果"。

听了我的话，她总是咯咯一笑，"你呀，老实人儿，珍惜，咯咯，珍惜，咯……"知道了我的办公室的位置，她便常常闯到屋里来，要张纸用，借脸盆使，要杯水喝。在众目睽睽之下，我极难应付她的纠缠。我的脸尽量板着，眼睛却总也管不住。我知道，老前辈们对我的每一个举动、每一个眼神都看得清清楚楚。每每静下来，我便常常望着窗外的竹子想那只让我打碎的鬲。也许人要成熟、老成起来，总要创造一件什么东西，无数次地创造，而我却不行，也许我当初就不该转业。

晚上，我在办公室给战友写信。我觉得这生活太难了，我不知道当初该不该来到这个鬼地方，我从来也没有想到"做人的工作"竟然这么难。我不知道我究竟该怎样去对付兰子，不知道我不为找"对象"，为什么还那样禁不住兰子的诱惑。胆汁质，是不是胆汁质害了我……我告诉战友，有时候真想大哭一场。这么写着，心里便难过，眼里便潮乎乎的，有满泡的泪在滚动……就在这时，门开了。一股醉人的香味吹过来。

兰子，我知道是兰子来了。

我放下笔站起来，她就那样站在门口，日光灯就在她的头上。她是精心地打扮过了，灯光映着她的白底儿碎花儿的上衣，格外清爽。她的脸刚刚洗过，白嫩得出奇，像一层透明的油脂，隐隐透着红晕。黑大的眼睛，水汪汪地瞪着我，下眼皮吃力地支撑着，似乎稍一松弛，那满汪的水便会溢出来。微微绽开的稍厚的嘴唇，红润润地闪亮。

"哥哥……"她笑了，笑得很甜，长长的睫毛，像两扇轻巧的门，忽闪忽闪的。那满汪深黑的水，却并没有流出来，像微风吹动的两眼深潭。她两只手在身后，轻轻地把门关上。我一惊，"别，别……"嘴里含混地叫着，心里却恨不得这世界赶快沉落。

兰子头调皮地一歪，退一步倚靠在门上："咋，热吗？"真的，真有点热，我慌慌地点头。"咯……"她头摇着大笑，"真是个老实人儿，"她娇小的鼻子往上一抽，"热死你！"我的心猛一热，像喝多了酒，微颤着呼呼跳起来。我掏出手绢拭汗，触到太阳穴，我听见心"咚咚"地响，像有人在楼板上跳。

她站到我的对面，眼睛死死盯住我。我听见她的嘘嘘的呼吸声，粗重而不匀称，却是十分魅人。

两眼幽幽的深潭，水波荡漾。我看到我的模糊的映像是那样丑陋。我再也不敢与她对视，我想那眼睛会吞没我。但我仍然挣扎着要抬起头。那光强强地压住我，我便只能在她的身上溜。我这才看清她的月白色的上衣上的碎花儿原是无数个鬲的图案，完好的鬲，被加工得那样漂亮。

我一震，心里一阵窒闷。

鬲在兰子的高耸的胸部一起一伏地颤动，那鬲，似乎永远是我的对头，我产生了一种冲动。我要砸碎它，可心里同时又在挣扎着，要去抚摩那完好、漂亮的扃……这时"嘭"的一声，停电了！整个世界都变得一片漆黑。

我与兰子似乎同时喊了一句什么。那该或不该发生的什么，今晚是要发生了，我无奈而又有几分焦渴地想。白天的一切似都不存在了。嘘嘘的喘气声更响了，像在催逼我。

我听见对面"咔愣"一声，是茶缸滚到了地上，"咔棱棱"在地上滚动。一股热乎乎的气流喷到我的脸上，兰子一把抱住了我的脖子。温软的散发着肉香的身体，紧紧地拘在我的身上。丰厚、潮润的嘴唇在我脸上和嘴上四处亲吻，高挺、酥软的胸脯顶在我的胸前，我感到喉头发紧，浑身都在融化，我的手、双脚、全身都有一股簌簌的气流在流动，我想哭，泪水不住地往外流，我不自觉地将兰子温软的身子抱紧……

突然一道毒毒的白光唰地刺破了裹得紧紧的夜幕，我与兰子同时机灵了一下，来电了！一切又都亮如白昼。兰子的满含泪水的双眼惊恐地望着我，双臂仍然搂得紧紧的。那粒妖媚的黑痣，红润的嘴唇，似乎都在颤抖。黑黑的双瞳，燃着两道光束，火辣辣地向我射来，似乎要把我燃着、烧化。

我不由得打了一个冷颤，似乎猛醒了一下，我慌慌地推开她的双臂，一侧头，看到紧贴着窗玻璃的那对小眼睛。我像见了妖怪，见了毒蛇。那是那小妇人的干瘦的脸……

也许，那次我不该去拉她，也许我不该那样真诚地劝她回去。兰子没有看见窗外的小妇人，只看见我的退缩。她"嗯！"地哭叫着跺了一下脚，那黑黑的深潭般的满泡的泪终于滚出来。她哭着跑开了，我一个人在办公室里坐了一夜。

早上一上班，人们便用一种幸灾乐祸的眼神望着我。连老吴也不愿与我多说一句话。科长仍是高视阔步，小眼睛眨动得更厉害了。我知道，他一定在心里研究着怎样与我谈话，怎样处分我。科长一进院门，那小妇人便跟在他屁股后边嘀咕。我知道，人们眼睛告诉我的一切都是真的，我当初的料想也是真的，我不会有出息的。

下午，老吴把我叫出去。就在窗外小胡同那堆炭灰那儿。

炭灰被雨湿过了，结成一块一块的硬疙瘩。我又想起那蓝白的火苗，只遗憾，那火苗再也燃不起来了，这淋湿的炭灰，几百年后、几千年后不知会不会成为陶片什么的……老吴似乎很不好意思，扯扯本就十分熨帖的上衣，戳戳镜框，瞅着那堆炭灰，好久才说："嗯，小李呀，这个，党小组讨论，决定，嗯……"

我苦笑笑，我知道他是传达科长的意见。老吴说："这个，觉得嘛，这几天，你最好不要来上班了，在宿舍，把你，你参加工作以来，这个……情况嘛，这个……"

我觉得一阵憋闷，我发急地说："停职检查？"老吴一愣，脸红红的："这个，不，不，这个嘛，情况，这个，大家都清楚嘛，这个……"

我狠劲地点一点头："知道了，我回宿舍，啥时候交？"

老吴一个劲地摇头，又紧握住我的手："这个，不用急，什么时候写好，什么时候交，就行……"

我说："好！"转身离开。老吴又扯住我，看看左右，然后低声说："这个，嗯，小李呀，不要灰心，青年人嘛，前程还远呢……"是啊，前程还远，老吴说了句真话。可我知道，等我交上了"检查"，我的工作便会随着档案袋的加重而变动，当然不会去扫厕所，只是，我知道，我还是不适合做"人的工作"的。我又想起了在部队时战友说的那句话。我收拾好东西，装在马桶背篓里，提着向外走去。

天快黑了，可办公室里的三位"前辈"们还没有走，我知道，我走后他们还有一段议论。

走到门口，刚一踏上台阶，兰子便不知从哪里蹿出来。

我心里"咯噔"一下，刚刚不到一天，却仿佛隔了许久，许久。我还是禁不住，又去看她，她还是那样迷人地冲我笑。她不知道这一天发生的一切，她感到自己受了委屈。当她见到我鼓鼓囊囊的马桶包，眼睛一跳，吃惊地问："你这是——"

我轻轻地一笑："出发。"

"噢，咯咯，吓我一跳，"她又凑上来，拉住我的胳膊。我

327

没有动，她努力地贴紧我，仰起脸，嘻嘻笑着："你还是得帮我的忙。"

我心里一阵失望，看来那三千元钱对兰子确实重要。我轻轻向后退了退，冷冷地说："兰子，你还是回去吧，你那事儿，不会有结果。"她愣了一下，接着噗地一笑："哥哥，我那事儿，你都知道了？好啊。"她那高耸的胸部，一颤一颤地向我身上顶来，"那你就更得帮忙了……"

我赶忙抓住他的胳膊："兰子，听着，聪明点儿。"

她的媚笑收住了，像一个小学生，仰起头，专注地盯着我听。

我忽然觉得自己太残酷，便放轻声音说："回家去吧。"

她执拗地甩开我的手，叫道："早知道你不会帮忙，哼，回，简单哪，那么大的事，三千块钱哪，回？！"她似乎很感委屈，我连忙说："你要算开账。喏，三年的时间，你干啥不能挣三千块钱？"

她的眼睛似乎亮了亮："干啥呢？"我一怔，干啥呢？"打工，或做个买卖，干什么都可以呀。"

她又"咯咯"地痴笑起来："你呀，大老实人儿，做买卖，哼，那是好干的呀，做买卖，咯咯咯……，做买卖……"兰子就那样走了，"咯咯"笑了两声，嘴里又轻声哼唱起来，半扭半舞着向门里走去。临到石榴树旁，她转回身，我又看到那两潭幽深的似要满溢上来的水……

我没有动，直看着她向里走。我想，我的劝告对于雨檐下平台上那些泡着的乡亲同样无效。我忽然感到，远古与今天并不遥远。我又想起那些陶片，想到鬲。远古，多少先人们为填满这个器物以及夺回这器物象征的东西，征战厮杀。几千年的黄沙水，将那些零散的陶片沉埋，而流传下来，生发出来的是那与此相通的更零散的无形的图腾。但是我与他们，不论远古的先人还是眼前的乡亲，又有什么不同呢。我也深陷在鬲中而不能自拔。我与他们的不同就在于他们比我更自在更轻松。

太阳落了，西天边满天红霞。老石榴树的密密丛丛的枝杈向前伸展着，将那满天的霞光分隔成一绺一绺的光带，像红艳艳的布片。兰子舞着唱着迎着夕阳走去，渐渐，她那漂亮、柔软的腰身被晚霞染红了，也被石榴树古老的枝杈分成一绺一绺。外面，小巷的那一边，汽笛和哨音仍在响着。

我长长地出了口气，我再也不后悔，那只被我打碎的鬲。只是，我与兰子的事情是否真正有了了结，心里仍有些沉重。

粮食

　　小夏一醒来，迁子便说，我得回去。小夏一愣，回去？不是说好了今年在这儿过年，怎么又要回去？迁子说不行，我得回去，我今晚做了个梦，老家的庵子里有亮儿。一开始我以为是灯，那亮儿越来越大，越来越红，到最后整个成了一座火房子，不是火，像烧红的玻璃一样透亮。里边还有人，越看越像我爹，跟他在家时一样，蹲在炕沿上抽烟。小夏笑了，你是想那庵子了。迁子摇摇头，不是，像有什么事。是着火了？小夏不经心地说，着了就着了，那破庵子你还去住？你往后就住我这儿不正好。迁子还是摇头，不是，我琢磨是我爹回来了。小夏又笑了，你爹不死了五六年了。迁子瞪一眼小夏，小夏便止住笑。迁子这才说，那时说死了，谁也没见着，给赵保原那土匪带路，几个月不回来，都估摸是死了，也没见尸也没见信

330

儿。小夏便也认真了，那也没准儿，你就回去看看。迁子说，我醒了半宿再没睡着，那火房子亮啊，我老远就觉着烤得浑身冒汗，一开始迷迷糊糊的就像小时候让爹搂着那滋味一样，后来比那就热多了，热得我一个劲儿地扒衣裳。在那以前我好像在山顶上，冷得我直打战战。小夏笑了，我夜里醒时看你把被子都蹬了，身子冰凉冰凉，我又给你把被子掖上了。迁子说，不是，那时我醒了，我知道你给我掖被，是在那以后。我回去看看，要是我爹没回来，我一天半日的就回来，过年不耽误。小夏说，好，你回去我不拦你，就是你的腿，能行？迁子脸便红了，说，没事儿，基本好了。说着便下地走，还是一拐一拐的。小夏说，你坐着，我再给你上点药，伤着骨头了，走累了还要反复，你不用急，慢慢走。迁子心里一阵一阵地发热，发誓回来好好待小夏。

迁子穿上小夏买的皮袍子，背上沉甸甸的褡裢，扣上翻着金黄金黄的长毛的皮帽子。开门往外走的时候，天刚刚放亮，街上行人很少。腊月的早晨，很冷，地冻得冰硬冰硬，走上去"咚咚"地震得右腿伤处隐隐地发痛。

走到玉记烟馆门口，迁子不由得停住。抬头望着那青龙彩凤缠绕的门楼下边那块镏金牌匾，恨不得一枪扫了，要是有杆枪就好了，他又想起了那几个腿子凶凶的嘴脸。咬着牙根想，要有枪定给那些狗日的脸上多扫几个眼子。

迁子爬上嬷嬷山顶的时候，天已经快黑了。站在山顶上可以看见村头的那片赤杨林子和老吴家白白的山墙。老吴家的白山墙上那方小西窗已经亮起暖暖的红光。一看到那暖暖的灯光，迁子心里便一阵热乎，脚下便快了。迁子想，若没这该死的褡裢，他就抱头滚下去，那太便当了。

走到村头，正是吃夜饭的时候。天很冷，一般碰不上人，但迁子还是将狗皮帽子挽起来，把皮袍子大襟儿抻一抻，拍打拍打身上的雪，将肩上的褡裢往上拉一拉。做着这一切的时候，迁子心里有一种按捺不住的激动，一开春儿他便离了这个村子，现在回来，尽管村子里没有他一铺炕，他还是感到暖融融的。穿过那片林子，便可以看到老吴家的大门，白蒙蒙的炊烟在老吴家的房顶上缭绕着，把饭香带出来，迁子感动得流泪了，他真有一种回家的感觉，十分强烈。

迁子向老吴家走去。老吴家的正抱了满满一抱草从草铺子出来。看见迁子却没看见似的，径直向里走。迁子正要喊，见她猛踢一脚身前的一只卷毛狗，滚，你这贼！卷毛狗"昂唧昂唧"叫着跑了，迁子心里像插进一支冰骨棱。"呸"地吐一口，转身向回走，心里却越来越凉，顺着街路慢慢地向前走，几声狗叫"汪汪"地传过来，接着是熟悉的说话、送客人的声音。迁子一下子冷静下来，明白自己刚才是多么糊涂，自己算什么东西，跟人家热乎什么？那种温馨离他很远，那炊烟便也冻住了。迁子吸口气，重将狗皮帽子的"耳朵"放下来，扣紧，转身向村北绕过去，他不想从老吴家门前过，这条街上乱人多，他不想再碰见什么人。他忽然有了一种做贼时也没有的感觉，脚步尽量地放轻，生怕惊动了什么人。一拐一瘸的脚步踩着村街上冻硬了的积雪，"咚咚""咚咚"，单调而喧响，像踩在他自己的心上，心里便不住地发慌。

走过粉坊，迁子才喘出一口粗气，脚下也便放肆了，一拐一拐地不去掩饰。就要到东山根了，再爬上一道坡便是他的庵子，兴许老爹早已经烧热了炕、做好了饭等他回来。爹没走以前每次他从外边回来都是这样。

迁子一抬头，看到前边雪地里一个黑点在向这边移动，心里"怦"地一沉。那黑点看不清是谁，只可以看出是个很高大的汉子。迁子憋足了劲努力地使步子不拐，还是不行，干脆停住，耐着性子等那汉子过来。

那汉子越走越近，已经看得清那肥大的棉袍上斜挎着的大肚匣子。大个子袖着手低头走得很急，那匣子随着一叉叉的大步一上一下地跳动，匣子尾部的红绸子一跳一跳像一团暗红的火苗，迁子心里一愣，是武队长，武队长到这儿来了！迁子激动得不知怎样好，想往前迎，想到右腿便住了，袖紧手，恭恭地侧身站着等。

武队长直走到迁子跟前才停住，脸仍旧板着，迁子便知道武队长有事。眼看迁子的时候，武队长却露出暖暖的笑："迁子！"

迁子赶紧应："武队长……"

"迁子，几年不见，可好？"

迁子脸红了："嘿，……"

武队长大手拍拍迁子的肩膀，十分亲热，迁子感动得直想哭。迁子立住不动，窄窄的路堵住了，武队长便侧身从他脚旁踏雪走过去。

迁子慌慌地转回身："武队长——"

武队长停住，转回身，笑眯眯地望他："有事儿迁子？快说。"一边说着一边搓手，不时地送到嘴边呵着，"嘿，好冷的天。"

迁子看武队长的黑袍子很薄，心里却暖和了许多，伸手到褡裢里掏摸出一瓶酒。

"武队长，喝口，真正的米泉烧。"

武队长"呵呵"笑着接过去，真的撕开封蜡，"滋儿——"地喝了一口，"呵——"地呼出一口热气："暖，真暖和啊……"

迁子望着武队长把酒喝下去，又伸手从褡裢里摸出一块黑黑的石头状的东西："武队长，这儿还有狗肉呢，你吃口。"

武队长接过去，在手里掂了掂："这是狗肉哇是石头？哈哈哈。"笑着又仰脖喝了口酒，然后将瓶子和狗肉一起还给迁子，"好，你拿回去，有空我去你那儿喝，好不好？"

迁子直望着武队长的身影在灰茫茫的雪景里由大变小，消失在粉坊后边的那片赤杨林子里，这才折转身向东山走。

东山坡缓一些，但雪更厚，根本寻不见路，迁子却劲头很足。和武队长的相遇，给迁子添了不少劲头，似乎不是武队长喝了他的酒，而是武队长请他喝了酒。他一瘸一拐，一插一拔地往山上爬，累和冷似乎都不觉得，腿也痛得轻了。

爬上半山腰，抬眼就看到那幢庵子了，迁子一下子跌进了谷里，什么光亮也没有，黑乎乎的一片，他知道完了，那梦捉弄了他。力气好像一下子也绝了，腿也疼得厉害了，骨头里边一跳一跳。出了一身的汗，这时候让山顶的风一吹，身上贴着皮肉便结了一层冰。

山庵黑乎乎的怪物一样立在山顶的一个凹地里，四周填满了雪。房顶让雪厚厚地压了，门却开着，黑洞洞的。这时天已经黑得很深了，那门里头黑得十分令人害怕。迁子是胆大的主儿，这会儿却感到头麻麻地发炸。回头看看，村子依着泊地的赤杨林子，家家亮着温温的火。迁子感到那个世界离他十分遥远。迁子咬着牙根往前爬，一边爬一边问自己，回那个黑洞洞的庵子去干什么？他是春天走的，庵子里一粒粮食也没有。可是回村子里他又能到谁家里去，有谁愿意收留他这个贼！他明白，死活都得回这个庵子。褡裢里倒是有几块狗肉，几瓶酒，再就是"捞"来的票子。那东西倒是挺多，好几捆，但出不了山在这冰雪的世界里不如两把草有用。迁子右腿一阵阵地抽痛，半边身子也带得麻了，再向上爬都很费劲。他知道，那个小屋，黑黑地张着冷冰冰的大口的山庵子对他意味着什么。

身后传来几声鞭响，迁子禁不住又回头看那温温的一星一点的灯火。那火势很弱，却有一种很强的力在牵拉他。迁子又想小夏，小夏这时候肯定躺在温温的床上，她在想什么，会不会做他的梦……

小半夜的时候，迁子终于爬回庵子。推门，"腾"地蹿出两只不知是狐是狗的野物，迁子吓出一身汗。爬过门槛一头栽到地下便昏晕过去。地上铺了一层雪。

醒来的时候，听到"咔吱咔吱"的踏雪声。迁子机警地滚到门边，想爬起来，右腿钻心地疼，整个半边身子都麻了。来人踏进门槛立着一动不动，是个大个子。

迁子说："拿吧，在炕前褡裢里，不少呢。"

来人猛转身"哈哈"笑了："你倒挺爽快。"手里"扑"地扔下半袋子什么，走过来，见迁子躺在地上，便蹲下来扶他，扶不动便将他挟着抱到炕上。

迁子问："你是谁？"

来人答："朋友。"说着将门关上，划着洋火满地里照。迁子这才看出来人紫红的大脸膛，是条像样的汉子。迁子问：

"找什么？"

来人说："不是有狗肉吗，还有酒……"

迁子一下子明白了，知道是武队长的人，心里一阵滚热，溜下炕，右腿也不麻了，仍旧痛，一拐一拐地找出锅盆，出门用雪擦了，用两块砖头架住，抱一捆柴，在地当央点了。

烘烘的火蹿起来，映亮了山庵，烤暖了迁子的心，两个人各拿了一根柴扦子串着狗肉喝酒。一会儿便吃出了汗。

"武队长呢，怎么没来？"

"嘻，跟你一样，腿打坏了。"

迁子脸倏地发红了，将右腿向里抽一抽，偷眼看那汉子。武队长是何等人，自己算什么东西。汉子将一块狗肉吞了，忽然停住："哎，对了，武队长说你腿伤了，让我捎贴膏药给你贴，还有那一袋子棒子面给你过年，没麦子面了。"

汉子说着已经从怀里掏出一个纸包递给迁子。迁子傻傻地接了。那膏药用纸包着，像块烧红的炭，暖暖地将迁子全身都烧着了，烧得眼睛湿湿的有水渗出来，这才想起问："武队长……武队长他怎么伤的？"

大个子说："嘻，那还用说，让鬼子枪子打的呀，你他妈肚里缺粮，我们哪，"汉子拍拍腰里，咣咣地响，迁子这才知道他也带着匣子，"这玩意儿缺粮……"

这时候天已经快亮了，山下村子里的鸡一个跟着一个叫成一片。汉子要走了。迁子喝多了，抱住汉子不放："武队长，老武，我跟你说实话，我他妈算什么，我是贼呀，让人打断了腿，我没出息呀老武……"

汉子走的时候，迁子已经趴在炕沿上睡着了。汉子将他抱上炕，用酒给他右腿擦了，又贴上日本的膏药，然后出门寻了一抱草，全都捅到炕洞里，点着，这才带上门走了。

迁子醒来已是第二天中午，迁子爬起来，溜下炕，想起昨晚的事，心里仍旧一阵一阵地激动。试试右腿，竟不太痛了，走一走，还有点拐，但轻松多了。望着炕前那半袋子棒子面儿，心里暖融融的，他想他得做点事。

迁子又喝了几口酒，吃了一点凉狗肉，从褡裢里掏出一沓子票子便下山了。

迁子开了大价钱从老吴家租了一头花斑骡子和一挂爬犁，自己赶着向海城拉。这时候已经起风了，西北风扫着雪粒子漫天飞，迁子却并不感到冷，身上热乎乎地出汗了。下坡的时候，爬犁一溜烟跑得飞快，迁子还是不停地打骡子，他感到痛快极了，浑身上下有使不完的劲。

赶到城里，天已经黑了。迁子赶着爬犁在城东墙根底下转了一圈儿，还是决定不去找小夏，便赶着爬犁直奔城北警备队旁的小酒馆。

小城这时候很静。警备队门前只有一个大个子卫兵提着枪在那里游荡。迁子从酒馆里出来，提了两只烧鸡和几瓶酒一拐一拐地向卫兵走过去。

卫兵见有人来，端枪逼住。

迁子扬扬手里的东西："贾儿，怎么不认识了，我找你王队长。"说着拽出一条鸡大腿便往卫兵手里塞。

卫兵一边推辞一边堆笑："是老杜啊，怎么不认识，王队长今儿早起还说你呢……"

迁子大摇大摆地走进去。

半夜的时候迁子出来，扛了两只大箱子。卫兵倚在门边上迷糊，听见声音眯瞪着眼问："怎么走啊老杜？"

迁子说："走了贾儿。"卫兵说："么玩意这么沉？我帮你。"

迁子连忙说："不用了贾儿不用你，我迁子有的是力气……"说着专拣黑影里走，小跑步赶到爬犁跟前，把箱子冲爬犁上一扔，便"驾"的一声赶骡子跑。骡子一听招呼，撒开腿便跑，迁子在后面一拐一拐地追着好一会儿才爬上去。

这时候警备队院里大呼小叫冲出几个人来，为首的是一个秃头麻脸的大个子，满脸通红，敞着怀端着匣子喊："杜迁子你小子不仁义，拐我的东西我要你的命……"

迁子爬上爬犁便拼命打骡子。这时后边枪响了，"叭叭——叭叭——"

迁子打着骡子跑得更快了，但还是没有跑过枪子儿。就要拐弯了，一颗子弹从迁子的后背"扑"的一声穿过去。迁子一下子扑倒在眼前的两只箱子上。

骡子还在拼命地跑。迁子伏在箱子上感到很舒服，血顺着伤口流出来，流湿了衣服，流遍了车厢。奇怪的是，迁子并不感到痛。

骡子顺着来路"嗒嗒"地冲山里跑，爬犁一上一下地颠，迁子胸脯被箱子硌着"咻——咻——"地往外冒血泡。迁子感到像喝醉了酒，脸上、身上暖暖地发烧。他感到很高兴，总算给武队长干了点事。他又想起小夏。他想小夏这时肯定睡了，她应该做他的梦。他想这回要是不死，他也不回海城了，他打算回来跟着武队长干。

风这时停了，雪粒子也不飞了，迁子感到热得要命。皮袍子太厚，要是武队长那样的黑布袍子这时候穿着合适。他想脱皮袍子，身子很笨，便索性依旧趴在那儿，只用手去解纽襻，解不开，便撕。他感到热得受不了，浑身上下像着了火，双手便不停地在领口、胸前撕抓。

天亮的时候，花斑骡子拖着爬犁爬上了嬷嬷山口，已经累得"呼呼"直喘，还是跑。迁子这时已经睡了，睡得很沉。花斑骡子见到村头那片赤杨林子和老吴家的白山墙便"咴咴"地叫着扬鬃奋蹄冲山下跑。"咴咴"的嘶鸣声传得很远，满村的人都冲出来看，村头挤得满满的。

迁子仍旧伏在木箱子上睡，血已经将木箱染成了红色。有认识的说那里边盛的子弹，老吴家的不解地皱着眉头："这贼偷些子弹做啥？"

雪这时铺天盖地地落下来。

恋歌

武队长被一阵刺耳的猪叫声吵醒。

除了猪叫，还有一个陌生男人的声音。不是村长，村长的声音粗。武队长记得昨天夜里村长说过这家是烈属，没有男人，就芝子和她老瞎妈。武队长还影影绰绰记得芝子瘦小的身影，还抹不过村长的胸脯。看样子也就十四五岁，却长了一双漂亮眼睛，黑葡萄似的，又圆又亮……

猪叫声渐渐远了，说话声也没了，小院又静下来。武队长感到很累很乏，便继续睡下去。再醒来的时候，太阳已经升起老高了。

芝子坐在桌前低着头想心事，脸红扑扑的，头发挺黄，稍微有些卷曲，倒显得十分清秀。又黑又亮的一双眼睛正愣愣地瞅门前射进来一道尺把宽的光柱，里边无数的小灰粒正沸沸扬扬地跳动。武队长看芝子微微锁住的眉头，心里忽又感到芝子不像是十四五岁，十四五岁不会有那么重的心事。

桌上放着两大碗水饺。武队长心里一"咯噔"，这年头吃上饭都难，不知这娘俩费了多大的心思。武队长又想起昨晚进门时芝子的老瞎妈端着灯站在门口的样子，村长说五婶端着灯在那儿等了半宿。武队长心里一阵热浪翻涌，眼窝便湿了。

听见响动，芝子转过头，见武队长醒了，便笑了："快洗脸吃饭吧，天都快晌了。"说着便站起来，将地上的木盆端到炕上给武队长洗脸。武队长问："芝子，你们哪来的东西包饺子？"

芝子一笑："反正是有东西，没东西还能包出来？"说着便"咯咯"地笑，手里拧着毛巾给武队长擦脸。武队长忽然想起早上的猪叫，便问："芝子，是不是把猪杀了？"

芝子说："哪儿，那么点个东西就能杀？"

武队长说："我怎么听见猪叫？"

芝子看武队长一眼，才说："那是三叔赶集，我妈叫他捎着把猪卖了，那个东西早该卖了，光吃东西不长肉。"武队长心里有数，便没了吃饺子的胃口。

下午，芝子来给武队长换衣服。

褂子稍微小一些，穿起来便有些费力。武队长问："这是谁的衣服？你哥的？"

芝子脸唰地红了，好久不说话。一个一个给武队长系好扣子，这才说："俺汉子的。"

武队长愣了，吃惊而疑惑地瞪住芝子看。芝子已经低下了头，有泪"啪嗒啪嗒"落下来，武队长便明白了。再看芝子，便不是十四五了。

再见面时，芝子要给他侍候这、侍候那，武队长便很不自在。

芝子倒是更大方、更亲近了似的。见面便喊哥，甜而脆亮，叫得武队长心里热乎乎的。

武队长发现芝子有一副好嗓子，便说："芝子，你这嗓子能唱好歌儿。"

芝子脸便红了，咬着辫梢儿，一边抹桌子，一边说："你愿听歌儿？"武队长笑着点点头："愿听。"

芝子便说："你要愿听，俺给你唱一段儿，一年多没唱了，你别笑话。"

武队长没想到芝子会这么爽快，便赶紧说："太好了，你快唱，我耳朵眼儿痒痒得难受。"

芝子便握着抹布直起腰，圆圆的黑眼睛看住窗外慢慢飘游的云彩，唱：

大辫子甩三甩呀

甩到那弥河崖（yai）

冷上那开水呀

等我的郎哥来……

唱着，芝子眼里便有泪直打转转。唱完了，芝子脸红扑扑地看一眼武队长："唱得难听，大哥别笑话。"

武队长忙说："唱得真好，往后你愿唱就天天唱给我听……"

芝子竟哭了，泪唰唰地流出来。扔下抹布，捂住脸，快步走出去。武队长一愣，不知自己说错了什么话。

过晌，芝子来厢房洗衣服，已经十分平静了。见武队长就又笑："大哥还听歌儿不？"好像完全没有上午的事。武队长脸便红了，连忙说："芝子，头晌是我不好，不该叫你唱……"

芝子眼圈儿又红了："俺愿唱，头晌是俺不好。你不知道，俺自从汉子死了，一年多没唱了，一唱就想起他……"

武队长说："我没想到……"

芝子说："不怪你，你要听你就说给俺，俺愿唱。"

武队长身体一天天硬朗起来，只有右胳膊发麻，握不住枪，他便用左手提了匣子，天天对着猪圈北边的那株香椿树上的麻雀练，练了十多天，喊声"行了"，便让芝子找村长跟区里联系，他要归队。第二天晚饭后，村长便跨进小厢房。武队长正在擦枪，见村长来了，赶紧起身让座儿。

村长托着烟杆儿在炕沿坐了，武队长便催："村长，你得抓紧给我联系呀——"

村长吐口烟，说："你别急。"说过仍旧闷头抽烟，像有多大心事似的。太阳光从门上亮子射进来，正落在村长半边脸和右肩上，那酱紫色的脸便显得质感极强，像铁打的一样。吸净了一锅烟，村长将烟锅往鞋帮上磕磕，收起来别进腰里，这才看着武队长的膝盖说："老武，有个事儿跟你说说。"

武队长心一提，催着村长快说。

村长回头看看院子和北屋，这才侧过脸，盯住武队长的眼睛问："你看芝子这孩子怎样？"

武队长没怎么想便答："不错呀。"

村长说："可得说心里话呀。"

武队长说："自然是心里话，真的不错。"

村长便说："好，我再问一句，老武你老家还有没有家口？"

武队长一下明白了村长要说的事儿，脸就红了，急忙摆手："村长，你快别乱点……"

村长连忙说："怎么是乱点？我看你俩正合适。"

武队长还是摇头："不行，咱个当兵的，不知今儿死明儿活，又是个残废，别糟践人家芝子……"

346

村长说："你看你，老武，怎么说起了'糟践'，人家满心里愿意……"

武队长想起平时芝子看自己时绵绵的眼神，心里便热乎乎的，却依旧摇头，依旧说："不行不行……"

村长见劝不动，便起身要走。看着村长站起来，武队长忽然有了一种失落的感觉，从心里不愿村长这就走，只是话已经说到了份上，也不好再留。村长说："老武，你可好生想想，人家芝子等着你的回话儿呢……"

武队长"嗯嗯"应着，送村长走到大门口，转回身，看到北屋门口一个影子在动，心里便一颤。犹豫了一刹，还是抽身回到屋里。

武队长坐着呆愣了好一会儿才吹灯爬上炕。被子刚黑天芝子便焐着了，这时候温乎乎的。武队长刚一躺下，闻到一股淡淡的香味儿，爬起来摸摸枕头底下，软绵绵的，是一副针绣的鞋垫儿，武队长划火点亮灯，雪白的底线上，绣了一对芽芽葫芦，被绿绿的藤蔓纠缠在一起……

武队长心里"怦怦"跳得脸发烧，急忙吹灭灯，芝子那小巧、黑红的脸蛋便在眼前冲他甜甜地笑。

第二天鸡刚叫过头遍，武队长便被一阵枪声惊醒，一下坐起来。仔细一听，并不很近，可能是在东浪暖，声音很密集，一色的大盖儿和歪把子。是区里的同志又回来了？他心里便

"怦怦"地急跳，刚刚摸出枪，芝子便领着村长闯进来，芝子脸煞白。村长说："快走，到后边地窖里躲躲，鬼子包围了东浪暖，说不准哪一时儿就来咱村了……"

武队长跟着芝子和村长从猪圈北边的夹道穿过去，蹲下。芝子和村长扒开西墙的几块石头，便有一个木门，是一个能容两个人躺下的大洞。芝子将武队长硬推进去，说："你在里头不要动，不叫你千万不要动。"像嘱咐孩子似的。

武队长弓身站在洞里，转身都困难。村长说："你坐下来，躺着就好了。"说过，便和芝子将木板堵死，又将石头原样砌上。洞里便黑了，洞顶上一个手腕粗的圆孔，透进亮儿来，像轮小月亮。

外边枪声仍旧很急，只是声音显得遥远了。武队长心里便又揪紧了，不知道鬼子为什么包围了东浪暖。想得累了，便倚在洞壁上睡了。醒来的时候，天已经快黑了，芝子打开洞门，头探进去，武队长吓了一跳，一下子坐起来，一看是芝子，赶忙抓住她的手："怎么样？"

芝子像是老了许多，满脸的疲倦："没事儿了。"声音很轻很小。武队长爬出洞口忽然闻到一股很浓的腥气，心里一紧，这才看到芝子身上、脸上沾满了血污，赶忙问："芝子，你这是……？"

芝子便哭了："东浪暖，东浪暖完了，一村子一百多口子都……"芝子说不下去了，捂住脸呜呜地哭。

武队长头便大了。两个人来到厢屋，五婶和村长都坐在炕沿儿上，村长闷着头抽烟，身上、衣袖也沾满了血污。五婶倚着墙壁空望着房顶骂。

武队长进门，村长点点头，依旧坐在炕沿上，一边"嗞嗞"地吸烟，一边骂："东浪暖完了，这些狗×的王八蛋……"顿了一会儿，抬起头，盯住武队长，老眼里红红的，含满了泪，"我们埋了整整一天……"

武队长身上一阵凉麻，眼前便堆满了尸首和血污。心里有火一燎一燎地往上蹿。仍旧憋不住，便问："有没有……见着区里的……？"

村长泪眼瞪住武队长，好一会儿说不出话。武队长便明白了，抓住村长的手："谁？"村长眼里的泪终于滚出来，哽咽着说："王区长，还有几……"

武队长头"嗡"地像被敲了一棍。

这一夜，紧傍着东浪暖这个死村的西浪暖谁也没有睡着。天似乎一下子进入夏季了，反常地燥热。夜很静，早上的枪声似乎没响过，可是王区长他们，已经不在这个世界上了。武队长想着心里便一阵阵地发酸、发狠。猜不透王区长到底为什么事到东浪暖，又怎么让鬼子知道了，心里便有一种难抑的急切。

武队长开门走出来，外面下起了小雨。第一场雨，很凉。芝子一个人呆愣愣地坐在厢屋窗前的石板上，无遮无拦，在雨里淋着。武队长走过去，夜色里见她满眼里泪汪汪的，便扶她起来，一起走进厢屋。

芝子倚着炕沿儿，泪眼直盯盯地看着武队长。武队长一抬头，那泪水便哗哗地流出来。

外边有鸡"勾勾"地叫，窗户开始发白。两个人这时都平静一些了。武队长说："芝子，我想明儿走。"

"明儿走？"芝子一愣，眉头皱着盯住武队长好一会儿，刚刚干爽的眼睛里又湿了，"再住一晚不行？"

武队长从芝子湿漉漉的眼窝里读出了什么，好一会儿，这才点点头："行……"

第二天一早，芝了推门进来。武队长还躺着。芝了走到炕前，直盯着武队长的眼说："昨晚回去我跟妈说了，咱俩的事儿今儿就办了。"说得十分肯定，十分严肃，惊得武队长一愣一愣，心里"扑腾扑腾"地热跳，嘴里还是说："芝子，不行……"

芝子已经转身向门外走了。武队长赶忙爬起身，把芝子叫住，芝子转过身，紧张地看着武队长。武队长说："芝子，我有话跟你说。"芝子便向前走一步。

武队长说："芝子，我是个背着脑袋干事儿的……"

芝子说："我知道。"

武队长又说："我明儿就走了，这一去说不准多会儿能回来……"

芝子说："我知道。"

武队长说："打仗可不是闹着玩儿，王区长他们你看见了，说不准今天就……""死"字还没有说出来，芝子便捂住了武队长的嘴。武队长心里一热，抓住芝子软软的小手："芝子，我说的都是实话……"

芝子眼里已经含满了泪："你别说了，我问你一句，你到底嫌不嫌俺……"

武队长抬眼看芝子，心里禁不住一颤，见芝子亮闪闪的泪眼死死地盯住自己，便从心里跳出两个字，声音低得近乎耳语。

芝子眼里的泪唰地滚出来："有你这话就行了，你也放宽心，你说的这些俺都想过多少遍了，俺又不是小孩子，那么多人都死了，俺还怕……"说着又哭起来，越哭越厉害，伏在炕沿儿上，小巧的身子一抽一抽。武队长走过去，扶起她的肩头，伸手抹她脸上的泪，凉凉的，怎么也抹不净。

晚上，五婶便请了三叔、三婶和村长，炒了几样菜，村长揣来一瓶酒。"简单了点儿。"村长说，"等打败鬼子，咱再好好补一回……"

送走了三叔、三婶和村长，直看着五婶北屋里熄了灯，两个人这才走进西厢屋。芝子深情地看一眼武队长，关上门，闩紧，爬上炕，放好被子，两只枕头平平正正地并排放好，这才红着脸抬眼深情而慌乱地看武队长。武队长坐在炕前的机子上，看着地下，一动不动。芝子说："睡吧……"武队长看一眼芝子，忙又收回来："你先睡吧……"

芝子坐了一会儿，身子突然一跳扑过来，"扑"地吹灭了灯，一把拉住武队长的胳膊，武队长便扑倒在芝子身上，头却在一个硬硬的东西上硌得生疼。一摸，凉凉的，是枪，武队长劲儿便小了。

芝子睁开眼："怎么了？"

武队长不回答，跳下炕，重又坐到炕前的机子上。芝子急得要哭了："你到底怎么了，不满意俺？你倒说话呀——"

武队长抬起头，好一会儿，终于说："芝子，我一闭眼就想起王区长……"

芝子眼里的泪一下子涌出来："你以为俺就忘……"说着声音便哑了，抱住武队长就哭。武队长搂住她的肩头，竭力忍住泪水。芝子哭过一会儿，武队长脸抵住芝子的头："芝子，我想这就……"

芝子脸一下子仰起来："这就走？"亮亮的眼睛吃惊地瞪住武队长。

武队长把芝子用力地搂紧，好一会儿，芝子抬手抹一把泪，说："就不能待到明儿？"

武队长心里一酸，想哭，心有些软，但还是说："我还是走吧……"

芝子从武队长怀里挣出来，泪一个劲地流，也不擦，弯腰拾起武队长的鞋往武队长脚上套。武队长伸手去夺，芝子晃过去，固执地给武队长穿。

武队长眼泪便憋不住了。

已经过了半夜，月亮弯弯地吊在西天上，夜色半明半暗的。两个人出了院门，绕过村子向村后的赤杨林子插。武队长说："回去吧，芝子。"芝子仍旧在前边不住地走。出了赤杨林子，穿过一条大沟，上了沟沿，再往东便是山坡了。武队长紧走几步挡住芝子，说什么也不让她再送了。芝子将包袱递给武队长，武队长抓住芝子的手："芝子，我对不住你……"

天慢慢地开始放亮了。武队长咬咬牙背起包袱往山上走。走出好远也没有回头。终于忍不住，转回头，芝子仍旧站在那里一动不动。武队长停住，芝子身边还有一个人，是五婶，头发被晨风吹起来，草一样地飘。远看真像一座碑，武队长心里一咯噔，眼里便有泪滚出来，那首歌便又在心里飘起来：

> 大辫子甩三甩呀
>
> 甩到那个弥河崖
>
> 冷上那开水呀
>
> 等我的郎哥来……

夏夜漫长

雨下得很大，没有雷。天像是就要塌下来，夜漆黑漆黑。眼前除了雨杜还是雨杜。

武队长好不容易跑到老东门外，右腿便拖不动了，武队长想这回要完了。忽然想起迁子跟他说过他有一个相好的就在东门外老白果树底下住，叫小夏，有什么事儿尽管找她。武队长看到老白果树下果然有一排青砖房子，按迁子的话找到最东头的一个门。灯还亮着，武队长便爬过去拍门。

拍了两下，门"吱呀"一声，一个白朗朗的人影探出身来，一见雨地里爬着的武队长，"呀"地抽了口气。武队长连忙说："你是小夏吧，别害怕，我姓武，是迁子的朋友，有狗子追……"

小夏先是一愣，旋即麻利地弓身扶武队长起来，连拖带拉进了门槛，腾出一只手将门掩上，闩紧，回身搀武队长进到里屋，坐到床上，吹灭灯，走到门口，贴门立着，黑影里只能看到旗袍的一片白色。外边狗子吆三喝四地追上来，却没有停住，呱唧呱唧地踩着雨水从门口向西跑了。直到一点响动也听不见了，小夏才又走过来："好啦，没事了。"黑影里冲着武队长笑，白白的牙齿一闪一闪。走到桌前，"哧"地划着火柴，重又将灯点亮。武队长这才看到小夏被白色的缎料旗袍裹住的苗条身材，和白皙、顾长的瓜子脸上那对楚楚动人的凤眼。武队长心里便一跳，想不到小夏会这么漂亮。

小夏伸手要武队长紧握着的匣子，武队长本能地一抽，小夏笑了："看你紧张的，我给你放起来。"武队长忙说："不用啦，我得走。"小夏指着武队长的腿说："你看看你那腿成了什么样子了，你还走！"武队长低头看看血糊糊不听使唤的右腿，心一凉，手便松了。小夏打开床对面梳妆台下边的板箱，将枪用布包了放进去，顺手锁好，扭头对武队长说："在我这儿不用这个，你放心，等你伤好了我就拿给你。"

武队长说："谢谢你呀，小夏。"

小夏笑笑："武大哥要真是迁子的朋友就不该说这话。"

小夏转身出去，端回一大盆水来，热气腾腾，不知加了什么，屋子里立刻弥漫了一股类似苦艾的味道。小夏说："洗洗伤口。"武队长说："算了，血已经止住了，不用洗了……"

小夏将水端到床前的一只机凳上："天这么热哪能不洗，不洗要回脓……"说着走过来，按住武队长的肩头，"你躺下——"

武队长十分不自在地躺下来。

小夏一条腿半跪在床沿儿上，伏下身，手伸到武队长的腰里要解腰带。武队长一下子坐起来，满脸通红："小夏，你，你出去吧，我自己洗……"

小夏站起来，扯扯皱了的旗袍，问："你自己行？"

武队长答："行。"

小夏叹口气，说："好吧。"将垂到额前的一绺头发理到脑后，转过身从梳妆台的抽屉里翻出一小瓶白色的药和一卷用纸包着的纱布，放到床上："这是迁子用过的……"说着又回身从梳妆台旁的黑木立橱里拿出一摞衣服，放到武队长的眼前："洗完了扎好，接着换上。"说过便抖开衣服给武队长看，原来是一件粗布褂子和一件白细布裤子，不用说，也是迁子撂下的……武队长心里一沉。迁子满身血污趴在弹箱上的样子便十分清晰地在眼前晃，晃得武队长心里冷扎扎的，并不抬头，对小夏说："好啦，你走吧。"

小夏没有吭声，走到桌前将油灯芯儿捻得大一些，小屋便亮了许多，小夏将油灯端过来，放到床头的机凳上，这才转回身走了，将房门轻轻地扣上。

小夏一走，武队长将灯吹熄了，屋外这时雨已经停了，月亮出来了，透过窗棂洒进一些银辉来。屋里影影绰绰的，并不十分黑。武队长摩挲着受伤的右大腿，犹豫了一会儿，终于将捆腰的布带解下来，褪下裤子，裤腿已经全被血浸透，像浆过一样，硬硬的。伤口和裤子粘到了一起，武队长一用力，拽下一块血痂来。武队长赶紧用盆里的毛巾蘸了苦艾水擦洗，血便流得少一些。这时候看伤口，武队长不觉脑袋麻麻地便大了。伤口黑洞洞的，周围的肉都肿了，经药水一擦洗，都白白地翻出来，药水浸进去便辣辣地痛，武队长索性更多地蘸了水用力擦，伤口倒不怎么痛了。盆里的水这时候已经红了，原本白白的手巾这时也变成黑的了。小夏像是看见了，隔着门喊："换换水吧，锅里还有——"武队长感觉小夏像是就在自己身后，赶紧说："不用了，不用了……"慌慌地拉过被单将自己赤裸的下身盖住。手里的手巾用力地拧去水，粗粗地在伤处擦了几下，便将小夏放在床上的那个小白药瓶的木塞拔下，将药粉撒在伤口上。这种药武队长上次河套受伤后，在西山军分区医院用过，老百姓都叫长药，撒上去伤口便火烧一样地痛，那是在长。想到河套，便又想起迁子、三爷、老康他们，心里便凉凉地难受，武队长咬住牙不去想，拿过那卷纱布便往腿上缠。

　　换上迁子那身衣服，武队长出了一身汗，浑身像泥一样沉，躺到软软的床上，真想一闭眼睡过去。但床上的东西还没有收拾，又不好喊小夏，便咬着牙坐起来，双手掂起身子往床沿儿挪，伸手想去端水盆，手刚刚伸过去，小夏便推门进来："你别动，老武，等等我来拿。"吓了一跳，手便缩回来。

小夏收拾完东西，又在武队长床前放下一只铜盆："老武，给你把盆儿放这儿，晚上解手你顺手就够着了……"武队长"嗯啊"地答应，心想这小夏真是开通，脸还红红地烧，好在小夏已经转身出去了。

小夏走到房门口，停住，回头嘱咐武队长："晚上有事喊我就行了，你别客气——"

武队长便答应："行行。"盼着她快些离开。

小夏又说："过一会儿休息过来伤口可能要痛，你忍着点儿，明儿我再请医生来给你把子弹取出来……"

夜里果然痛得厉害，两颗弹头这时候像是活了，随着呼吸在里边一跳一跳一跳，像是要蹦出来。武队长咬紧牙根忍住不出声，生怕惊动了外屋的小夏。小屋很静，小夏轻柔的呼吸声便听得十分清晰，像是就在自己身边一样。武队长是头一次和一个女人同住一个屋子，头一次这么真切地听着一个年轻漂亮女人的呼吸，心里感到一种不曾有过的甜蜜，那痛便轻一些了。

尿却憋得厉害了。那只铜盆就放在床下，但他怎么好用。武队长便用力憋着，想熬到天亮再说。看看窗外，月亮已经没

358

有了，隐隐可以看到那棵大白果树的一枝大杈子黑乎乎地伸到小院里的影子，天亮还早，心里便感到十分难熬。用力去想别的，想那年在浪暖口打伏击，想银子，想得迷迷糊糊，思绪还是让那憋着的尿扯回来。整个小腹都闷闷地痛，他想再憋下去肚子恐怕要炸了，精神稍微放松，小腹肌便也跟着松下来，有热辣辣的尿冲出来。武队长赶紧收紧小腹的肌肉，想那样明儿会更难堪。可是腹内的尿已经胀到了极限，痛得武队长浑身冒汗，整个下身都一个劲儿地颤抖，再坚持下去恐怕真要炸了，便托住右腿，将身子慢慢翻到床沿儿，探身将铜盆拿到床上，左腿半跪着，右腿伤口坠得像要掉下来，用枕头垫住，这才好受一些。心里有一种解放的感觉，下身却仍旧火辣辣地痛，像是麻木了，怎么用力仍旧无济于事。憋得武队长满头是汗，终于"哗"的一下冲出来，冲得铜盆一阵爆响，武队长禁不住浑身一顿，听见外屋小夏身子的翻动声，便又不自觉地停住，几乎屏住了呼吸。左腿跪得酸软，右腿痛得麻了，还是不敢放松。直到又听到小夏均匀的呼吸，这才将十分紧张的小腹的肌肉松下来。有了经验，便不再那么毛躁，只冲得铜盆"当"地响了一下，以后便是顺着盆沿流下来的潺潺的水声。武队长这才"嘘"地松了一口长气，感到浑身无比的轻松、幸福。

窗上刚一放亮，武队长便坐起来。听见武队长有响动，小夏便推门进来，先是笑："睡够了？"武队长说："够了。"白日看小夏更见得清秀、漂亮。衣服已经换了，一身素白的旗袍，素白的底子上有银白的暗花，把脸衬得越发白净、秀丽，武队长心里想，她怎么这么喜欢穿白。

小夏过来端床下的尿盆。武队长脸憋得通红，不敢看小夏，又不知眼该往哪里放。小夏并没有看他，像端走脸盆一样双手端出去，武队长便感到脸像是被人抓走了。他感到十足的窝囊。这还算条汉子吗？心里狠狠地骂狗子的祖宗。

小夏将饭端到床上，一碗飘着嫩绿的葱叶儿的肉汤，一盘蛋炒柿子，一碗小米饭，还有一小碟通红流油儿的咸鸭蛋。放在小木桌上，小木桌靠窗台放在床的里沿儿。小夏说："你快吃吧，老武，我已经吃过了，我得去医院，中午我看看能不能请院里的医生来给你把子弹取出来……"

武队长忙说："不用不用，小夏，你千万别去麻烦别人。"小夏笑了："老武你这么犟，不取出来你的腿就完了，你还能打仗？麻烦什么，那些外国医生都好求，也不会出卖你，你放心好啦。"

武队长心里一沉，这才明白小夏原来在教会医院工作，怪不得她那么爱穿白衣服。

小夏走到门口时又转回头叮嘱："老武，你吃完了不要动，就那样放着，等我回来收拾就行了，你靠这边躺着，千万不要动。"

听着小夏扣上门，脚步声"橐橐"地远了，武队长这才深深地松了口气。

小夏回来的时候，武队长正倚着床头昏昏地睡。一睁眼，见小夏正和一个高她一截儿的大鼻子黄头发的鬼子在三抽桌前忙碌。桌上一只小酒精灯，冒着蓝旺旺的火在烧一只铁架支住的小白铁盒。小铁盒里"咕噜咕噜"地冒气。

武队长说："小夏，你怎么真领来了鬼子？"

小夏笑笑："鬼子怕什么的，能给你把那东西取出来就好。"

武队长心里便有些不是滋味，翻身想坐起来。小夏按住武队长："马丁医生是反战的，心善着呢，迁子两次让狗子打伤都是他治的……"

鬼子冲武队长笑，一只虎牙白白地亮着，笑得武队长一阵脸红。武队长还是头一次这么近地看西洋鬼子，发现他眼珠是绿的，绿得瘆人。那脸皮嫩得跟没皮似的，白里透红，像刚下生的小兔子。

鬼子将酒精灯灭了，转过头冲武队长叽里咕噜说了一通。武队长愣愣地看着那两片红润的嘴唇动，便转头看小夏。

小夏说，他告诉你他叫马丁，是米兰人，他很佩服中国军人。武队长脸红了，说："我算什么中国军人……"小夏嘻嘻笑了："看你老武，你怎么不是中国军人，你还是老百姓？"笑过了，抹抹眼，转身学着鬼子的样子，叽里咕噜说了通，武队长听得呆了，想不到小夏还会说洋话，心里便更不明白迁子这么一个粗人怎么和她好上了。

鬼子这时已经把小铁盒揭开，里边的热气呼呼地往上冒，屋里便有了一股浓浓的药味。

听了小夏的话，鬼子走到床前，拍拍武队长的肩膀，竖起大拇指叽里咕噜又说了一通，武队长这次有经验了，耐心地看着他那绿绿的眼睛一眨一眨。

小夏告诉武队长："马丁医生说，游击队员了不起，中国军人都是出色的游击队员，他为能给你治病感到非常荣幸。只是他没能拿出麻药来，那不属于他的，他请你原谅，他只能带出他的技术和属于他的一把手术刀，他说他希望你能很好地配合他……"

武队长不顾小夏的阻拦，硬是坐起来，心里滚热滚热，他想不到鬼子会这么慈善。武队长说："小夏，你告诉马丁医生，我老武感谢他的恩德，告诉他有没有麻药都一样，老武什么罪都受得了。"

小夏和鬼子咕噜了一阵之后，鬼子走过来，拍拍武队长的肩，示意他躺倒。小夏走到床前，伸手便去解武队长的腰带，武队长又捂住了。小夏轻轻地去挪他的手，却挪不动。小夏便用力地拨，嘴里说："老武，你别想怪的，我是护士，你忘了？"武队长便只得将烧红的脸埋住，任小夏将他的裤子褪下，他感到像被扒了一层皮似的，浑身火辣辣的。

小夏用棉花球蘸了酒精将伤口擦了两遍，然后轻轻捶了武队长一把："忍着点儿，老武。"

武队长仍旧埋住头，并不吱声。刀下了，武队长感到"哧"的一声像切断了一根筋，半边身子好像是没了，武队长禁不住"啊"地叫了一声，便用力地咬牙。小夏说："你喊吧老武，疼你就喊，别太大声……"

武队长再没有一点声音，他头抵住床，双手抠紧床帮。头上汗珠豆粒儿一样"吧嗒吧嗒"地滚到床上。刀越扎越深，有支镊子在里边搅，碰到了那个弹头，像戳在他的心上，武队长禁不住身子一阵抽动。弹头扎得很深，已经被肉包住了，动一动便像揪下一块肉。武队长感到身子不成个儿了，一块一块像云彩一样地飘走了，只剩下了头。一会儿头也轻了，眼前便有无底的洞将他吸进去……

醒来的时候鬼子已经走了。一睁眼正看到小夏端着盆往外走的背影。武队长低头看下身，右腿根儿缠满了绷带，裤子没了，已经换了一件半截儿的裤衩。武队长心里滚过一阵热浪，身上也随之一热，对小夏便有了一种无比亲近的感觉。自从长大了，再没有哪个女人给他换过裤子，就是芝子也没有。武队长浑身感到热辣辣地发烫。

小夏一推门，见武队长睁着眼，便惊喜地叫："老武，你醒了!"

武队长脸仍旧红着，不自然地笑笑："谢谢你呀，小夏——"

小夏明白武队长的意思，脸便红红的："老武，你怎么还这么客气?"武队长说："不是客气，真的，我……"说着眼里便一阵发热，嗓子也堵住了。

小夏说："马丁医生说了好几遍，中国军人了不起，他治过上千例病人，还没见过你这么坚强的……"

小夏说得十分认真，一双凤眼水汪汪地看着武队长，武队长只看了一眼便感到被她吸进去似的，心里"怦"地跳了一下，头便低下，不敢再看。

吃过了晚饭，天又热起来。小夏给武队长放好蚊帐，回身拿了一把扇子，钻进来，坐在武队长身边对着武队长的右腿扇。武队长满身满脸都是汗，白布褂子已经透了。小夏说："你把褂子脱了。"武队长说："不用，不热。"小夏这时已换了一件短袖白褂子和一件黑绸料裙子，更显得娉婷、秀气。给武队长扇着，小夏自己脸上、身上却汗淋淋的。武队长看见她的后背已经湿了，便伸手夺扇子："小夏，别扇了，我不热。"

小夏按住他的手："刀口捆着，里边不透风，不扇着怕回脓了。"

武队长心里便热热的，想哭："小夏。"武队长还是去夺扇子，"你外屋去吧，你在这儿我挺难受。"

小夏仍旧扇，十分固执地说："你刚做完手术，不管你怎么样，我还是护士啊，你得听我的。"

武队长眼里便泛出了泪花，小夏看得很清楚，问："老武你怎么流泪了？"

武队长把头向里边扭过去："没有啊。"声音有些发哑。

小夏笑了："老武你真怪，中午马丁医生给你割伤那个疼法儿你一声不吭，这时反倒流泪了……"

武队长头扭过去，再也没有说话。

小夏扇得很匀，一会儿武队长便感到爽快了。武队长头背着小夏侧躺着，看不见小夏的脸，但听得见她那匀匀的呼吸，闻得见她身上那热乎乎的淡淡的香气。蚊帐将空间缩小了，两个人离得这样近，武队长心里无法平静。他想自己应该想点什么话说一说，却想不起该说点什么。好一会儿，武队长说："小夏，好啦，不热了，你也累了，出去睡吧……"

小夏仍旧扇："你睡吧老武，我不累，我每天都睡得很晚。"武队长便没有别的话再说。外边起风了，树叶"唰啦唰啦"地响，掠进来一阵凉丝丝的小风。武队长又听得见海潮声了，"扑——哗——扑——哗——"听得越来越真切，似乎要淹没了小夏的呼吸声和扇子的扑扇声。武队长感到自己躺在海滩上，大浪正呼啸着向他扑过来，他感到凉爽极了。一会儿他感到自己变成了一块木头轱辘，被浪卷进海里，忽忽悠悠地在浪里漂。

半夜的时候，武队长醒了。一睁眼，油灯扑扑棱棱地一闪一闪，油快尽了，小夏也睡了，大概是太困了，一头栽在床上。身子蜷曲着，躺在床边，手里还握着那把芭蕉扇子。稍微有些卷曲的头发散了一绺落在白嫩的脸上。武队长心里开始一阵阵地发毛，有些喘不过气来。小夏胸口的一粒扣子开了，阴影下掩着一个神奇诱人的世界。武队长手慢慢抬起来，心咚咚跳得快要蹦出来。快要触到衣服了，忽然不知怎么又想起了迁了，心里一激灵，咚的一下落下来，脸便唰地红了，慌忙将手缩回来。心里骂，狗日的这是干什么。闭上眼睛，重将身子侧过去。

这一夜，武队长再也没有睡好。海浪"扑——哗——扑——哗——"地响，但怎么也盖不过身边小夏轻柔甜蜜的呼吸。窗外渐渐有了亮色，东边海沿儿上警备所传来"嘀嗒嘀嗒"的起床号声，武队长听见身边的小夏在动，忙闭上眼，屏住气。小夏坐起来，轻声叫了一声"呀"，武队长一动也不敢动，小夏叫了一声再没有动静，武队长便感到小夏的目光辣辣地在自己身上抹。小夏坐了好一会儿，然后轻声叫："老武，老武。"武队长仍旧紧闭着眼睛，一动不动……

武队长伤好得很快，过了夏至便拆线了。还是小夏领着那个叫马丁的鬼子来拆的。

拆了线武队长便可以下地走路了，只是有些跛。据鬼子说这跛恐怕无法治好了。

能走了，武队长便对小夏说："把枪给我吧。"小夏一愣："怎么，要走啊？"武队长说："腿好了，我得打鬼子去。"

小夏说："谁告诉你腿好了？刚刚下地就想跑啊——"说着还是打开板箱，把匣子拿给武队长，"枪还给你，走可不行，再养几天，等过了伏。"

武队长拿过匣子，血便从心底里涌上来。一个多月没摸它了，接过它像见到想得久了的孩子，眼圈里有湿湿的泪在转悠。他抽出红绸子摩挲着，像抚摸孩子的头发。

天渐渐开始凉了，小院里的柿子、黄瓜早都下梢了，还剩下几垄小辣椒红红地冲天长着，红得十分可爱。白果树的叶子快落光了，天天都得扫一筐。白天武队长在小院里收拾、转悠，再就是擦枪，盼小夏回来。日子闲得无聊。小夏哪天回来晚了，他便十分难熬。

晚上总也睡不好觉。时常想象迁子在这里时的情景。外屋小夏似乎也睡不着，听见床板"吱吱嘎嘎"地响。两个人的呼吸隔着一层很薄的隔板都听得十分清晰。有几次，武队长听见小夏坐起来，蹑手蹑脚地走过来。武队长的心似乎被那脚步声提着，使劲屏住气，紧张得喉头发紧，口干舌燥。却并不见开门，再过一会儿，又听见床板"吱吱嘎嘎"的响声和小夏压低了的叹息。武队长便坐起来，从枕头下边摸出枪来擦。枪里还有几粒子弹，夜色里晶亮晶亮的，使他不由得想起迁子。想起迁子，武队长心里便平静了许多，窗外的夜色也变得纯净了。

那夜，小夏听见武队长的响动，又下了床，轻脚走到门口，停住了。武队长心又提起来，便再用力地屏住气。小夏也屏住气。两个人似乎都拉了箭绷在弦上。空气中"咝咝"地传递着两个人弱得几乎听不见了的呼吸，却都听见了，十分清晰地在心里数着，像一圈一圈地在上弦。还是武队长先松了，紧握着那几粒金灿灿的子弹，轻声叫："小夏，睡吧……"

小夏没有回应，悄悄地走回去，躺下。还是睡不着。武队长索性提起一个问题，问："小夏，你……你和迁子是怎么认识的？"

小夏好一会儿没有动静，武队长便想不该问。这时小夏说话了，声音很沉，问："你以前没听迁子说过？"

武队长说："没有，他从来没和我说过。"

小夏叹口气，十分平静地说："我在翠屏楼干过……"

"你说什么？"武队长不相信自己的耳朵，小夏又说："我在翠屏楼干了五年……"

武队长一切都明白了，好一会儿再不说话。

"都亏了迁子……"小夏哭了，武队长心里很沉，很酸，说："迁子是条汉子。"手里捏着那几粒子弹，迁子那秃脑壳在眼前晃，武队长又说："迁子是条有血性的汉……"小夏说："是条汉子就该有血性……"

武队长说："是，有血性才算条汉子……"

两个人这时都平静了，心里都被迁子这把蓝火烧着，武队长为自己刚才的不安脸红。

小夏又说："你比迁子强……"

武队长赶忙说："我不如迁子……"小夏说："迁子是条铁汉子，你是钢的……"

武队长心里一动，想说什么，却努力地忍住。

"睡吧。"两个人几乎同时说。

外边起风了，武队长感到凉爽多了，海边吹来的风，掠过小院，掠过稀稀落落的白果树叶子湿润润地吹进来，吹动着蚊帐一鼓一鼓的。这一夜，秋风来了，两个人都睡得很甜，很轻松。

武队长第二天说："小夏，我得走了。"

小夏让他在床沿儿上坐下，扒着伤口看了看，直起身，掠掠头发，看着武队长说："行，你走吧，晚上就走。"

小夏中午没有回来，直到晚上才回来，武队长做饭，她跑到里屋收拾东西。吃过了饭，武队长说："我走吧？"

小夏点点头，站起来走到里屋提了一只褡裢、一只皮箱出来。

武队长说："你傻了小夏，拿这么多东西给我做啥？"

小夏笑了："不都是给你的。"说着把褡裢扬了扬，"拿去，这是给你的。"

武队长接过去："这么沉？"扒拉开看，傻眼了，"小夏，你这是——"

小夏依旧笑，不说话。

武队长抓住小夏的手："你这哪儿来的这么多钱？"

小夏止住笑："我把房子卖了。"

武队长呆了："你把房了卖了？你住什么？！"

小夏说："不住了，我跟你走。"

武队长吃惊地问一句："你说什么？"

小夏说："我跟你走！"

武队长瞪着小夏看了好会儿，说："你以为我去赶集呀？"

小夏说："你去拼命，我知道。"

说着，弯腰打开皮箱，从里边掏出一只小红布包，解开红布，武队长眼一下呆了，里边包着一只撸子，铮亮铮亮的一把崭新的小手枪，地道的德国造："小夏，你——"

小夏笑了，收回撸子，仍旧放回皮箱里，直起腰，掠掠额前的头发："你放心，不是偷的，是马丁医生送我的。"

"马丁医生？那个鬼子？"

小夏提起皮箱，用力地推他一把："走吧——"

两个人一前一后走出家门。天这时已经全黑了，有雷在天边滚，可能又要下雨。

河套

  天上满天的星星，河套里很静，那家伙古怪、低沉的歌声便十分瘆人。白白的沙滩上黑压压的一片，全是尸体，只剩下他和那个家伙还活着。河滩上潮湿阴冷的空气中弥漫着一股腥臭、焦煳的气味。

  那家伙伤也挺重，摇摇晃晃，脚跟不稳，走几步便跌倒了。爬起来，还是走，嘴里始终哼哼呀呀地唱。武队长伸手摸枪，匣子空着。向地上摸，摸到了刀，沾了一手黏糊糊的凝血。在沙滩上擦了擦，想坐起来，刚一动，小腹那儿便一阵钻心的痛，痛得差点叫出来。手一摸，黏糊糊的一堆，不知是血还是什么，豆腐脑儿一样，软软的，一动，便又有新的冒出来，还热。武队长心里"咯噔"一凉，是不是肠子出来了？咬紧牙，手掌放平，用力地捂住。

武队长受伤是因为刀刃子卷了。当时武队长并不知道刃子卷了，依旧抢得"呜呜"风响，满河滩里寻鬼子砍杀。武队长眼睛都烧红了。武队长看见一个矮胖的鬼子正"呀呀"叫着端枪冲三爷的后背刺。三爷那时候正抢着刀在砍一个鬼子的头，根本没有顾到脑后。武队长大叫一声扑过去，扑在枪尖上，枪刺顺着右臂唰地贴着他的后背划了一道，像被抽了一鞭子。那个鬼子也闪了一个趔趄，差点跌倒，武队长顾不得刀口疼，反身举着大刀照着那个鬼子的脑壳砍，砍在肩膀上，闷闷的，刀像木头一样钝，那家伙立稳脚，转身便冲武队长刺过来，武队长向旁边一闪，没有闪过去，只感到小腹一阵凉凉的痛，武队长顺势向后一坐，咬紧牙，一手护住肚子，一手猛地攥住枪护木，向后一拉，那鬼子便栽倒了，武队长猛一翻身，骑上去，拾起地上的大刀，冲那鬼子的脑壳猛砸，砸了好一会儿，那家伙终于"嗯"的一声咽了气，武队长也一头栽到河滩上。

那个鬼子现在就躺在武队长身边，腿脚伸得笔直，被砸扁了的脑袋，白白的头骨和脑浆清楚地在黑乎乎的沾满凝血的头皮间裸露着。

这时候那个疯唱的大个子鬼子已经不唱了，脚下被什么绊了一下，身子向前一栽跌倒了，屁股撅起来。武队长想，可能死了，心里便轻松了一些。武队长将汗褂子的大襟撕下来，将小腹用力地捆住，咬紧牙向前爬着摸枪，刚挪了一点，便看到了仁儿。浑身一阵凉麻，仁儿身子向上仰着，大刀仍旧攥在手里。武队长的泪便流出来。武队长知道仁儿不是怕死，他是一时吓蒙了。十几岁就出门做小买卖的仁儿毕竟头一次面对这么凶的鬼子。仗打起来的时候，仁儿就趴在他身旁的沙坑里，武队长清楚地看到仁儿细瘦的身子筛糠似的抖动，那时候鬼子正在机枪的掩护下，"哇啦哇啦"地往前冲。拉队伍的时候，武队长没有想到仁儿会跑上东山，后来才知道，他是骗了奶奶从海城跑回来的。可是，仁儿再怕也不能够临阵逃跑呀，武队长大声喊，喊叫不住，便甩枪将子弹射出去。

　　武队长感到浑身冷得不行了，不住地打战，像是掉进了冰河里。这时候，那古怪、低哑的歌声又响起来。那家伙没有死，"嗷嗷"地哼叫着，费了好大劲才站起来，手里还抱着枪。站稳了，又摇摇晃晃十分吃力地往前走。那歌声，咿咿呀呀唱个不断，倒是让人心里感到阵阵发酸。武队长又伸手摸枪，终于摸到了，刀口又抻得唰地一阵火辣辣地痛，端起来，却怎么也端不稳。那鬼子已经走到那堆火的跟前，那火是烧完了的棉车。鬼子坐下来，不知用手掌还是枪托"噗噗"地拍打那堆灰烬，火星和烟尘腾腾地冒上来，把那鬼子裹没了。那鬼子的歌声忽然高了，站起来，手里擎着一块红红的木炭，"咿咿啊哈达"地唱着向回走，好一会儿武队长想不明白这个疯子要干什么，快走到另一辆棉车跟前了，武队长才一下子明白了，那家伙并不疯，他是要去点那辆棉车。武队长便屏住气瞄准，小腹一拽一拽地痛，怎么也端不稳枪。"砰"的一枪打出去，打偏了，子弹钻进了棉包里。那家伙听到枪声转过头看了看，却并不惊慌，仍旧唱，掀开盖住棉花的黑布将火炭送进去。武队长又打了一枪，还是没有打中。那家伙的枪也响了，"嘎勾——"十分清脆，是杆新枪，也偏了，偏得比武队长还厉害。武队长将枪搁在眼前的一个鬼子身上，慢慢地舒一口气，换一个姿势，将受伤的一面身子转到上边，侧伏下来，这才又瞄。那个鬼子一看武队长趴下了，有些急，连放了两枪，都偏得很厉害。武队长想，那家伙也伤得很重。这时候一股火苗从刚才鬼子放炭火的地方蹿出来，烧着了蒙住棉花的黑布，又顺着黑布向上爬。那家伙便又唱起来，声音也更加响亮，狼嗥似的在空旷的河滩上飘荡。武队长狠狠骂了一句。两个人这时枪都打得猛了，子弹在不足三十米的距离内来回飞舞，却都没有击中目标。武队长擦把汗，努力地使自己放松，将全身的力气都集中到两只胳膊和一只眼睛上，终于瞄住了，使足了剩余的所有力气，将扳机猛地向后一扣。那瘆人的歌声一下子断了，武队长想是打中了那个家伙。

棉车上的火越烧越亮，越烧面积越大。武队长扶住枪，想站起来。那火得赶紧扑灭，用不了多一会儿，整车的棉花就会烧成一堆灰了。好不容易爬起来，整个小腹里的东西都像被什么东西拽住了，一抽一抽地疼。努力地忍住，一点一点地向前挪。终于靠近了那辆棉车，借着棉花燃烧的光亮，已经看到了那个大个子鬼子硕大、秃亮的脑壳。这家伙看样子年纪不小了，头发秃得只剩下一圈，右半边头血糊糊的。看来也是一个命性强的鬼子。武队长想跨过他去，却不料被他顺势一把揽住了腿，武队长摔倒了，小腹剧痛。那鬼子原来是装死。他抱住了武队长，疯狗似的四处疯咬。武队长的鼻头被咬去了一块，他"嗷"地叫了一声，拼命去推，鬼子却顺势一口咬住了武队长的四个指头，头颤抖着用力，牙齿锋利得刀一样往骨头里扎，武队长疼得"嗷嗷"直叫，怎么拽也拽不脱。鬼子这时候浑身的劲都用到了牙上。武队长疼得眼都花了，干脆用拇指抵住鬼子的下颌，四个手指将鬼子光光的头拉起来，浑身的劲都使出来，狠命地冲冻得冰硬的沙滩上猛捣，武队长感到自己气要绝了，疼痛使他脑子里一片空白，使劲捣、捣……终于浑身软得泥一样瘫在鬼子身上。

武队长醒来时，知道鬼子已经死了，仰躺在那里，一动不动，牙齿却依旧咬得死紧。棉车上的火越烧越旺，武队长忍住痛，继续向外拽那四个指头。拽出了满身满脸的汗，总算有所活动，小拇指、食指、无名指总算一个一个松动，剩下一个中指，却怎么也拽不动，两颗格外长的门牙似乎已经长进了骨节。武队长看见地上雪白闪亮的刺刀，将刀子架在中指的节线

376

上，闭上眼，吸一口气，猛一用力，只听"咔嚓"一声，整只右手似乎都齐齐地断了……

火这时"轰"地升腾起来，满车的棉花全着了。熊熊的大火照亮了满河滩横七竖八的尸首，映红了河滩边上那片黑森森的赤杨林子，映红了静静流淌的弥河水。

绿海·绿海

其实武队长早就看见了山下那个人。

那时候武队长正坐在庵了的南窗前犯愁，南窗敞着，正好对着山下的小路。马上就要春种了，无论如何也要想办法帮助老百姓把棒子种上去。到处都被抢得光光的，想什么法子？那个人从三道桥那儿一露头儿，警戒还没有发现他就看见了。一看到那顶青青平平的头，武队长心里便一亮，不知怎么便感到有了希望。

那个人叫邢广玉，是老邢村的"两面"村长，武队长知道他这时候来这里肯定是有急事，而且一定是好事，武队长有一种强烈的预感。

果然，武队长欢喜得不得了。

天刚黑下来，武队长便和老邢一起下山了。天一会儿便黑得伸手不见五指。幸好老邢穿了一件竹布长衫，还能看到一点灰白的颜色。从嬷嬷山到老邢村足足有三十余里，全是山路，过沟穿林子，两个人的衣服都撕成了条条。老邢干脆脱了长衫，只穿一件夹袄。出了嬷嬷山，再下一道岗，便能看到老邢村据点的灯光了。老邢说，出来的时候往西跑，那边你就熟了，昨天听说你们村后山那个据点两队"狗子"闹矛盾走了一队，还剩下十来个……武队长听老邢说起自己的村子，心里一阵阵地发热，不知道父亲一个人在家里怎样了，虽然一直在家门口转，却有五年没回家了。

老邢说，就到了，你看那鬼火。

武队长向山下看，泊里这时候黑乎乎的像一片看不见边际的海，只有炮楼上萤火虫一样的一点灯光忽忽悠悠地亮着，真像鬼火一样。

武队长说，老邢，你回去吧，我自己能行。

老邢说："我给你送到据点门口。"武队长说："不用了，泊里光光的，万一碰上个什么，你以后还当村长不当了？"说得老邢笑了，犹豫了一会儿，说："那你多小心哪。"武队长说："你放心，没事儿。"老邢转身走了，又回头说："记住了，三圈儿。"武队长已经顺着山脚一条沟往下走了，回头说一声："放心吧。"便又没到黑海里。

据点门冲东开，武队长摸过去，见有灯昏昏地亮着，吊桥高高地吊起来，站岗的"狗子"裹着大衣靠着墙打瞌睡。武队长绕到炮楼的北面，躲在一垛玉米秸子旁边，瞅着炮楼上边的动静。等了半个时辰，看得眼花了，终于看到炮楼垛口上有火星在绕，绕了三圈儿。武队长心一跳，回身便轻脚跑到东正门，见那个站岗的"狗子"还在打瞌睡，便从腰里掏出一根水浸过的牛筋绳，瞄了瞄，"嗖"地甩出去，一用力，正好勒紧了那"狗子"的脖子，那"狗子"只"呃"了一声便扑到地上，一会儿便直了。

这时候据点里走出一个人来，是个瘦高个子，武队长知道这就是老邢说的那个刘三了。刘三出了门向门旁一看直直地躺在那儿的那个"狗了"，脚下一跳，向回看了几看，这才慌慌地伸手去解吊桥的绳子。吊桥徐徐地落下来，武队长一耸身跳上去，几步跑过去。刘三一对细细的小眼睛慌慌地看一眼武队长，武队长冲他点点头，他便抓住武队长的衣袖，转身跨进院子，顺着墙根往里跑。

绕过两座平房，听见里边"哼——哼——"的鼾声此起彼伏，知道是"狗子"的宿舍，心想若不是那么重的东西牵着，这时候冲进去，准能来个大捷。想着，脚下不觉踩翻了一块砖头，里边的鼾声便停了。两个人都停下，屏住气，直等那鼾声再响起来，这才又往东走，到了炮楼根儿底下，一座小厢房，门冲东。刘三过去，掏出钥匙，却怎么也打不开，武队长也急出了一身汗，过去托住锁，低声说："稳住。"刘三稍稍稳了稳神，那钥匙一下捅进去，锁"叭"地打开了。门打开，两个人进去，武队长差一点绊倒，原来那东西就放在地上。用手摸，大半袋子，薄薄圆圆地一枚紧挨一枚。武队长心里激动得"怦怦"直跳，再甩手一摸，旁边还有一个袋子："这是什么？"刘三说："是子弹。"武队长禁不住乐了："好啊，捎上。"说着便将两个袋子并到一块儿往肩上扛。刘三说："不行，太沉，你自己不行。"说着便把盛子弹的那个抢过去打到肩上，两个人这才往外走。刚刚拐过墙角，武队长便跟一个光溜溜的身子撞了个满怀，是个出来撒尿的"狗子"。"狗子""嗷"地叫了一声转身便往屋里跑，一边跑一边喊："不好了，有八路——"武队长喊一声："快跑！"两个人便拼着命地往门外跑。出了门便向西拐，直奔西土岗。据点里这时炸了营，"嘟嘟"的哨子直响，一会儿便追出来，一边跑一边喊，一边"嘎勾——嘎勾——"地放枪。

两包东西每包都有四五十斤沉，在后背一颠一颠的怎么也跑不快。已经有几个"狗子"追上来，武队长一边跑一边转身射击，前边的两个倒下了，两个人又跑，刘三上气不接下气地说："我跑不动了。"武队长便拖着他："跑不动也得跑。"狗子越聚越多，有二三十人，都追上来，武队长又转身打死了两个，见刘三真的跑不动了，只是张着嘴喘粗气，武队长一边拖着他跑，一边压低嗓门对他说："你先委屈点，我过会儿来接你。"说着一把将刘三推到土岗下的大沟里，刘三竟也一点声音没闹。

"狗子"还在后边追。武队长蹲下，等几个"狗子"靠近了，这才举枪射击，打完几枪再跑。"狗子"嗷嗷叫着在后边追，子弹打着他背后的袋子"当当"地响。他便放心地跑，跑得越来越快了，"狗子"越甩越远。跑到土岗顶上，顶上有三条路，武队长哪一条也不走，而是一头扎进了棘子林里。

"狗子"追到土岗顶上，见人早没影了，一条路一条路地看了，骂了几句，不知道该往哪条路上追，干脆掉过头往回走了。

直到土岗上一点动静也没有了，武队长才走出棘子林，向土岗下走。武队长走到刚才推刘三那个地方，低声冲沟下喊了几声，一点动静也没有，便把布袋在一丛棘丛中放好，顺着沟沿往下溜，这才知道原来沟沿儿很陡，而且长满了山枣棵子，划得皮肉刀割一般疼。落到沟底下，扑通一声，原来沟下全是水。一直没到腰里，水面冻了一层冰碴子，冰凉刺骨，急忙往外爬。寻到无水的地方，一边往前摸，一边仍旧低声叫"刘三——刘三——"，还是没有声音，直摸得灰心了，才摸到一个身子，伏在水沿儿上，半截身子还在水里。拍拍头，一点声音也没有。伏到耳边喊，也没有一点反应。武队长心里一凉，一摸鼻孔，还有热气，赶忙将他拖出水，很沉，那半袋子子弹竟还抱在怀里。武队长将他放到一块干些的沙地上，用力地掐掐人中。掐得指尖发疼，刘三才缓过一口气，睁开眼，武队长便叫："刘三，好了，'狗子'走了。"刘三有气无力地说："武队长，我不行了。"说过，便闭上眼睛，浑身不停地打战。武队长抓住他的肩膀摇晃："不行，不能在这等，得赶快走，找个地方暖暖身子。"说过便将子弹从他手里拽出来，扛到肩上，然后去架刘三。刘三身子软得像泥，冰凉冰凉，几乎全瘫在武队长身上。两个人好不容易摸到沟顶上，寻到一条小路爬上去，武队长将盛子弹的布袋放到地上，扶住刘三说："刘三，我下去拿那个布袋，你在这儿跳蹦跳蹦，活动活动身子就热乎了，我一会儿就回来……"

顺着土岗沿走下去，找到那丛山棘，一摸，布袋还在，武队长心里便踏实了，背到肩上，一会儿便到了土岗顶。刘三还行，真在那一跳一跳，武队长过来他说已经热乎些了。武队长便背起两个袋子，说："走。"刘三坚持要背一个，武队长说："不用了，我行，你只要自己能走不用我照顾我就轻松了……"

两个人从土岗顶上的三条路中选了一条——中间的那一条，径直往西走，往北是海城，往西是嬷嬷山的西麓，紧靠着老邢村西土岗的一座山是二龙山，这座山的下边便是武队长的村子，武庄。这时候起风了，春末的风仍旧十分刺骨，刘三在后面又叫："武队长，我又不行了……"武队长停住，他也感到浑身发冷，浑身乏力。武队长说："不行刘三，咱还是得找个地方暖和暖和……"刘三话都懒得说了，只是"嗯啊"地应答着。从这里到嬷嬷山少说也有二十里，不暖和暖和怕真是不行了。武队长停住，看着山下这个黑乎乎的静谧的熟悉的小村，武队长心里又一阵激动，从这里到武队长家也只有一里的路程，闭上眼武队长也能摸回去。可是五年，他从这里走过不知多少次，却一次也没有进村回家看看。这五年里，鬼子杀了母亲，烧死了妹妹，只剩下一个老父亲，现在不知道怎样了。武队长眼睛湿了，回头对刘三说："刘三，再忍忍，一会儿便到我家了，一袋烟工夫，咱去暖和暖和烤烤火……"

两个人向山下走的时候，都看到了后山据点里一闪一闪的灯光，武队长心里咬着牙说，什么时候把它端了！

武队长没有从村东街上走，而是绕到村南的赤杨林子，从河套里插过去。到门口的时候，武队长心里又一跳一跳，五年前母亲就是在这儿送他走的。现在门楼已经烧了，正房也塌了，只剩下猪圈后头两间厢屋。武队长挪开代作大门的栅栏，领刘三进去。厢屋静静的，武队长走进去，用一个指头，轻轻地敲了一下门，没有声音，武队长"呃"地叹了一声，门却忽然开了，武队长一下子看到了父亲那尖尖的头顶上的白白的头发。

父亲一声都没有吭，一把将他拉进去，一见刘三那"狗子"装束，便愣住了，武队长说："咱的人。"老人这才嘘了一口气，拉他进去，轻轻将门关上。武队长将两个袋子放到地上，老人看了看，问："这什么东西这么沉？"武队长笑笑："好东西。"老人也不再问，从炕洞里拿出火镰，"喳喳"将火绳引着，点亮炕洞里的一盏小油灯。屋里便亮一些了，但上半截无光，从外面一点也看不出。武队长见父亲老了许多，身上除了骨头便是套了一层的皮，心里一阵发酸。老人却很高兴，盯住武队长的脸兴奋地问："你是来打秋田？"

　　"秋田？"武队长惊。

　　老人不解地问："你不知道？"

　　武队长摇摇头，父亲说："那个龟孙子又回来了，走了两年我当是死了，昨晚又领着一小队鬼子来了，山后据点里'狗子'闹矛盾，他就来了……"

　　武队长疑惑地看半倚半躺在炕上的刘三，刘三已经睡了，脸煞白煞白，嘴张着，十分可怜的样子。鬼子忽然增兵武庄据点，武队长感到十分意外。看看地上的两个袋子，心里想，这到口的肉可别让那些狗日的再咬回去。跳下炕，对父亲说："爹，你弄点火烤烤，得赶紧走。"

　　父亲轻脚出去，武队长借着微弱的灯光打量这个小时候满满当当，盛满了柴草、饲料的厢屋。这时候除了一铺炕和炕上的一卷满是补丁的又薄又黑的被子，再就是地上几块石头架着的一口瓦盆，不用说，那是父亲的锅灶，武队长心里又一阵发酸。

父亲抱回来一捆柴草，关上门，放到炕洞前，一边"喳喳"地打着火，一边问："你们进来时没碰见人？"

武队长说："没有啊——"

父亲说："刚才我出去抱草，看到有个人影从门口溜了，我认得出他背影，是姚胖子那贼……"

姚胖子原是武队长隔壁邻居，和武队长同龄，从小好吃懒做，鬼子一来便投靠了鬼子。武队长心里一咯噔，原来听说他去了海城，看来是随着秋田回来了……

武队长按住父亲点火的手："爹，别点了，姚胖子肯定发现我回来，我得赶紧……"走到炕前，伸手拍刘三。刘三竟毫无反应，武队长转回头问父亲，"爹，一旦有事，你这儿能不能藏住人？"

父亲没有回答，蹲下来，将炕洞里的灯端出来，两手一活动，一块坯便卸下来，底下原是一个腰粗的洞，父亲扭头问："行吧？里边深着呢，直通到后院菜园的井里……"

武队长站起来，又去拍刘三，拍了几下，刘三才睁开眼："啥？"武队长说："咱走吧，鬼子一会儿要来了……"

刘三用力地眨眨眼睛，十分痛苦地说："你走吧武队长，我不行了，一点力气也没了……"

武队长摸摸他的额头，火一样烫手。武队长看了看那两个袋子，咬咬牙，看着父亲说："爹，我把他交给你了，这是刚反正的一个弟兄，可得藏好他，等我把东西送回去，就来接他……"

父亲说："嗯，我挖这个洞就是想着你啥时候回来好用用，你这就走？"

武队长说："好不容易弄到这些东西……"

父亲说："那，你走吧川子，这个弟兄你放心，我死了他也死不了……"

武队长将两只口袋扭在一起，扛到肩上，父亲打开门，武队长头也没回地向门外走。街上很静，天就要亮了，村东北方向传来几声狗叫，武队长过了河套，一头扎进了赤杨林子。

这时候身后村子里狗叫声连成了一片，接着便有了枪声、大人的吆喝声和孩子的哭闹声。武队长心里一沉，鬼子果真包围了村子。爬到二龙山半腰的时候，武队长忍不住掉头往回看。只见山下河套里燃起两堆大火，不知放了多少柴火，火苗蹿起老高，整个河套都映红了。村里的老老少少都站在沙套里，周围站满了持枪的"狗子"和鬼子。这时候一个"狗子"喊了一声，周围的鬼子和"狗子"便端着上了刺刀的枪逼着人群往一块挤，便又有孩子哭起来。一个鬼子牵一头狼狗从赤杨林子西边的菜园子走出来，走到河套中间，人群的对面。这就是秋田那狗日的了，武队长咬着牙根想。

姚胖子和另一个穿"狗子"服的"狗子"头跟在秋田那条狼狗的屁股后头，也像两条狗。他们后面还有三个人。再看，是两个"狗子"架着一个人，是父亲！武队长浑身的血一下子涌上来，两个"狗子"扭着父亲的胳膊，揪着父亲的领子往前推搡，父亲一边往后挣扎，一边高声吆喝："我儿子没回来，我儿子没回来，他在外边打狼打狗打那些狗日的……"喊声很高，武队长明白父亲高喊的意思，武队长也明白鬼子把父亲架到河套里的目的。父亲，武队长心里一阵难受。自从自己出来当兵，母亲被杀，妹妹被烧死，现在父亲又因自己落到这些狗日的手里……武队长记起母亲和妹妹死时，父亲托人捎给他一封信，父亲说，你不要难过，你母亲和妹妹死不是因为你，是那些狼心狗肺的汉奸、鬼子狠毒，即使有一天我死了，你也不要难过，你记住是谁杀的，好好报仇就行了……武队长眼窝湿了。

武队长抬手抹抹眼睛，将两只口袋往肩上颠一颠，咬着牙继续往上爬，心里又惦记刘三。回头看看父亲后边再没有别人，心里便踏实了，父亲向来是说到做到的。

山越来越陡，眼前的山路越来越弯，武队长再回头，已经看不见父亲了，只能看到河套北边黑压压的人头和端着刺刀的鬼子。但是父亲的声音仍旧听得十分清楚。父亲还在高声叫骂。武队长快爬到山顶的时候，那叫骂声陡地停了，接着传来父亲"啊"的一声惨叫，武队长心里一痛，鬼子开始折磨父亲了！鬼子的手段毒辣得使人难以想象，武队长不知道皮包骨头的父亲怎么能够忍受得了。父亲"啊——啊——"的尖叫一声接一声，一声比一声高，一声比一声凄厉，像一把把尖刀，戳在武队长心上。武队长从来没有听到父亲发出这么凄惨、尖厉、撕心裂肺的叫声。武队长终于忍不住了，扔下两只口袋，端起匣子便向山下冲。跑到山半腰，武队长忽然停住了。这样冲下去，不正应了鬼子的计谋？即使救出父亲，能够跑脱？那两只口袋怎么办？尤其是那一口袋银圆，能换来整个嬷嬷山区几千亩地的收成，上万人一年的口粮。武队长捂住耳朵往山上跑，可是父亲出自本能的惨叫仍丝毫不减地传到他的耳朵。天这时已经蒙蒙亮了。那两只口袋像两个孩子紧紧依偎在一起，蜷曲着躺在那儿。武队长想起自己的责任，想起昨天见到老邢时的情景，松开了压耳朵的手，不知怎么，父亲的惨叫竟没了。武队长不由自主地停下来，不知道山下发生了什么，但他知道鬼子不会就这么放了父亲。武队长心里又沉重起来，犹豫了好一会儿，终于"扑通"一声跪下来。他想父亲是会理解他的，九泉之下的母亲和妹妹也是能够理解他的。

武队长爬起来，重新将两只口袋扛到肩上。这时父亲的嗓叫又传过来，"啊——啊——啊——"他还是咬着牙顺着山顶上的小路向西走，走到五牛崖，听见山下"砰"的一声枪响，武队长差点栽到崖下。

这一年，嬷嬷山区的庄稼长得出奇的好。到了夏天，嬷嬷山底下，整个成了一片黑绿黑绿的大海。

白花

　　武队长从三道桥登上岸的时候，太阳已经西斜了。晚秋的阳光明晃晃地照着武队长高大魁伟的身材，灰蓝色的竹布长衫和那顶深棕色的礼帽在秋天的田野里便有些鲜艳惹眼。

　　秋风掠着玉米缨子"哗啦啦"地吹过来，一种成熟的干热气息撩拨着武队长，使他心里不由自主地一阵一阵地激动。离家的时候，他还是个孩子。也是秋天，早上下了霜，很冷，只大他两岁的嫂子银子到码头送他去海城上学。银子凉凉的手掌捧着他的脸，像母亲一样低声嘱咐："出去好生闯啊……"从那时候起，银子那双眼睛连同她那白净漂亮的脸蛋便跟着他，在他心里装了十年。

　　武队长踏上那座被叫作龟石的高台，白亮的太阳刺得他睁不开眼睛，他侧过头，将礼帽向下拉了拉。酒坊镇被昆嵛山的余脉遮得严严实实，连点影子也看不见。海口也看不见，那边地势凹，只能看到一片一片的桅杆的梢头，偶尔可以听见汽船的"突突"声和牛叫一样的笛声。岗楼子倒是十分清晰，在酒坊与海口码头之间，紧靠着弥河。楼顶凉棚上那面太阳旗被风吹着呼啦啦地狂舞。一个头戴钢盔的鬼子站在凉棚下边抱着枪似乎正向这边看。武队长知道他看不见自己，但还是从高台上走下来，顺着两块密不通风的玉米地中间的小路向酒坊走。武队长还是想着银子，这十年不知她怎么过的，也许已经嫁人了。银子本来是父亲赌钱赢回来给哥哥做媳妇的，可是哥哥从武队长记事就已经不在人世了。自从上了昆嵛山，武队长便再没有和家里通过音信。

太阳落山的时候，武队长走出玉米地，踏上了嬷嬷山顶。站在山顶上可以清楚地看见酒坊镇，看到酒坊镇那熟悉的被老榆树和苦楝树围裹着的一排排屋舍。海口港湾里停满了铁壳、木壳的机器船和帆船，飘扬着太阳旗的汽艇在港湾里转悠。那些木壳、铁壳船上都码满了白白的大包，武队长知道那是棉花，是在内地抢掠的棉花，从弥河运过来正要往海城、青岛转运。船上、码头上到处都是穿着土黄色军装的日本兵和戴着大檐帽的"狗子"。码头上这时候正有一队鬼子集合起来扛着枪沿着弥河向上游跑。偶尔在来来往往的日本兵和"狗子"之间，夹杂着一两个花枝招展的女人，武队长知道那是妓女，酒坊镇历来出那个，武队长恨恨地在心里骂了一句。

武队长看得最多的还是那些大包大包的棉花。一看到那些棉花武队长眼睛便亮了。那些冻得瑟瑟发抖、连枪都握不住了的弟兄仿佛就立在他的跟前。武队长在心里发誓，无论如何也要把那些棉花搞到手。

从山顶上下来，武队长没有走通往镇前的那条大路，而是顺着小路直插到吴家果园里。突然蹿出来一条黄毛大狗，叫都没叫一声便咬住了他的裤腿，两只眼睛白森森地向上翻着瞪住武队长。武队长伸手要往腰里掏枪，狗"呜"地叫一声蹿起来扑住他的胳膊，却并不咬。这时候一个人影一拐一拐地从一棵梨树后头走出来，他便认出是李三拐子。"三爷，我是武川，川子呀！"

李三拐子一愣，那对小三角眼死死盯住武队长看了一会儿，这才抓住武队长的手，压低嗓门叫："是川子，是，和你爹一个模样。"

两个人走到铺子里，李三拐子关上门，并不谦让，自己先跳到炕上坐下。炕烧得很热，武队长也靠墙坐下。

李三拐子说："你不该这时回来，这几天鬼子天天都要搜村子，见着生人就……"

武队长心里一咯噔，心里暗想，派他回来除了特委领导没有人知道啊，问李三拐子："三爷，出事了？"

李三拐子说："了不得了，咱酒坊镇出了大英雄啦……"
李三拐子说："嘿，说起来真让人开心哪，自从入了伏，海口的鬼子、狗子隔三岔五地丢人、丢枪。嘿嘿，也真是怪，鬼子一开始以为是开小差，后来尸首一个个都出来了，有的从弥河里漂上来，有的在野地里曝着，还有的在棒子地里让狗拖出来，奇怪的是一个个衣服都给扒了，光光的，嘿嘿，死得多呀，鬼子怎么防怎么搜也不行。这不，前两天鬼子一个小队长又失踪了，隔了两天出来了，就在炮楼门前的壕沟里，尸首让水泡得不像样子了，鬼子恼了，把整个镇子都封起来了，挨家挨户搜，什么也没有搜着，最后抓了几个做买卖的外乡人砍头……"

听着李三拐子的讲述，武队长心里又惊又喜，想不到已经有人这么漂亮地干起来了，倘若是一个人，这个人真是一个了不起的大英雄。

李三拐子说："我琢磨着，很可能有什么神怪，不然一个人怎么这么能呢？"

这时候镇子里传来一阵狗叫和脚步声，武队长看李三拐子，李三拐子说："鬼子搜完了，要撤了。"武队长站起来："那我回去了，三爷。"

李三拐子说："你坐着，不用急，现在还不行，鬼子刚走，还留着'狗子'放着暗哨呢。"武队长只得又坐下。憋了一会儿，武队长还是说："三爷，银子我嫂子这几年怎样？"

李三拐子抬起眼皮看了武队长好一会儿，看得武队长脸红了。

武队长心一紧："三爷，怎么——"

李三拐子故作迟疑地说："唉，一两句话也难说清楚……"

武队长被他说得心里更急了："三爷，到底怎么回事，你尽管说不要紧——"

李三拐子说："其实也没有什么事儿，银子也快奔三十的人了，没个主儿，也挺可怜的。"

武队长更坐不住了，告辞就走。

武队长看了银子多时了，银子还没有发现，她正全神贯注地在纺线。大门关了，武队长是从后面跳进来的，一点声息都没有。他就倚着房门看银子纺线，银子仍旧一点没有发现。他这样进来一是怕敲门惊动了邻居，另一个原因，也是想看看银子到底在家里干什么。一跳进院子，一看到那温暖的红红的灯光，武队长心里便一阵阵地激动。银子确实很漂亮，很会打扮，十年不见，她变得丰满了。雪青色的衫子外面罩一件粉白的线坎肩，头发乌黑浓亮，用丝网松松地罩了，显得俊秀而又妖媚，腰肢随着胳膊的转动一扭一扭。他忍不住轻声叫她。

银子听见武队长的声音，吓得一愣，站起来，脸煞白，嘴唇哆嗦了好一会儿，说："你是川……"没等武队长回答，她便一下子扑过来，抓住武队长的胳膊，眼泪唰唰地流出来，武队长一动不动，任银子滚热的眼泪洒落在自己的衣袖上、手腕上，他想她可能真的有不少的委屈，她一个人在家里真的有不少的难处。

武队长吃饭的时候，银子就坐在炕下的机凳上服侍，眼睛始终不离开武队长，看得武队长脸红了，她便问："川，这些年你都干什么去了，也不给家里来个信儿？"

武队长摇摇说："唉别提了，初师毕业，正寻思找事做，让日本人抓了劳工，一干就是五年，好容易逃出来……"

武队长知道银子不相信他的话，可只能这么说，一个单身女人，十年间的变化难以预料。他不敢松懈警惕。

吃过了饭，银子领武队长到东屋休息。银子点亮灯，武队长十分吃惊，房间还是他走时的样子，似乎他昨天才刚刚离开，又好像刚刚铺好一样，一直也没有断人睡。武队长惊疑地看银子，银子说："十年，我天天都给你打扫，天天我都盼着你回来……"说着瞪住看武队长，眼里便又有泪水一闪一闪，武队长心里便也一颤一颤地发热，扭过头，不敢再看银子。

夜里，武队长怎么也睡不好。总感到有一种声音在响。唰唰唰，像一个人的脚步，再细听又没有了。闭上眼，刚要入睡，那声音又响起来，终于越来越响，到最后竟"咔啦啦"一声响。似乎有人跳墙，武队长一骨碌坐起来，从枕头底下摸出枪冲到后院。后院很静，什么东西也没有。武队长望着墙上那个缺口，悻悻地提着枪走回去。

屋里灯一下子亮了，银子举着罩子灯，衣服十分齐整地走出来："怎么了，川？"

武队长哼了一声，说："不知是猫是狗子……"

银子忽然一副吃惊的样子，眼睛直直地盯住武队长手里的枪："哎呀，川，你怎么还有这个？"

武队长暗恨自己大意了，脸上仍旧装出没事的样子："兵荒马乱的，在外边闯荡得有个防身的东西……"

银子说："你可得收好呀，让鬼子见了要当八路抓去砍头的……"说这话的时候脸板得狠狠的，眼睛死死地盯住武队长的脸。

半夜，武队长又醒了。似乎刚刚做完一场梦，出了一身的汗，梦却想不清楚了。外边仍旧很黑，起风了，窗户纸破了一个小洞，风吹着，吱吱地响。武队长从炕上坐起来，这时便听见西屋什么东西滚落到地上的破碎声，似乎还有脚步声，很乱。武队长抽出枪，跳下炕，动静一会儿又没了，轻轻打开门，西屋突然传出"嗷"的一声粗叫，是个男人的声音，武队长心里一紧，赶忙冲出去，向西屋跑。

武队长踢门冲进西屋的时候，听见银子"哦哦"地叫唤。一个粗胖高大的秃头"狗子"，青青的头皮上满是血污，正压在银子身上。他双手紧紧按住银子的两只胳膊，银子"哦哦"呻吟着拼命挣扎。武队长一步冲过去，一把将那"狗子"扳倒，右腿按住，抡起枪柄对准满是血污的秃头，狠劲地打下去。胖"狗子""嗯呃"了两声便直了。

武队长吐一口粗气，银子躺在那儿一动不动，晕过去了，上衣已经被撕开了，鼻孔、嘴里都是乌黑黑的血，脸煞白煞白。武队长蹲下来，低声叫她。银子醒了，睁开眼，嘴里便有红艳艳的血冒上来。银子嘴张了几张，十分吃力地瞪着武队长问："你，是不是从……西山……？"武队长犹豫了一下，还是点头："是。"银子抓住武队长的手，"哇"的一声又吐出一大口血，还是挣扎着说："去……找三……"

门这时"砰"的一声被撞开，武队长腾地一下跳起来，见是李三拐子闯进来。惊异地叫了一声"三爷"。李三拐子像是没有听见，眼睛直呆呆的，嘴里咕哝着："我来晚了，我来晚了。"看看地上躺着的银子和秃头"狗子"，看看武队长，"扑通"一声跪下来，叫银子。银子好一会儿才睁开眼，见是他，刚要说什么，一口血上来，气便绝了。

李三拐子双手攥紧拳头，狠命地击打自己的头："该死，该死，我该死呀，我怎么就没想到'狗子'也有不喝酒的……"

武队长一下子全明白了，炕上摆了一桌酒菜，一动都没有动，两杯酒，满满的，一杯大的，颜色已经变了，血一样黑……

天快亮的时候，李三拐子和武队长相扶着走进地窖子。地窖子过去是藏酒用的，足有四五间房子大。窖子入口在西厢牲口槽下边。武队长凭记忆摸了好一会儿，终于摸到了那块石板的斜面，手扎进去，猛一用力，便又听到了小时候听惯了的那种像坛子里传出的带着酒气的"嗡嗡"的风声。

摸索着下到底层，划着火找到了挂在墙上的一盏马灯，点亮，武队长转过身，先看到了墙角的那口箱子，棺材一样静静地躺在那儿，走过去，弯腰打开，不由得倒抽了一口冷气，是枪！有撸子、匣子，还有子弹夹。板箱的另一边则码着一摞衣服，是军服，土黄色的东洋军服，整整齐齐地码着，有十几件。衣服上放了一只牛皮包，武队长提起来，很沉，打开，全是钱，有中央票子，有伪钞，还有大头洋……

武队长转过身，整座地窖子白花花的一片，是一包一包洁白洁白的棉花，码放得整整齐齐，从窖子底层直摞到顶棚，从东墙根直到眼前的梯子根上，满满当当，挤挤挨挨。黑黑的窖子里，雪白雪白的棉花像正午白辣辣的阳光一样铺天盖地地映照着他的眼睛，使他感到世界一下子全成了白的。武队长一下子扑倒在洁白、绵软的棉花垛上，眼泪哗哗地流出来。

秋雾

那天就该出事，村长老邢举枪瞄准自己脑门儿的时候，已经这么想了不知多少遍。

那天的阳光真好。初秋的天宇白朗朗、蓝澄澄的，晌午的太阳仍旧毒劲儿十足地照下来。蛇一样穿游于青纱帐里的小路密不通风，看不见边际的玉米、高粱像两堵墙。一股凉风掠着玉米缨子"哗啦哗啦"地吹过来。村长不知怎么便生出一种强烈的要见见齐兰子的愿望。

村长紧走慢赶好像有什么东西在后边追着，跑到齐兰子家已是大汗淋漓。齐兰子正在院子里剥豆子，见村长进来便喜笑颜开。齐兰子的男人刚从海上回来，院子角落里一网包白亮亮的大刀鱼。

齐兰子说："正好你来了，要你不来就给你送去，鲜着呢，刚从海里拉上来。"

要是那天不贪近走那该死的小路，要是不邪门儿非要去看齐兰子，要是齐兰子的男人没有从海上回来，要是齐兰子的男人回来而不带那一网包刀鱼……那该多好。村长望着西天将坠的月牙儿，食指便勾住了冰凉的扳机。村长从菜园里将着一把小葱儿出来的时候，正碰上武队长带着大个子老关和一个小通讯员一瘸一拐地从玉米地里钻出来。村长吓了一跳，待看清是武队长，便用力扯住："老武，是你呀，别走了，到我那儿咱喝两盅……"

武队长看看天："不了，天就黑了。"这时候天幕正慢慢地收下来，山上干活的已经有赶着牛扛着镢头往回走的。

村长还是扯住："黑了就黑了，今儿有鲜货，刚从海里拉上来的刀鱼。"说着摆摆手里那把绿茵茵的小葱儿，"咱回家熬刀鱼吃……"

武队长转头看老关，听见谁的肚子"咕噜咕噜"叫唤，老关点着自己的肚皮说："饿了一天了……"武队长想了想，一点头："好，到老邢那儿吃刀鱼！"

三个人在炕上蹲下，村长已经将一瓦盆香喷喷的刀鱼端上桌。武队长问："老邢，酒呢？"

村长在围裙上擦擦手："别急别急。"说着回身从炕头里的被窝下边掏出一瓶老米泉，递到老武跟前，得意地笑，

"怎样？"

村长跳上炕，也蹲了，端起来，对面的大个子老关一仰脖子喝下去，盅子"当"地放到桌上，便向炕下溜："村长你们喝，我出去瞭哨瞭哨。"

村长连忙挥手挡住："嘻，老关，这是到哪儿了？老邢村，炮楼底下才最安全哩，哨，我早放上了，你就放心地喝吧，来。"说着又给老关满了一盅，"端起来，咱弟兄四个干了！"

老关便又退回来蹲了，端起盅，四个人一齐"咕咚"一声吞了，接着便捏起筷子夹鱼，刚刚插下去，门外"嘎勾"一声枪响，三个人都一愣怔，一齐扔了筷子，摸出枪"轰咚轰咚"跳下炕，眨眼工夫，三条汉子便没影儿了。

村长头皮一下子麻炸起来，头发钢丝一样竖起来，冲到街上腿便软了。枪"噼噼啪啪"地响个不住，村口黑压压地堵满了"狗子"。一伙十几个"狗子"端枪从跟前跑过去，听见人喊："抓住武瘸子，抓住，要活的——"枪声"嘎勾嘎勾——"地还是响。村西泊地里炮楼上的探照灯已经打开了，像两把白森森的巨大的刷子，在村前、村后的大小路径之间描来扫去。村长便想，武队长怕是跑不脱了，身上的鸡皮疙瘩一层一层米粒一样地往外出。

区长说："要不是武队长拦着，你得抵命。"村长便哭了。大个子老关活生生地立在他的眼前，那两盅酒他不知道是送命的。村长的眼泪流得急，区长说："哭也没用。"村长压了压，还是说："表哥，我，我真的不知道，我真心的是请武队长吃刀鱼。"

区长摆摆手："好啦，你回去吧，真的假的都不治你的罪，你心里有个数就行。"

村长哭得更厉害了："表哥……"

区长扭身要走："你回去吧，我还有事。"说着扣门走了。

村长从区长屋里走出来，便有人指点他。都是熟人，却有些不认识了。村长抓住一个穿长袍的大个子，眼泪涟涟地说："老吴，我真心请武队长吃……"

那人便笑了："是啊邢村长，你是真心，都怨你那鱼不好，长倒钩刺……"

村长的脸便像是被蜇了，摇摇晃晃地走出区里临时住的大院。

过了桥，他便忍不住又踏上了那条小路。天这时已经快黑了，两边的青纱帐黑乎乎、阴森森的。没有风，玉米、高粱都直直地竖着，一点声息都没有，只有小路白白地躺在他的脚下，扭摆着身子，他便又想起齐兰子。想起齐兰子那双亮闪闪的眼睛和那红润润的脸蛋儿，村长心里便感到一种难得的安慰。

齐兰子已经睡了。院子黑乎乎的。黑漆的大门闭得紧紧的。村长敲门。一会儿听见唑啦、唑啦的拖鞋声，村长便知道齐兰子的男人不在家。

齐兰子懒懒地问："谁呀？"村长用力地捅了两下门，齐兰子便知道是他。打开门，村长一脚跌进去，齐兰子便搂紧他的脖子："怎么这么晚又跑来了？"

齐兰子只穿了一件小汗褂儿，身子凉润滑溜地擦着村长的胳膊。

村长把她推开，回身关门。齐兰子转身去茅房了。关好门，村长自己走进屋里，坐到炕沿儿上，低头"吧嗒吧嗒"地抽烟。

齐兰子从茅房回来又抱住村长。村长推开她，说："我是真心请武队长吃鱼……"

齐兰子手便松了，点着村长的额头："好啊你，拿我的刀鱼去打人情？还武队长，不就是那个瘸子？你跟他有来往？好啊，夜儿胖子还来了，正捉他呢，你小子……"

村长瞪她一眼："老武是条好汉！"

齐兰子嘴一撇："是条好汉你可不跟他干？"

村长嘴便哑了，低下头："你不懂。"

齐兰子又靠过来："我懂，我怎么不懂？夜儿胖子来说，武瘸子领着两个兵从你家跑出来，叫他打死一个，好像武瘸子也受伤了，还挺重。"村长心里一怔，齐兰子又说："那瘸子还真行，听胖子说，死了五个'狗子'，伤了两个鬼子，秋田很恼火，要抓你，他跟我讨好说让他给挡过去了，我骂了他一句，我说老邢那是功臣，你该找鬼子给他要功……"

村长说："你往后不要再跟姚胖子那混蛋来往。"齐兰子撅起嘴巴："我愿跟谁来往你管得着，你又不是我汉子……"村长气得脸发紫，扬手便是一巴掌，打在齐兰子细嫩光润的粉脸上，留下五个指印。齐兰子呆了，眼里泪花直闪："你——你个没良心的贼。"

村长跳下炕，骂了一句"臭婊子"，便摔门走了。

夜很黑。村长爬上村后的高岗。身后有狗在"汪汪"地咬。从这里往下看，可以看到他的村子——老邢村，再往南便是浪暖口，那里隐隐传来"扑——哗——扑——哗——"的海浪声。泊里这时候黑乎乎的一片，辨不出哪是村子哪是青纱帐，只有村西炮楼上闪出一星豆粒大的光亮，一闪一闪，像一颗贼星。村长不知该向哪里去，天边的黑暗像无边的海，他一个人像一条小鱼儿孤零零地在里边胡乱串游。犹豫了好一会儿，村长还是又向北走，沿着那条蛇一样的小路向河西走，河西是红区，他还得去找老武。

还好，放路哨的还没有把他当作坏人，看过了他的证件便让他往里走。

区长还没有睡，屋里灯还亮着。村长叩了两下门，门开了。白天那个说风凉话的大个子老吴冲他白了一眼。村长身上一阵发麻。

大个子老吴回身向里边喊："区长，来贵客了，我走了。"

区长答应一声便走出来。见是老邢，眉头便皱了："你怎么又来了？"

村长便说："我……"

区长挪过一把椅子："坐吧。"

村长仍旧站着，不坐："表哥，我……"

区长瞪他一眼："什么事儿你快说——"

村长脸火辣辣的，鼓鼓劲，说："我想问问，老武，武队长他……他是挂花了？"

区长抬眼冷冷地打量他，村长身上便一颤，表哥的情分似已淡了，还是叫："表哥，我……我想去看看他……"

区长叹了口气，站起来，走到门前，盯住外面的黑夜看了好一会儿，背了手，走回来，低声说："不用了……"

村长看见区长眼里有泪，心便揪紧了，抓住区长的胳膊："表哥，武队长伤得怎样，我得见他……"

区长拨开村长的手，泪已经快流出来了："不用了，老武他，已经……已经没了……"

村长一下子蹲到了地上。脑袋"嗡"的一下便大了，像坠入了无边的黑海。

村长记不清自己是怎么从区长的屋里走出来的。走到弥河河岸时，天已经快亮了，雾气将身前的村庄和身后翠绿的初秋的田野尽数锁住了，只剩下眼前滚滚南去的弥河河水。河水很清，看得见河底黄灿灿的沙子。初秋的早上，天有些凉。村长黄白的洋布裤褂被雾打湿了。持枪的手臂有些酸麻。食指已经将扳机压到了八九分。

这时候村长又想起了齐兰子。尽管他努力地克制自己不去想，努力地想让最后这段时光干干净净的，可是不行，齐兰子活脱脱、笑吟吟地立在他的眼前，他的眼睛闭得越紧，齐兰子的样子便越清晰。齐兰子，村长想，这时候她已经醒了，她很能起早，他想她一会儿准能听见枪声。他后悔昨晚打她那一巴掌，应该好好叮嘱她往后千万不要再跟姚胖子来往。村长心里相信齐兰子心眼儿不坏。

那天傍晚的事，村长还是想不明白，不是齐兰子，那是谁？是山上干活回来的赶牛的？不会，村长数了数，没有谁认识武队长，更没有谁跟八路有仇。是"狗子"从炮楼上看见了？不会，村南放了哨，没有看见鬼子出来。那是放哨的？也不会，他冲到村长门口鬼子已经进村了，只说了一句话便栽倒了，肠子拖了一地……

雾气越来越重，只能看到河对岸的远山，蓝莹莹地立着。山下是一片雾海。村长知道这雾是来凑热闹的，不会很快散去。看来今天头晌不会有日头出来。那隐隐的希望便被雾气泡成了一块湿棉团，沉甸甸的，压得村长头"别别"地发痛。村长总感到有一件十分紧要的事忘了，压在扳机上的手指便有些迟疑。

就在这时候，一缕光灿灿的阳光照亮了村长老邢的脑海，村长立刻感到茅塞顿开。放下枪，插到套子里，转身向来时的小路走。弥河河水在身后哗啦哗啦地向南流淌，村长听来已经十分遥远。

村长又想起了胖子，带队追上武队长的警备队队长姚胖子。那个折磨得村长老邢死去活来的问题，只有姚胖子才能解开。村长想先去找齐兰子，让齐兰子把姚胖子勾来。村长心里很兴奋。脚下呼呼地走得很快，还是那条蛇一样的小路，却宽了许多，两边的玉米、高粱哗啦啦地向两边倾倒，村长的眼前便闪出一条十分宽敞、明亮的大路。

齐兰子不在家，黑漆的大门被一只大铜锁扣得紧紧的。天这时已经亮了，已经有早起的陆陆续续地走出家门，扛着锄头往山上走。村长在门边的大石头上蹲着抽了两支烟，还是不见回来，便起身问邻居。邻居是一个寡老太太，老太太颤悠悠地说："一早儿就让一个穿黄皮的'狗子'牵着马接走了。"村长心里想准是姚胖子，心里便有火"腾腾"地往上冒。

村长从齐家庄走出来，太阳还没有出来。山下的雾依旧很重。村长胸口忽然一阵麻辣，"咳咳"地咳个不住，咳得他直不起腰来，出了一身的汗。村长气管和肺都有毛病，雾太凉太重。他想，这可能是天数，没法改变的。这时候脑子里便已经想好了所有的步数，一步一步，连结局都十分清晰，心里便抑制不住地激动。村长回家打开厢屋门，进屋踏着凳子爬上梁头，取下一只用皮纸包住的尺把长的竹筒，祖上传下的，不知多少代，颜色都变了，亮亮地发红，像涂了层漆。村长拉开竹筒下边的一片小闩子，将里面的一只铜栓拉到后口儿，看看万无一失了，这才掖到袖筒里，往外走。鬼子发的匣子斜挎着，紫红的缨子在屁股后头一抖一抖。

走到据点门口，村长问了问站岗的"狗子"，齐兰子果然是让姚胖子接来了，原来是要到城里给鬼子一个中队长过生日。村长心里便恨恨地骂："这个臭婊子！"下了吊桥，刚过二门，便看到齐兰子一边一个，挽着鬼子小队长秋田和姚胖子的胳膊，嘻嘻哈哈地说笑着从炮楼东边的平房里走出来，向西边的伙房走。村长心里的火又蹿起来，叫一声："兰子。"齐兰子没有听见，仍旧说笑着往前走。村长又叫："兰子！"

这回三个人一齐停下来，侧过头向这边看。齐兰子一见村长，脸便红了，手也抽出来。

秋田不满意地叫一声"八格"，一对小眼睛剑一样冲村长射过来。

姚胖子瞪一眼村长，转过头，笑脸应着秋田"哇啦哇啦"地叫。村长想机会来了，却抬不起胳膊，齐兰子呆愣愣地站在那儿，他便叫："兰子你快躲开。"齐兰子没有反应过来。村长又喊："兰子你他妈快躲开——"说着便扬起右臂，这时候一口痰冲上来，忍不住咳了一声，手便偏了，三颗指头长的飞箭"嗖、嗖、嗖"射出去，一颗飞了，另两颗刚好撩下了秋田，姚胖子和齐兰子几乎同时"哦"的一声便倒下了。秋田一时愣了，马上抽出刀，向村长扑过来。村长再拔枪已经晚了，听见秋田咬着牙根"呀呀——"叫着，只觉得一阵风从耳边"呜"地掠过，肩膀像让人拍了一下，一阵剧痛，右臂便齐齐地被砍了下来，一个跟斗栽到地上，侧着身仍旧翻腾着要用左手去抽枪。秋田眼睛红红地瞪着，要裂开的样子，"八格"一声又扑过去，挥刀拦腰将他砍成两截儿。白喇喇直冒热气的肠子拖出来，半截身子在地上来回地翻动，左手仍旧不停地拨拉，似乎还想起来。秋田上去又砍了两刀，左臂也断下来，半截身子竟"红碌碡"一样向秋田滚过去。秋田惊得眼都直了，直往后退，那"红碌碡"便爆出"哈哈哈哈"一阵狂笑。

后记

　　《山歌》是我的第二部小说集，收入小说 29 篇。

　　翻阅整理这些作品，每一篇、每一个故事、每一个细节与片段的生成都历历在目。现在看，这些作品未必都是满意的，但却都是饱蘸了对生活的热爱与文学的灼热情感的，正如张炜先生所言，如果没有灼热的难以触碰的情感藏在心之一角，一个写作者是难以启步往前的。这些作品记录了我的青春梦想与文学的激情灼热燃烧的景况。这实际也是一个时代留下的印记，尽管有的印迹明显，而有的则突破了时代的局限。但不论哪一种，或大或小，或新或旧，或整体或片段，都有特别的个性，都从不同的角度与侧面，体现、映衬着一个写作者对于生活、人性的参悟与认知，这种参悟与认知的个性化也应该是独特而又显明的。

文学是一种宿命，是一种超越时空的原乡。相隔经年，一经触碰，激情仍会再次喷涌。实际每时每刻，文学给予的那些特殊的感知、观照与表达的本领，视角、语言、境界、激情与热爱，都如基因种植一样，一经着床，便会终生相随。初次"接种"是难忘的，应该是小学三四年级，偶然读到一本封皮缺失的小说，其中写到一眼山间的深潭，幽深、黑亮，水草密布，神秘莫测。这眼抓住我幼小的灵魂、点燃我文学梦想的深潭，既具象地深扎于我的记忆，也是极具象征意味的精神载体。文学于我，正如这眼深潭，神秘而又充满诱惑。潭里内容丰富莫测，无数的泉眼连通万方八极，必须深潜下去才能探得其中的堂奥，才能收获其中的大鱼水宝。作为写作者，已经无法释怀、无法摆脱，我们面对的生活、社会包括每一个活生生的人的眼睛都是一眼一眼的深潭，文学的写作者必须义无反顾地跳下去，不断地深潜、寻找，这是宿命，也是奥妙，不论你出走多远，都会背负着这眼深潭的召唤与吸引，无法自拔。

文学的魅力大概也正在于此，总是能在平淡生活之中给我们以诗意的光亮，给我们以前所未有的吸引、照耀与指引。帮助引领我们发现和感受平淡、枯燥、世俗、简单生活中的美好与诗情。每一个人的人生，都如在山野间夜行，盲目而又迷茫，枯燥而又恐惧。儿时的小山村，贫困、饥馑、世俗、简单，一部不知名字的小说打开了我的灵窍，让我看到青蓝的山外一种具有神性的迷人光亮，如一只灵手抓住我的灵魂，让我飞升至小村的上空，坐拥云上，俯视一切。我的眼睛具有了透视的神力，能够看透村里的一切，家庭，邻里，牲畜，动物，我都可以看到他们的内心，能够读懂他们的眼神。这种神性的光亮让我内心无比充实而又信心十足，让我浑身充满了由内而外的气力。连同自己的现在与将来都变得通透，幼小的村童的眼神不再空洞、近视，能够看到山外的世界，感知和幻想未来的精彩。

每一个写作者的内心都是丰富而又敏感的，文学使我们的内心变得敏感而又丰富。对一般人而言，内心丰富、敏感的秉性未必是优点，而对于写作者来说则是必备的功夫与本领。雷蒙德·卡佛说过，作家要具有面对一些简单的事物，比如落日或一只鞋子而惊讶得张口结舌的资质。文学的阅读与训练，使我们的心灵越来越敏感，地板上一根毫发可以演绎出一场情爱大戏，墙上一点疤痕可以生发出无穷迷案。联想的无极无穷才有魅力。愈活跃愈丰富，愈具象愈生动，愈细致愈精彩。集中的这些作品都是头脑中受到外界触发而生成的一个一个生动的想象片段的连缀，这些片段可能是纯美、实在的，也可能是虚幻甚至怪异的，但连缀起来就成为了一个鲜活生动的场景或者世界。我写作的第一篇小说《界石》，触动于古运河畔的一次夜游，月光下的棉田以及劳作的女孩打开了我的灵感之门，想象的翅膀连缀起一个一个的细节与片段，有如引流而上的运河之水，哗啦哗啦地流淌。这篇小说尽管只在内刊上刊印而没有发表，但却使我的文学积累找到了聚集喷涌的出口，让我对小说的结构与细节的连缀有了会心的感悟。

文学是透彻灵魂的光亮。写作有断有续，光亮始终如丹如霞。期待新的启程，创作更新的开始。

由衷感谢中国作家协会副主席张炜先生百忙之中作序鼓励，感谢广西师大出版集团厚爱支持，特别是多马先生和责任编辑、美术编辑付出了辛苦劳动，在此一并致以诚挚的敬意和谢忱！

刘致福

2021 年 8 月 8 日